MINGUO TONGSU XIAOSHUO
DIANCANG WENKU

哀鹈记

民国通俗小说典藏文库·顾明道卷

顾明道◎著

中国文史出版社

顾明道和他的小说（代序）

张赣生

　　在本世纪（指二十世纪）二十年代末，能与"南向北赵"并称的武侠小说作家只有顾明道。

　　顾明道（1897—1944），原名景程，江苏苏州人。他八岁丧父，自幼体弱，上学时膝部患骨结核（中医所谓骨痨）致残，行动依赖拄拐。他毕业于教会所办的振声中学，因学习成绩优秀，即留在该校任教，并受洗为基督教徒。1922 年，范烟桥移居苏州，范氏在辛亥革命的时候就曾与友人组织"同南社"，诗酒唱和；这时又于七夕会同赵眠云、郑逸梅、顾明道等九人组织"星社"，以文会友。顾氏由此结识了一批文友，他一生的文学活动大体未超出这个小团体的范围。顾明道因一直希望医好腿疾，所以结婚较迟，抗战爆发后，他和母亲、妻子全家移居上海，苏州的家产毁于战火，从此落入贫病交加的处境中。他一生以教书为业，战前一直在苏州振声中学执教，迁居上海后一面写作，一面仍自办补习学校，招生授课，直至肺结核把他折磨得卧床不起才停办。病重时生活无着落，全靠朋友周济，终年只有四十八岁，身后凄凉。

　　了解了顾明道一生的经历，有助于我们客观地认识和评价他的小说。

　　从顾明道一生经历来看，腿残、留校执教、参加星社，这三件事深刻影响着他一生的文学事业。民国初年的上海，盛行哀情小说，即文学史上称之为"淫啼浪哭"的时期。1912年，徐枕亚的《玉梨魂》和吴双热的《孽冤镜》在《民权报》同时连载，随即又连载李定夷的《霣玉怨》，流风所被，一片哀音。顾明道就在这种风气的影响下，开始试写小说，那时他只有十七岁，尚未成年。他的处女作是短篇言情小说，发表在高剑华主编的《眉语》月刊上，这是一份以知识妇女为读者对象的刊物，脂粉气很重，在该刊的创刊号上发表了一篇阐明办刊宗旨的《宣言》，其中说："花前扑蝶宜于春；槛畔招凉宜于夏；倚帷望月宜于秋；围炉品茗宜于冬。璇闺姐妹以职业之暇，聚钗光鬓影能及时行乐者，亦解人也。然而踏青纳凉赏月话雪，寂寂相对，是亦不可以无伴。本社乃集多数才媛，辑此杂志，而以许啸天君夫人高剑华女士主笔政。锦心绣口，句香意雅，虽曰游戏文章、荒唐演述，然谲谏微讽，潜移转化于消闲之余，亦未始无感化之功也。每当月子弯时，是本杂志诞生之期，爰名之曰《眉语》，亦雅人韵士花前月下之良伴也。"看了这篇《宣言》，读者当能了解此刊物的性质。顾明道在1914年左右开始写小说时，选中这样一个刊物投稿，也就表明顾氏本人的性格难免有些多愁善感的脂粉气。

我指出顾氏性格中的脂粉气，因为这决定着他文学作品的基调，丝毫也没有嘲讽顾氏之意，每个人都在一定的环境下养成他的性格，这没有什么可嘲讽的，我们要研究的只是事实。郑逸梅在《悼顾明道兄》一文中提到两件事，其一为："明道最初的作品，刊登在许啸天所辑的《眉语》杂志上，该杂志多载女作家的文字，他就化名梅倩女史，撰着短篇小说。有一位读者，是登徒子之流，写信追求他，缱绻缠绵，大有甘伺眼波之意。明道接到了信，大笑之下，用梅倩具名答复他。那个登徒子欣喜欲狂，寄给他一帧照片，请他交换'芳影'，并约他会晤某园。明道到这时，才用真姓名自行揭破。这一段趣史，明道时常讲给人听的。"其二为："《江上流莺》稿成，我曾为他写一小序，有云：'江山

2

摇落，风雨鸡鸣，我侪丁斯乱世，应变无方，干禄乏术，臣朔饥欲死，乃不得不乞灵于不律，红茧缫愁，绿蕉写恨，借以博稿资而活妻孥。社友顾子明道固与予相怜同病者也。'明道读了，亦为之感喟百端，不能自己。"当时正值日寇侵华，人民生活困苦，对此局面"感喟百端"也是情理中的事，我们不必咬文嚼字，过分挑剔；但达到"不能自己"的程度，就难免少些丈夫气了。以上两件事都可证明顾氏确有些多愁善感的脂粉气。

顾明道养成这样一种性格，固然与前述民初上海文坛的时尚有关，在当时一些人的心目中，唯其如此才配称为"才子"，少了贾宝玉味道就被视为粗俗；但是就顾氏本身的内因而言，腿残对他心理上的影响，恐也不容忽视。肢体的残疾不仅影响着顾明道的性格，也限制着他的行动。郑逸梅《悼顾明道兄》一文说："这时他在吴门振声中学担任教务，因不良于行，往返不便，所以他住在校中。"顾氏是一位多半生未离他那中学小天地的人，缺少广泛的社会生活经历，在这方面，他既不能与同时的"南向北赵"相比，更不能与后来的"北派四大家"同日而语。对于这样一位学生出身，生活面狭窄，又多愁善感的作家来说，写言情小说自然是最方便的，他可以坐在家里凭自己的情感体验来打动读者，只要情感诚挚，哪怕写的只是他个人的小天地，也总会有其可取之处。但自向恺然《江湖奇侠传》引起轰动之后，报刊编者和出版商均热心于武侠一途，顾明道为适应这一潮流，便也改弦易辙，于1923年至1924年在《侦探世界》杂志发表武侠小说。1929年，他由杭返苏，途经上海，与当时主编《新闻报》副刊《快活林》的星社文友严独鹤相会，恰逢《快活林》需要连载长篇武侠小说，严约顾撰写，这就促成了他一生的代表作《荒江女侠》的问世。

《荒江女侠》刊出后竟大受欢迎，同年冬，上海三星图书局向新闻报馆购买版权出版单行本，至1930年8月已翻印四版，

1934 年 11 月更达到十四版，这在当时是很可观的销行数。可见其轰动的程度。由于此书畅销，顾氏也就续写下去，共出版了六集，并被友联公司改编为十三集连续影片，上海大舞台、更新舞台也改编为京剧连台本戏，风靡一时，大有凌驾《江湖奇侠传》之上的势头。这部小说之所以能取得如此出人意料的效果，今天的读者或许很难理解。当时最著名的武侠小说，是"南向北赵"的作品，向恺然连缀民间传说，自有其吸引人的一面，但却少了点爱情纠葛、哀感顽艳；赵焕亭的《奇侠精忠传》据说原有不少狎媟的描写，因而触犯禁例，出版时经过删削。顾明道于此际把武侠、恋爱、探险等成分捏在一起，就给读者一种新鲜感，满足了十里洋场那特定读者群追求新奇、热闹的要求，正如严独鹤在《荒江女侠序》中所说："以武侠为经，以儿女情事为纬，铁马金戈之中，时有脂香粉腻之致，能使读者时时转换眼光，而不假非僻之途，不赘芜秽之词。是以爱读者驰函交誉。"

顾明道用以吸引读者的另一个办法是写"冒险"，他在谈及自己的作品时说："余喜作武侠而兼冒险体，以壮国人之气。曾在《侦探世界》中作《秘密之国》《海盗之王》《海岛鏖兵记》诸篇，皆写我国同胞冒险海洋之事，与外人坚拒，为祖国争光者。余又著有《金龙山下》一篇，可万余言，则完全为理想之武侠小说也，刊入《联益之友》旬刊中。又曾写《黄袍国王》长篇说部，记叙郑昭王暹罗之事，曾刊《大上海报》，后该报停版，余亦中止，他日拟出单行本以飨读者矣。又新著《龙山争王记》，则方刊于《湖心》周刊中，该刊为西湖小说研究社出版者也。襄年余为《新闻报·快活林》撰《荒江女侠》初续集，尚得读者欢迎，今由三星书局出单行本，三集亦在付梓中矣；又为《小日报》撰《海上英雄》初续集，则以郑成功起义海上之事为经，以海岛英雄为纬，以上两种皆由友联公司摄制影片。又尝作《草莽奇人传》，则以台湾之割让，与庚子之乱为背景也。"（转引自郑逸梅《悼顾明道兄》）所谓"冒险体"或"理想小说"，显然是接受了西方的小说观念，是指类似斯蒂文生《宝岛》或斯威夫特《格列佛游记》的体裁，譬如他所著的《怪侠》，写一个身负绝技的革命者，失败后率党徒逃亡海外，去非洲探险，与当地土著争斗，称雄异域，即是一例。

就顾氏的为人来说，他是一个正直、爱国的书生。"一·二八"日寇进犯上海，顾氏写了《国难家仇》《为谁牺牲》等小说，表示了他作为中国人的同仇敌忾之心。顾氏一生写过五十多部小说，以武侠和言情为主，也有社会、历史、侦探等作，他临终前，春明书店出版了他的最后一部作品《江南花雨》，这本小说具有自述的性质。

目　录

1

弁　言

　　余在少时，初习诗词，尝读孔雀东南飞诗、子夜歌及无名氏古诗十九首等，辄不觉心中悽恻，为之於邑不欢者累日。后读霍小玉冯小青两传，哀感顽艳，更不知涕泗之何从也。其后稍稍握笔为稗官家言，所作多写儿女子悲欢离合之事。不惜呕血绞脑，为断肠文字，以博天下多情人同声一哭。虽人皆笑余痴而不顾也。后又读陆放翁钗头凤词，为放翁少年时一段情场恨史，可与孔雀东南飞诗，同为千古哀音。

　　荀慧生者，今之名伶也，曩在北平排演是剧。啼脂怨粉，哀丝豪竹，赚人无数眼泪。吾知观是剧者，必有多数人为之荡气回肠而不能自已也。益新书社主人商于余，欲得余著为小说，以供世之嗜读哀情说部者。余因博采旧闻而成之，即以"哀鹣记"名。夫鹣为比翼之鸟，鹣而曰哀，其情可知矣。

　　放翁与其表妹，两心欢洽。初得其母之许婚，固自以为情海不波，明月常圆矣。孰知惑于谗言，卒致大好姻缘，竟成离鸾别鹄之惨剧。变起萧墙，思成画饼，魂销倩影，词谱钗头，其悲痛为何如耶。于此可知古时专制家庭子女之婚姻，有重重桎梏，绝对不能自由。不知有无量数之痴男怨女牺牲于其间也。

　　今者世风丕变，自由之说盛行，买卖式之婚姻，已在打倒之列。从此情场爱河中，有影皆双，无侣不并。一般新夫妇，鹣鹣鲽鲽，我我卿卿，宜若可以长享家庭幸福，饱尝温柔滋味矣。然而中道仳离者有之，失恋自杀者有之，相视陌路者亦有之。夫妇之道苦矣，安得起维纳斯而一叩之乎，盖放任与束缚，不能得其平，过犹不及。而际兹乱离之世，邪说竞行，色情狂炽，男女相遇，目眙神往，不能以礼自止，大都起于一时虚假轻浮之恋爱，不计利害，径情直遂，以求快于一时。迨时过境迁，则如冰之遇春日而融，所谓神圣之爱情，无复能维持之矣，不亦哀哉。

　　哀鹣记既成，心有所感，因附书数言于此。不知高倡自由恋爱之说者，以为何如也。

　　　中华民国十九华春吴门顾明道自序

楔　子

落日城头画角哀，沈园非复旧池台。

伤心桥下春波绿，曾见惊鸿照影来。

梦断香销四十年，沈园柳老不吹绵。

此身行作稽山土，犹望遗踪一泫然。

汉皋解佩，洛浦惊梦。自古风雅之士，莫不多情。然而天下不如意的事情，十常八九。情场便是恨场。只要你身入情网，便觉情丝粘附，摆脱无从。一任造化小儿播弄了，往往还珠有泪，破镜不圆，往日的欢娱都成今日的悲哀。情恨无极，恨种难消，哪里能够如愿以偿，使有情人都成眷属呢？

诸位读了以上的两首诗，字里行间，已知其中必有一段哀感顽艳的逸事，使人雪涕了。不错，这是南宋时候一个大诗家陆放翁先生所作的。在他少年时，风流豪侠，也是个多情种子。无奈护花乏术，倩女离魂，使他终身抱着一个绝大的遗憾。旧地重临，不堪回首。虽然隔了许多年月，到底他的心里缠绵悽怆，固结而不解。因为其中经过的事，实在足够使人荡气回肠不能自已的，而况黄衫豪侠。

宝剑飞奸邪之头，绿鬓佳人，新词填凄凉之谱，可歌可泣，亦艳亦香。且待在下慢慢儿写将出来，管教诸位读后，也要一洒有情之泪哩！正是：

天若有情天亦老，月如无恨月常圆。

1

第一回

薰香摘艳才子声华
击楫渡江英雄肝胆

在那山阴城外，负郭人家，大都有一个小小园地，各自种树栽花，致力于园艺。每当春日，百花开放的时候，人们走过其地，觉得万紫千红，五光十色，处处花香，如入众香国里了。

前面还有一条小溪，便名香溪（亚绝艳绝）。临溪有数株绿柳，春风如剪，裁出千条柳丝，好如美人摆着纤腰，作袅袅之舞，在溪面上飘拂着。柳树下有数间瓦屋，东边围以竹篱，若泛小舟过其下，便瞧见篱内数弓之地，种着不少名花，姹紫嫣红，令人徘徊不忍遽去。

这是一个暮春之晨，和煦的阳光照在红花绿叶之上，更觉欣欣向荣。枝头小鸟引吭高鸣，如奏着清歌。屋子里走出一个十七八妙年华的少女来（缓缓地写入文境舒闲，如春云乍展）。风鬟雾鬓，明眸皓齿，穿着一件浅紫的衣裙，玉手握着利剪，走到花边去芟除那些秽叶败草。伊虽是小家碧玉，荆钗布裙，然而一种天然的秀美，宛似园圃中含苞欲放的鲜花，色香俱佳（名花倾国两相欢，以鲜花喻美人，自然贴切）。

那少女修剪了一回，看看时候已是不早，屋子里纸窗开处，有一个五十多岁的老妪倾出一些水来，瞧见了少女，便道："红儿，怎么陆公子到此时还不见来呢？"少女答道："母亲，我也不

2

知道啊。这一盆燕尾香是他千叮万嘱教我好好留着，待他自己今天早晨来取的，现在不来，大约他有事耽搁了。本来他这个人是不会失约的。"少女的话没有说完时，柴扉开处轻轻掩进一个人来。那少女一面说话，一面修剪枝叶，不防背后有人。只听那边接口说道："不错，我是不会失约的，所以来了。"（吾闻其声。）少女回头一看，见一个翩翩美少年，戴着软巾，穿着绿色的袍子，反负着手，立在一枝红杏之下。真是耿介拔俗，潇洒出尘，如琼林玉圃一样。（吾见其人。）遂嫣然微笑道："陆公子，怎么走进来时杳无声息，倒被你吓了一跳呢。"

原来此人便是陆游，名务观。他的母亲生他时，梦见秦少游，所以取了此名。陆游天性颖异，自幼便能下笔成章，好学不倦。十二岁上以荫补登仕郎，荐送第一。在乡里后辈中已崭然露头角，才气豪放，压倒一切，山阴诸父老都知有陆游其人了。早岁失怙，奉母同居，晨昏定省，十分孝顺，母亲的说话全都听从。（以游之纯孝，而后来家庭中竟生变故，天下事又谁可料耶？）但他读了游侠列传，也很羡慕朱家郭解一流人物，所以他很喜和豪侠之辈结交，又喜和方外人往来。在家读书之暇，种竹栽花，借此陶冶性情。常到香溪边上来赏观名花，流连不去。凑巧这里有一家姓杨的母女二人，种着许多花树。那杨家老妪生有一女，名唤红珠，天生佳丽，我见犹怜。资质也很聪明，帮着伊的母亲种花，二人的生活也就靠在这个上。往往红珠采了许多鲜妍的花，提着花篮走到城里去叫卖。深街曲巷，常听得有一种婉媚的卖花声，大家都知道是红珠，争先购买，因此生意很好，每能多钱而归。在这香溪之畔，很有艳名。人家慕名而来，借着买花一睹娇姿的，不乏其人，走马王孙，坠鞭公子，来和红珠周旋的也很多。但伊华如桃李，凛若冰霜，使人有咫尺蓬莱，可望而不可即的感。（好红珠。）

陆游年少多情，对于红珠虽然没有什么别的心肠，然而他的一双脚，不期而然地会走到香溪来，常向红珠购花而归。红珠虽是出身蓬门，却很喜读书。伊私下很仰慕陆游的才名，要向陆游请益。因此对于陆游很能加以颜色，许他做了入幕之宾。陆游当然自谓得亲芳泽，幸何如之了。（忽地插入陆游和红珠的小传，何等笔力！）

当时陆游走到红珠身边，低低说道："如此说来，累你受惊了，抱歉得很。"红珠笑笑，把陆游衣袖一拖道："随我来啊。"陆游跟伊走过去，来到花棚下。红珠指着一盆叶子尖长而开着红白花的兰花，说道："这盆燕尾香，实是上品，无怪公子心爱。"陆游看这兰花开得健碧斑红，清露微馨，便道："兰为王者之香。这盆燕尾香又幽雅，又清艳，置之案头，的是读书良伴。"红珠道："原来陆公子读书是要花来相伴的。"陆游点头说道："倘然花能解语，那更妙了。"红珠低倒头，拈着衣角不语。陆游在花圃里见四周花叶纷披，芳香袭人，一双彩蝶在花中翩翩跹跹地飞舞，春色骀荡，顿解愁怀。红珠的母亲也已瞧见了陆游，走出来说道："陆公子，我们盼望你好久了。红儿因为今晨公子有约，所以伊也没有出去卖花啊。"陆游道："哎哟，我倒误了你的事了。"红珠接口道："今天我本来懒懒的不想出去，难得陆公子来谈谈也很好的。"三人遂走进屋子。

乃是一间客堂，布置得很是清洁整齐。红珠的母亲请陆游在上面坐定。红珠早去取了一个白瓷青花的茶碗，倒着一盏香茗，送到陆游面前。红珠母女陪着陆游坐定闲话。红珠的母亲问道："老太太这几天清健么？"陆游道："多谢你，前几天伊有些发肝气，现在好了。今天要去妙严庵里烧香呢。"红珠的母亲又道："到底老太太相信神佛，平日吃素念经，修下不少善行，菩萨也会保佑的。"（陆太太佞佛，在此先一点出。）陆游笑笑，喝了一口茶。红珠却立起身对陆游说道："我最喜读王昌龄的诗，前天公子教授我的几首，我都背得滚瓜烂熟了。今天还要请你再教，

4

我暇时也胡乱诌得几句诗在此，一并奉呈郢削。"陆游笑道："红珠，你这般用心，难道要成女学士么？"也即立起，跟着红珠走进左边一间房里。那房中一榻一几，都很清洁。沿窗一张桌子上，放着笔砚书籍，还有一盆建兰，清香扑鼻，壁上也挂些对联，乃是红珠的卧室。

陆游在桌子前坐下，又对红珠说道："你赏识王昌龄的诗不错，昌龄的诗十分细腻，他的诗中能够表现出人间的苦痛来。唐朝从军的人有屯戍之苦，他便把从军的人复杂心绪很体贴地描写。还有宫女的生活，也是写得悲哀之至。你的心思很细很静，所以欢喜他的作品了。"红珠遂背道："香帏风动花入楼，高调鸣筝缓花愁。肠断关山不解说，依依残月下帘钩。""我最爱这首诗，可当得哀而不伤四个字。还有李后主的词，我也很喜读的，篇篇都有真挚的悲苦的情操，好到极点，真是天纵词才，别人千思万想写不出的。他真多才多情。"遂曼声吟着《虞美人》词道：

春花秋月何时了，往事知多少。小楼昨夜又东风，故国不堪回首月明中。雕栏玉砌应犹在，只是朱颜改。问君能有几多愁，恰似一江春水向东流。

红珠吟着，陆游只是点头。待红珠吟完了，便道："后主虽是个亡国之君，却不能不说他是个填词圣手。也因他的境遇逼他而成，所谓穷而后工了，这种倾向是不可学而能的。你既然欢喜读词，我想到本朝以前的一个词人了，便是晏殊。他填的词，声调婉和，意境清新，想你必然很喜读的。我现在便写出两首来教你读可好？"红珠听了，不胜雀跃，便从抽屉中取出一张素纸，又代陆游磨墨，说道："那么公子快写，我今天又有绝妙好词读了。"（写得红珠令人可爱。）陆游遂握管写出两首晏殊的

5

词来。

> 一曲新词酒一杯，去年天气旧亭台，夕阳西下几时回。无可奈何花落去，似曾相识燕归来，小园香径独徘徊。（浣溪沙）

> 红笺小字，说尽平生意。鸿雁在云鱼在水，惆怅此情难寄。斜阳独倚西楼，遥山恰对银钩。人面不知何处，绿波依旧东流。（清平乐）

陆游遂搁笔对红珠说道："他的词是别具风格，已臻化境。你读了不识如何，我现在细细讲解给你听。"红珠便坐在一旁，纤手托着香腮，听陆游讲解。陆游当然讲得清清楚楚，红珠也说好极，遂取出自己作的诗来，请陆游删润。陆游略易数字，啧啧称美，又教了伊两首苏东坡的诗。

其时日已近午，红珠的母亲走进房来说道："陆公子在这里用午饭吧，我们购得一条鲫鱼，可制鲜鱼汤喝。"陆游摇手道："多谢美意，但我今天另有他约，不能在此吃饭，你们不必忙。"红珠一怔道："现在已到吃饭时候了，怎么你说不能在此吃饭，莫不是你嫌我家烧的菜不好吃么？"陆游摇首道："非也，今天禹迹寺里的松月上人预备素斋请我吃饭，所以我不能不去的。适才我和你讲解诗词讲得出神了，忘记时候，好得禹迹寺离此不远，我就要去咧。"遂立起身来告辞。又对红珠说道："改日再来叨扰，这盆燕尾香，明天早上我差下人到此领取吧。"红珠留他不住，母女二人遂送出屋来。红珠道："我们虚邀了，望你有暇再来。"陆游道："要的。"向二人点点头，匆匆望南走去。走了十几步，回头看时，红珠母女已闭门进去了，不觉自言自语道："好个灵心慧舌的红珠，可惜生长在蓬门之中。伊的姿色和风范，恐怕一般大家闺秀也比不上伊呢。我与伊不知有什么缘的，看伊

6

很倾倒于我，难道伊也有怜才的意思么？我却不能辜负伊的深情的，他日若能置之后房，宁非艳福。（未免有情，谁能遣化，写陆游痴情如绘。）"

陆游一边想，一边走，早已走到禹迹寺门前。那禹迹寺是山阴城南的大丛林，又灿烂又庄严。主持松月上人，很有学问，琴棋书画无一不精，（唯其为方外之人，无俗事思形，无物欲蔽心，故每多异才奇能也。）专喜结交一辈风雅人士，所以陆游常常要到庙里来弈棋吟诗，消遣长日。今天松月上人因已约定陆游来用午膳，特命厨下备煮几样可口的素斋，请陆游一尝风味。谁知等到日已过午，还不见他大驾前来。松月上人正在心焦，走到寺门口来盼望，恰巧和陆游撞着，遂行过礼，带笑说道："贫僧等候公子好久了，公子何姗姗来迟也？"陆游道："有些小事羁缠，（松月上人却不知陆游方从卖花女处授课后来也。）遂致迟慢。有劳上人久待，抱歉得很。"遂穿过大殿，曲曲折折走到一间禅房中坐定。

庭中花木幽密，十分清静。松月上人遂吩咐厨房里把素斋搬来，和陆游对酌。陆游一边吃，一边赞美这菜烧得很好，其味大佳。松月上人却微笑道："陆公子，今天贫僧请公子来用素斋，却愿介绍一个人和公子相见。"陆游放下酒杯说道："上人欲介绍哪一个，其人可在寺中？"松月上人点点头。陆游道："既在这里，何不早请出见，但不知是个何许人，可能告知一二？"松月上人道："那些庸夫俗子，贫僧也不敢贸然介绍。实因其人确是个豪俊之士，现虽局促靡所骋，然蛟龙终非池中物也。（写得若隐若现。）"陆游道："上人法眼一定不错，不知那人姓甚名谁？"松月上人道："前几天有小沙弥报告说，寺门前有一个过路的客人病倒在地，赶他不走。贫僧以为我佛慈悲，那人如果有疾，怎忍心赶他走呢。遂走到外面一看，见弥勒佛前的蒲团上，横卧着一个汉子，枕着一个敝旧的包裹，地上还横放着一柄绿鲨鱼皮鞘的雁翎刀。但贫僧瞧他虽是一脸的病容，然而燕颔虎额，双目炯然，显见得是个壮士。所以贫僧问他家乡何处，身患何病，不妨在寺中歇宿。他见我很仁慈的样子，遂实言相告。说他本是汴梁人氏，姓卢名英，只因胡骑南来，家人死亡。家产也悉被付了一炬，自己流落江湖，无枝可栖。此番特地到临安来投奔亲戚，又恨不遇，盘缠用尽，身患疾病，辗转到了此地，病又发作，不得不睡在此间，今蒙大师应许让我歇宿在此，那便感激之至了。我又问他能会武艺么，他说他不会武艺，不至于到今天无糊口之地了。（其言沉痛。）我见他吐语伉爽，很像一个好汉，遂留他在此。好得贫僧粗知医道，又代他诊脉开方，煎了两剂药给他服后，他遂渐渐恢复了健康。我又问他以后将做什么，他说：'国破家亡，今后天涯海角，一任飘零。'我就向他说道，你既有国破家亡之慨，那么应该出而为国努力，岂不闻古人渡江击楫，闻鸡起舞么，大丈夫亦应如是。他听了我的话，默然无语。我看此人很有好身手，真是国家干城之材。可惜他徬徨歧途，没有人来指示，因思公子任侠好士，尤喜结交奇才异能之辈。所以斗胆请公子前来，代公子介绍相识。"（松月上人别具深心，是隐于佛者也。）陆游点头道："大好健儿，快请出见。我虽非孟尝信陵之辈，亦愿尽交天下贤豪。"松月上人道："公子请稍坐，待我去领他前来。"松月上人立起身来，向外边走去。

陆游微吟着杜少陵"愿得广厦千万间，大庇天下寒士俱欢颜"句，只听步履声，松月上人已领着一个二十已过三十未满的壮士前来。头上裹着青帕，穿一件敝旧的蓝布夹袍，腰里系着皂丝绦。因在病后，面容虽稍清癯，兼带着风尘憔悴的形色。然而仍不能掩没他的豪壮之气。对着陆游长揖不拜，陆游连忙还礼不迭。松月上人指着陆游，对他说道："此人便是陆公子务观，山阴俊杰之士也，所以贫僧愿意代你们两位一做曹邱。"又道："这位壮士卢英，也是豪杰。今天我们三人可以畅饮一回。"

三人遂一齐坐下。松月上人又命人去添了酒来。卢英立起，便代二人斟酒，各敬一杯。说道："陆公子倜傥不群，松月上人矫然不凡，我卢英奔走风尘，今天还是第一次遇着我心里佩服的人物呢。"二人也还敬他一杯，陆游又约略问起他的身世。卢英慨然道："我已往的小史，大都已和上人说过，谅上人也已转告公子了。我自幼最喜学习武艺，曾从几个有名的教师为弟子。不事家人生产作业，终日驰马试剑以为乐。有时也未尝不要握卷读书，但旋读旋弃。终不屑于章句之学，但习擘窠大字以自娱罢了。这次虏骑南下，全家被杀，我因在外得免，但见中原板荡，夷狄交侵，未尝不抚膺悲愤。叹我南朝无人，一任胡虏猖狂。"

　　陆游道："很好，足下既有此恨，当为国家着想。我虽是个文弱书生，手无缚鸡之力，但是祖国如此危殆，敌氛如此猖獗，心之忧兮。如匪浣衣，恨不能效鲁汪锜从军疆场，汉终军请缨南越。足下既有此一身本领，岂宜埋没蓬蒿间，甘心坐视国家丧辱于虏庭，为亡国奴隶么？现在四方豪杰投效军前的不少，我以为足下也应立功边塞去，才不负昂藏七尺之躯哩。"

　　卢英听了，毫不踌躇地说道："公子的说话豪快得很，句句打入我的心坎。我以前也有这个心愿，便是上人也对我说过，只是还没有定到哪一军中去效力。"陆游道："足下既有此志，那么武顺王吴璘也是当世名将，镇守蜀中，金兵不敢侵犯。我的舅父唐闳在他手下参赞戎幕。（轻轻一笔，唐闳便在若有意若无意中带出。）只要我写一封书信，请足下持函前往，那边正在用人之秋，有我舅父推毂，一定可有进身之地的。"

　　卢英听了大喜道："那么便请公子速写一书，待我立即动身前去。"陆游道："且慢，但这里赴蜀，也有数千里的路程，待我筹措一些盘缠相赠，以壮行色。（写陆游爱才如此，然不知作者亦为后来地步也。）稍待数天，再动身不妨。"卢英见陆游为自己顾虑周密，更是感激，遂道："敬遵公子吩咐。"松月上人当然也很快慰。

三个人引杯痛饮，畅谈天下事，直到日曛，陆游已有些醉了，遂告辞而回。踉踉跄跄行近城关，见那边空场上围着一群人，望过去但见人头拥挤，水泄不通。一阵拍掌声和喝彩声哗然杂起，不知是什么事情。陆游好奇心生，要想过去一看究竟，欲知后事如何，请看下回。

评：

　　畹兰曰，哀鹣记即取放翁钗头凤本事而成。放翁为南宋一代诗人，然少年多情，而厄于家庭。其所遇之悲哀，有使人不禁泪下者。名伶荀慧生在北平特排演是剧，即取名钗头凤。演至悲哀之际，白下男女观客均泪下沾巾，其中有一妙龄女郎，竟至失声，不待剧终，遽掩面而去，谅亦伤心人也。明道为哀情小说作家，此书出版，又将使读者雪涕矣。

　　先写卖花女子，便觉有一婉媚女郎，跃然现于纸上。缘窗读词，艳绝雅绝，陆游何修而得此女弟子也。看似闲文，其实即为以后下一关键矣。

　　松月上人能赏识英雄于风尘之中，自非寻常释子。

　　陆游此时颇有侠气，或以为游乃诗人，何以作者写得如任侠公子一般，不知陆游少时，颇以侠气自矜。《七修类稿》称"陆游少好结侠客，有恢复中原之志"，作者即本于此。

　　写卢英从军入蜀，即为后来迎唐地步，作者一笔不肯苟懈。

第二回

客地漫游初来卖解女
名园雅集独赏断肠红

　　大家见是陆游，遂让过一旁。陆游便得个间隙，挤到圈子里一看，原来是卖解的在此鬻艺，场中植着四根竹竿，每两竿中间用很长而粗的钢丝系住，遥遥相对。这时正有一个妙龄女郎，短衣窄袖，立在马背上绕场疾驰。东边还有一个三十多岁的健儿，戴着范阳毡笠，穿着黑袍子、黑丝绦，脚上薄底快靴，手里握着一对鼓槌，把一面大鼓击得震天价响。那女郎在马上忽仰卧，忽倒垂，忽翘一足立，作天魔之舞，大家喝彩不已。跑到中间，鼓声一紧，那女郎忽如飞燕般一纵身，已蹿到竹竿之下，双手攀住钢丝，身子前后晃了几晃，一般看客不觉都代她捏把汗，那马却慢慢儿地跑到健儿身边立定了喘气。又见那女郎在钢丝上一翻身坐起，前足一挺，竟立在上面凌风而舞。

　　大家都私语道："这小姑娘本领非常高妙，换了别人，休说在绳上漫舞，便是立在上头，怕不翻跌下来么？"一个老翁道："江湖上实多奇才的人，适才那个健儿舞一路大刀，也是很好的，恐怕本地的武官也没有这种好手。现在边境多事，异族南侵，国家正在用人之秋，而此辈竟流落江湖，不亦大可惜哉。"（是老翁语，亦有慨乎其言之也。）陆游在一边听了，暗暗点头。

　　又有一个少年对他的同伴说道："这个小姑娘虽是北地胭脂，

11

却生得十分美丽，我见犹怜，最好娶伊到家里来做个小星，艳福不浅。"同伴却说道："老哥，像你这样骨瘦如柴的人，也要癞虾蟆想吃天鹅肉。即使被你娶到手时，恐怕你也不是伊的敌手，天天要被伊打到床底下去了。"说罢哈哈大笑。（自有这等妄言妄语，引人发噱。）

这时候，忽见那卖解女郎身子一侧，翩然下堕。大家以为伊一个不留心跌下来了，岂知伊倏然间用两瓣莲钩勾住钢丝，全身倒挂，宛如一个蜘蛛从网上坠下时，自有一缕游丝将身子悬住。众人又喝一声彩。卖解女子见众人喝彩，益发有兴，将身一挺，和钢丝竟成了水平线，一纵一横，像个丁字形。陆游见了，知伊已有很高深的功夫，不然断不能够如此的。暗想今天很奇兀，在禹迹寺里见过壮士卢英，今又见这一对卖解的男女，谅也是江湖异人，遂很注意地瞧着，不想走开。见那卖解女子在钢丝上竟似荡秋千一般，荡来荡去，忽地身子向前一跃，双手已搭住对面两竿上系的钢丝，在上面做个蜻蜓戏水式。（神乎其技，作者写得五花八门。）倏又换个寒梅着花式。陆游和大家都看得出神，但是那女子又换了几个花样，轻轻一跃而下，向大众行个敬礼，退立一旁，面不红，气不喘。观众一齐拍手称好。

那健儿也把鼓槌丢下，走到场中，向大家拱拱手道："诸位请了！我们兄妹二人奔走江湖，全仗诸位先生慷慨解囊，帮助一些盘缠。现在我们已略献小技，要请诸位赏赐了。"众人见他索取赏钱，一个个脚底揩油，渐渐地四面溜开。那健儿见众人白看着好久，临到要出钱时都走了，不觉发急，大声喝道："诸位都不是身边没有钱的，多少总要赏赐几个，还请少待。难道都想白看的么？岂有此理！"

众人见他大声发急，更是走得快。还有些人说道："我们快走吧，走得慢了，不要吃他动起手来，跑不掉的。"一霎时广场上立得满满的二三百人都如鸟兽散，（俗情可叹，然亦所以写陆

12

游也。）只有陆游依旧立着不动。那健儿见自己的说话完全无效，众人一哄而散了，不觉怒目圆睁，说道："呸！原来山阴地方都是些穷光蛋，只会看白戏……"话没说完，陆游早上前一揖道："壮士请勿谩骂。那些人本来不知什么的，你们如若短少盘缠，不才可以稍尽绵薄。"

那健儿一见陆游人品容貌潇洒不群，果然和别人不同，这几句说话又是非常伉爽，遂也拱拱手道："不敢不敢，请问公子贵姓大名？"陆游道："不才姓陆名游，字务观。"健儿哈哈笑道："原来是陆公子，我们闻名久矣。"回头便对那女子说道："妹妹快来拜见，陆公子是山阴名士，我们在临安等处，早已听人说起过，今日得见芝颜，三生之幸也。"那女子听说，便移动莲步上前向陆游敛衽行礼。陆游逊谢不已，还问二人姓氏。健儿答道："我们是兄妹二人，出身鲁籍。自从金兵南下以后，我们故乡都遭着胡骑蹂躏，奔走江湖，鬻技自给，从北而南，遂到贵处。我复姓独孤，单名一个策字，这是我的胞妹彩鸾，自幼儿也曾学习得轻身本领，相助卖解。自知卑贱，不足以邀贵人的青睐，乃蒙公子下询，惭愧得很。"陆游道："这也是丈夫不得已而为此，我看你们兄妹二人，生有异禀。又擅惊人武技，暂时蠖屈，不足虑也，愿你们努力前途，古来王侯将相都是出身在贫贱之中，所谓不鸣则已，一鸣惊人。当今岳少保也是出身微末，全在有志者自为罢了。"（陆游善于鼓励豪杰。）独孤策道："岳将军是当代名将，我等安敢望尘，陆公子嘉言奖勉，很是感激。"

其时天色将暮，陆游便对独孤策说道："但是天色晚了，你们二位耽搁何处？明天我当来拜访，且奉上微仪。"独孤策道："我们何敢有劳公子下顾，公子请示知瑶居何处，我们当来晋谒。"陆游摇手道："并非我不要你们光顾，实因家母性情古怪，恐有简慢，还是我来看你们的好。"独孤策道："既然这此，我们寄寓在东门外悦来栈里，明日当在那边恭候不误。"陆游道："明

13

天早上我还要去看一个朋友，大约在下午一准前来。"独孤策道："好的。"遂收拾起地上各物，做一担挑着，彩鸾也牵着马，和陆游告别，踏着夕阳而去。

陆游也走回家中，见他的母亲正坐在楼上焚香念佛。陆游请过安，坐在一边。陆太太问道："你今天到哪里去的?"陆游道："禹迹寺里的松月上人请我去吃素斋，我在那里盘桓到天晚才归。"陆太太点点头，又道："今天我到妙严庵烧香，代你求得一签，虽是上中，但详你的科名，恐怕是要晚得的。我很望你早早金榜挂名，荣耀门户，所以求佛保佑，好使你愈早愈妙。还有你年已及冠，还没有定亲，家中本来很少人的。这关雎之诗早晚要咏，因此希望你也早得订婚。我的内侄女蕙仙，二年之前曾来我家小住，长得十分美丽，字也识得，女红也是很好，和你年纪相差只有两岁。伊虽自幼早失慈亲，然而跟着伊的后母，十分孝顺，很守闺训，彬彬有礼。（从陆母口中数语，足当得蕙仙子小传。）我很是爱伊，曾对你的母舅说过，要想把蕙仙许配与你，做我家的媳妇。他也赏识你的才学，很合意的。但是后来他匆匆挈眷入蜀，这件事遂搁起了。上次蕙仙来函问候，我看伊写得很好的字，你也赞伊聪明好学，所以我很想旧事重提，要写书去向我的兄弟乞婚。若得允许，将来你们结成夫妇，也好使我早一天含饴弄孙。"（老人心理总是如此。）

陆游听了他母亲的说话，触起前情。想着自己儿时和蕙仙青梅竹马，时常在一块儿嬉戏。现在大家都已长成，反觉得男女有别，要避嫌疑。前年伊来我家时，已长得容光焕发，眉黛间益饶妩媚，写得一手好小楷，尤喜研究诗词。所填的小令，很是清新俊逸，却又比较那红珠好了。（极力写蕙仙处。）后来伊到了蜀中，仍和我通信讨论文学，真是个不栉进士。我母亲很有意把伊配给我，不知这头姻缘可能成功么？况且，我闻后母为人十分苛刻，不知伊可要受什么苦痛。遂想把自己要荐卢英到舅父处去的事

14

告知陆太太。既而一想，我若说出来，我母亲一定要怪我多事的，不如其已。所以，随便敷衍了他的母亲几句话，便回到书房中。

童儿掌上灯来，陆游便坐在书桌前，饱磨香墨，写好一封书信给他母舅，保荐卢英到军前效用，并问边境状况。又写一书是问候蕙仙起居的，縢以小诗二首，托卢英一并转交。遂开了书箱，摸索得一包银子，约有六七十两。自思若给卢英一人已足够了，不过自己又已允许慨助独孤策兄妹了，如何是好？家中虽有些钱财，都被母亲掌管着。这一些还是自己节省下来的。现在都送去，还不够。而且明天一齐要的，到哪里去筹措呢？低头寻思着。一回儿忽自言自语道："有了，我友沈逸云不是很能济人之急的么，（又出一位贤公子。）我本约定明天去看他。还有他请我写的楹联，我一直贪懒没有交卷，不如今夜快快写好，明天去交卷时，把这事情和他商量。谅此区区之数，他必定答应的，况且他也很喜结交豪侠之士哩。"这时下人已来请用晚膳，陆游入内吃过晚饭，又在灯下把沈逸云的一副楹联写好，方才到他的母亲房中请过安，然后归寝，一宿无话。

次日早上，陆游起来盥栉毕，吃了早餐，吩咐书童陆贵到城外香溪杨家去，携取那盆燕尾香来，好好放在书房中，不得损坏。（收过燕尾香，文心绝细。）陆贵诺诺连声而去。陆游遂对镜整理衣冠，先到他母亲处去交代一声，然后携了楹联，怀中揣着银子，一径出城，望沈家走去。

沈家便在禹迹寺南，沈逸云的祖先本是山阴有名的富家，到逸云手里渐渐式微。逸云又很慷慨好义，不惜倾囊以助人急，因此在本乡也得了一个侠名。他还有一个胞妹，闺名丽云，生得豆蔻年华，绿珠容貌，和伊哥哥的性情很同的。家中有一座园林，其中亭台池沼，布置得很是引人入胜，即名沈园。（出沈园。）逸云时常聚着几个同志在园里飞觞醉月，击钵吟诗。陆游便是这几人中的健将，和逸云很是投契的。

这天早晨，逸云正坐在书房中看书，陆游是不速之客，无用通报，一直闯进书房。逸云一见陆游前来，十分欢迎，便请他坐下。书童献过香茗，逸云便开口问道："务观兄，我请你书的楹联，我要急于悬在牡丹亭上的，不知大笔可曾挥就？"陆游道："今天小弟正来交卷，还请老兄指正。"说罢奉上那副楹联。逸云接过一看，见上联是"芳姿艳质压群葩"，下联是"劲骨刚心向万卉"。写得古朴不俗，便道："好极！但牡丹花紫腻红娇，国色天香，何来劲骨刚心？"陆游道："逸云兄，你竟想不到这个典故么？唐时牡丹最盛于洛阳，因为武后诏游后苑，百花俱开，只有牡丹独迟，武后大怒，遂将苑中所有牡丹悉数贬往洛阳，而洛阳之牡丹遂为天下冠。牡丹虽称富贵，然而她却并不肯媚主求荣，岂非劲骨刚心么？"说罢两人都笑起来了。

逸云又道："今天你来得凑巧，园中的牡丹方开，很有几种名贵的，我便请你在此饮酒赏花，以便助你的吟兴。她们不媚天子而媚诗人，也是风雅多了。"陆游道："多谢你的美意，但我上午还有些事情，不能在此耽搁，并且我想介绍几个豪侠和你相识。"逸云道："务观兄，哪里结识得黄衫之流？小弟也愿一见其人。"陆游便把自己如何邂逅卢英和独狐策兄妹的事情，约略奉告。且说他有心无力，还缺少几十两银子。逸云道："戋戋之数，我愿解囊相助。"陆游道："那么算你假给我的，以后我设法还你。"逸云道："你说什么话，难道务观兄能助人之急，小弟却没有这种义气么？"（写逸云豪爽，如见其人。）陆游摇手道："不是这么讲的，只因我明明已允许他们，自己拿不出，反去转求别人相助，岂不惭愧？所以并非不让你仗义，请你原谅我的苦衷。"逸云道："你的说话也不错，朋友有通财之谊，我的钱便是你的钱，你拿去好了，说什么借呢。"遂到里面去取出一包五十两银子，授与陆游。又说道："今晚我设宴在牡丹亭上，请你代我转邀他们早来畅饮一番。"陆游接过银子，藏在怀里，一口应允，

16

便向逸云告辞。

出得沈家，先到禹迹寺中，见了松月上人和卢英，便取六十两银子赠他做盘川，又把两封信交给他，叮咛数语。卢英老实不客气地受了。陆游又把昨天遇见独孤策兄妹以及沈逸云相邀夜宴的事，一齐告诉二人。卢英听得独孤策兄妹是个江湖英雄，也很愿一见。松月上人便对卢英说道："沈公子任侠好义，和陆公子是一时瑜亮，大可一见。"卢英点头允诺。陆游道："你们在此守候，待我先去看了独孤策兄妹，然后同他们二人先到寺中来和你们相见，再一同到沈家去，好在到此是便路的。"松月上人道："很好，但现在已是午时，公子请在寺中用了午饭，再去未迟。"陆游遂在禹迹寺里吃过饭，出寺一路走到东门外悦来客栈。一问果有两个卖解者流，住在一间第七号室里。店小二等引陆游入内，独孤策正和彩鸾坐着谈话，一见陆游，连忙立起行礼，坐定后寒暄几句。陆游便取出五十两银子，赠与独孤策道："不腆之敬，聊壮行色。"独孤策接过谢道："多蒙公子高义，有解衣推食之风。我等虽流落江湖，取与之间也是非义勿受的。现在一时阮囊羞涩，不得已而仰人扶助，也因公子不是俗人，所以拜受厚贶。他日若有寸进，自当图报。"（孤独策之言，殊为得礼，不然焉得谓之侠士哉。）陆游道："请你不要客气，我也因二位非寻常之辈，所以竭诚相待，愿意结交，岂望将来的报谢呢。现在我有一个知友沈逸云，也愿一识容颜，今夜在他园中设宴款待，务请二位同我前往。又有禹迹寺中的住持松月上人和壮士卢英，都是同道中人，不妨一见。"独孤策道："公子端人也，取友必端。既有公子介绍，我等自当从命。"说罢便对彩鸾说道："你也高兴去么？"陆游道："令妹自然也在被邀之列，好在席中并无伧夫俗子，何妨同去。"彩鸾点点头微笑。

陆游遂同二人先到禹迹寺里晤了松月上人和卢英。一见如故，十分欢洽，在寺中游览一周，坐了一歇，然后同到沈园。逸云早已预备好，先把他们招接到园里颐志堂上。陆游一一代他们介绍，各自相见恨晚，宾主咸欢。（简笔。）

逸云又引他们去看牡丹，但见锦瓣檀心，争媚斗妍，大小牡丹开得锦绣夺目，芬芳袭人。逸云一一指给他们看道："这是玉兔，这是锦袍，这是雪夫人、粉奴香。"众人只觉得光怪陆离，美不胜收。逸云又指着一丛淡红色的牡丹花对众人说道："这便是一捻红，传说唐时杨贵妃匀面，口脂在手，偶然印在花上，来年花开，瓣上都有指甲痕，明皇遂赐名一捻红。"（美人韵事，自觉风流。）众人看花瓣上果然都有浅痕，形似指甲。

陆游又见牡丹亭后有几本牡丹，花色猩红如血，艳丽可人，遂问逸云这是何名。逸云道："此名断肠红（断肠红与燕尾香无独有偶），其种绝少，花开时斑斑作血泪，而异香扑鼻，花瓣细腻，可惜凋谢最早，尤须好好培植，经不起风雨摧残的。"（呜呼，断肠红其即薄命红颜之写照欤。）陆游便对逸云说道："此花我很喜欢，可肯惠赐一本，移植敝舍。"逸云道："务观兄既深爱这种断肠红，小弟明早当差下人送上两本可也。"陆游大喜。众人四周看了一遍，天色垂暮。逸云便命下人在牡丹亭上设宴，点着两盏杏黄色的纱灯，（看似与李白春夜宴桃李园同是风趣，然而彼则叙天伦之乐，此则高僧侠士，才子佳人，萍踪偶合，开樽言欢，别有豪爽可喜耳。）请众人依次入席坐定。沈园中人见了今天的聚宴，都是很觉奇讶，因为座中有了和尚和女子，不伦不类，十分好看，所以悄悄在暗中偷窥。幸亏彩鸾非寻常守在深闺里的裙钗可比，伊是东奔西走，在外浪惯的，还能坐得住。逸云见独孤策兄妹英风侠气，溢于眉宇。而卢英又是赳赳武夫、干城之材。松月上人虽是缁流，也是矫矫不俗。自己和陆游都是珠辉玉润，超群轶尘，聚在一起可谓有缘。

席间谈起卢英入蜀从戎，大家都举盏相贺。酒酣，逸云要请卢英和独孤策兄妹舞剑以为乐，遂到里面去取出一对雌雄宝剑

18

来，出鞘时光如秋水，果然是两口宝剑。先请卢英独舞，卢英推辞不得，遂脱去身上袍子，抱剑在怀，走到亭外，亮开宝剑，嗖嗖地上下左右舞将起来。果然本领不弱。良久，蓦地收住，回到筵前神色不变，向众人拱手道："劣技不值一粲，还请高明指教。"众人一齐鼓掌称好。

逸云又请独孤兄妹合舞。独孤策和彩鸾从筵上立起，各人卸去外衣，取剑在手，徐徐走到亭外，立着各个的地位，回旋而舞。起初两剑一来一往，如鸾凤飞翔，捉摸不定。后来渐舞渐紧，倏忽或两道白光，如游龙般飞舞着，有风雨之声。看得众人呆了，分辨不出人影来。等到舞止，还觉得如有风雨凄凄，寒光闪烁呢。（极力描写孤独兄妹之技，于此可见是文笔侧重处。）二人回到庭内，将剑放在一旁，独孤策也对众人说道："班门弄斧，勿笑献丑。"逸云和陆游却说道："我们都是门外汉，今晚得见三位舞剑，窃恐古时聂隐娘空空儿之流也不过如是，欢观止矣。"遂各敬三人一杯。逸云又立起来，抱着两剑，送到独孤兄妹面前，说道："古云宝剑赠予烈士，红粉送与佳人。二位的剑术已臻上乘，这一对雌雄剑，久失其主，埋没我家，宁非可惜。今番愿将双剑奉赠，庶几宝剑可以得主。而二位将来也可用以斩奸除邪，为国家立功，幸勿推辞。"独孤策和彩鸾一齐立起，谦谢不受。逸云又道："二位不必客气，物以用为贵，留在我处，也是埋没良材，无所致用，（千里马常有而伯乐不常有，古今有同慨也，逸云真是解人。）还是赠予二位的好，且请收了。诸位不嫌絮烦，我再要把这双剑的小史奉告呢。"欲知后事如何，请看下回。

评：

婉兰曰，作者写过卢英，又写独孤兄妹，湖海英雄不期而集，是故意犯复处。

独孤策亦为后部书中主要人物，故不惜为彼兄妹二人多费笔墨，以渲染之。写彩鸾献技，五花八门，大有可观。

陆母佞佛，在此回顺手先为映点，陆游家庭中情形亦得窥见一斑。

写唐蕙仙若现若隐，譬如游山者未到山麓，先望见青山一抹，已觉游与跃然矣。

出沈氏兄妹亦为后文张本。

写逸云任侠，与陆游仿佛，然亦主中宾耳。

赏牡丹一段，风光艳丽，使人不觉其琐碎。

断肠红此名凄艳之极，陆游何以独嗜此花，焉知将来自己正有一番断肠情事，殆其心已先有感应欤。

舞剑一段，侧重独孤兄妹，风雨凄凄，如闻其声，写情写侠，此哀鹣记之所以异于他种哀情说部也。

第三回

酒绿灯红细语忘倦
人横马醉豪奴施威

　　独孤兄妹见逸云说话如此诚恳，不得不受，遂拜谢道："沈公子诚意可感，某等也只好受下，但愿将来不负公子雅望是了。"遂仍披上外衣，各把宝剑悬在腰里。陆游道："我等要听这一对雌雄剑的来历了，逸云兄快讲吧，倒是绝妙下酒物呢。"

　　逸云遂侑酒一巡，然后说道："这雌雄剑还是先祖宝藏至今，久未用世。我幼时常见先祖悬在卧室床头，我很奇讶，辄思玩弄。我祖父对我说，这是雌雄宝剑，须懂剑术的人方可使用，儿辈岂可妄弄。又把剑的来历告诉我。原来先祖澄华公少时，曾在范文正公幕下参赞戎机，其时西夏常寇边陲，幸得范文正公固守边围，使敌人不得逞威。因此西夏人都称范文正公为小范老子，宛如现在的金人称呼宗留守为宗爷爷一样。（大范老子与宗爷爷令人绝倒。）有一次乞假回乡，途中曾在潼关附近一个小逆旅中投宿。次日适逢天雨，不能动身，徘徊店中，偶见墙上挂着一对雌雄宝剑，剑鞘虽稍敝旧，而不似寻常武器，便向店主询问。店主姓胡，便直告道：'小店本无此物，只因五年之前，冬里有一个年近八十的老叟，从关外路过这里，借宿在小店中。忽然生起病来，十分沉重，臂上且有箭创，淹缠数天，更觉危殆。我们问他姓名来历，那老翁始终不肯吐露。只说我若病死，请你们好好

21

把我收殓，埋葬在山边，用一石碣，上刻怪叟之墓四字，不可忘却。至于我的行装内别无贵重的物件，剩有黄金百数十两，便请店主将此款作我丧葬之用，多下的也请收了。还有一对雌雄宝剑，是我心爱之物，我死后拜托你们将剑悬在店堂内，半年中如有一个跛足少年来此，你们可以告诉他。他看了宝剑，自然会知道的。又请引他到我墓上来一视，那么我虽死于地下也感激了。'我们自然答应他。过了几天，在一个晚上，我们听得他的住室里有很大的响声，连忙奔去一看，他睡的炕已坍倒，那老叟也死了。我们遂一一遵照老叟嘱托的说话办理。但是现在隔了五年，不见有什么跛足少年来过。大约是没有人来认了。（奇人奇事，令人怀想。）澄华公知是宝剑了，很想携去收藏。（爱而不能用，夫复何益。）那店主好似明白澄华公的心思，便对澄华公说道：'相公如爱此物，小的情愿转赠。'澄华公遂取二十两银子送给店主，带着双剑而归。据闻某年有盗劫邻家，双剑在鞘中发出一种龙吟虎啸之声。家人忙起而自卫，因以得免。因此澄华公把来悬挂床头，预防祸变。后来澄华公故世时，在先几天，双剑常作奇响，我们以为有什么外来的祸殃，加意留心。一夜那雄剑忽然无故自堕地上。澄华公叹道："我将不起矣。"翌日病骤变，那剑真是通神灵的了。澄华公死后，先父遂将剑藏在阁上弃置不用，岂非埋没宝器。现见两位剑术高妙，故而奉赠，也使他们得个贤主。"独孤兄妹又向逸云道谢，独孤策道："在下观此剑龟文龙藻，晔若流星，当是汉魏以上之物。我们兄妹蒙沈公子馈赠此剑，荣幸得很。"

当晚尽欢而散，各人踏着月光归去。次日陆游又到禹迹寺里。卢英身体已完全恢复，便向陆游和松月上人告辞，入蜀从军去了。陆游想到客寓中去看独孤兄妹，恰值独孤策到来，三人遂坐在一起谈话。独孤策问起卢英，松月上人答道："可惜你来迟一步，他已动身到蜀中去从军。"独孤策叹道："现在国家偏安一隅，胡骑骚扰中原，二帝蒙尘，人民受辱。某虽不才，尚能将横磨剑效命疆场。岳少保父子转战南北，屡摧敌锋，足以寒贼人之胆。两河豪杰从军的很多，我本想也投到那里去的，但同时又觉得国中和议声浪甚盛，秦桧为相，谗害忠良，他是一个主和最力的人。还有一班小人随声附和，朝中都是他的势力，专掣在外诸将之肘，默察各地人民，也是燕巢危幕，自甘偷安。虽有岳少保等一二辈，岂能敌方兴之金。我看和议之成，旦夕间事了。忠而见疑，信而被谤。我等虽有铜筋铁肋，夫复何用，终当老死三尺蒿下罢了。"（自古未有权臣在内而大将能立功于外者，不图叩马书生之言竟先出之独孤策口中，南宋之终不能恢复中原，岂偶然哉。）

陆游听独孤策说的话，句句都是他自己要说的，遂也叹道："黄钟毁弃，瓦釜雷鸣。一国之中，内外意见不同，真所谓季孙之忧，不在颛臾，而在萧墙之内也。我们虽有爱国的心，终是无可奈何。"松月上人也慨叹不已。独孤策忽然面上露出愤恨的样子，对二人说道："虽然庆父不去，鲁难未已，朝中若能去了秦桧，主和者便失势力。皇上可以不被那些宵小包围，而岳少保等也可在外一心杀敌，直捣黄龙，还我河山了。"陆游和松月上人听了，默然无言。独孤策又道："我等兄妹到了贵地，多蒙公子和上人等殷殷相待，心中非常感激，他日若有机会必当报答。现在我们想明天便要和公子等拜别了。"陆游知道留不住的，便道："我等相知以心，不必说什么图报等语。但不识此后你们二位将到何处去，何日可以重逢。"独孤策道："我等浪迹江湖，行踪不定，君父之仇未报，深觉惭愧。此去若不死，终当再来拜见公子。"陆游知道他话中有异，不便多说什么。

独孤策又邀陆游相伴，同至沈逸云处辞行，陆游遂又伴他到了沈家。逸云见独孤策来，十分欣喜。但知他即日便要离开山阴，也很觉得有些依依不舍的样子。独孤策又谢了他赠剑之德。

谈了良久，才向二人告辞回寓去了。陆游在沈家和逸云谈误了一刻，慢慢地走回家中。想起独孤策兄妹，以及独孤策说的话，心中感喟不尽。次日早上，沈逸云已命家人将两本断肠红送来，种在陆游书房前面的庭中。这天，陆游懒懒地不曾出去，只在书房中读书。过了几天，陆游觉得闷闷无聊，想起红珠已有多日不见，觉得娟娟此豸，天真烂漫，若去那里谈谈，可以解忧。但是没有先约，上午前去，或恐伊出外卖花未归，只好挨到下午，踱出城关，来到香溪。

斜阳罩在林梢，溪中泊着一渔舟，一个老渔翁坐在船头垂钓，正是绝妙风景。走近杨家门前，以指轻叩门扉，早有红珠的母亲出来开门。一见陆游，便含笑欢迎道："陆公子，我们盼望你好久，怎么直到今天才来。"陆游道："这几天我有些俗务缠绕，所以没有来。"红珠的母亲笑道："敢怕在家中用功，懒得出门呢。"（一语道着。）这时红珠早已花枝招展地走下阶来说道："公子，那盆燕尾香怎样了，可好么？"（写红珠憨态如画，寄语小姑娘，燕尾香别来无恙，但又有断肠红分公子之爱矣，一笑。）陆游微笑道："我把来置之案头，十分敬爱，你请放心。红珠，你好么？"红珠笑笑。红珠的母亲遂关上门，三人同到里面坐下。陆游又对红珠说道："前天教你的词如何？"红珠道："非但读熟，且又效颦，学填得几首。"陆游道："拿来我看。"红珠遂到房里去，取出两张素笺，填上三首短令，呈给陆游修改。陆游看了一遍，点头称好。援笔略改数字，还与红珠，且笑且抚伊的香肩道："红珠，你真是兰心蕙质，乡娃中的翘楚了。"红珠听陆游赞伊，十分高兴，依傍着陆游坐下。

陆游道："今天我想喝酒，请你们代我沽一壶酒，弄几样菜来，以谋一醉。"红珠道："公子要喝酒么？那倒不必到市上去沽的，我家去年酿好两瓶玫瑰佳酿，一直没有开瓶过。今晚可以请公子痛饮，只怕醉倒了，不能回家，我是不管的。"说罢嫣然一笑。（又憨态，又妩媚，如此卖花女郎，风尘中岂易有之。）陆游道："从前阮籍醉卧美人之旁，以为韵事。我若醉了，你们可以置我于花间。花下醉卧，岂非佳妙。"红珠便对伊的母亲说道："母亲你听得的，停会儿倘然公子醉了，我们不妨将他睡在花间，绿茵为褥，群芳为帐，让他酣眠一宵。"（妙人妙语。）红珠的母亲道："胡说，公子酒量很好，哪里会醉的。便是醉了，我们房里也有床帐，不嫌龌龊，可以有屈公子将就眠一宵，岂能露宿花间呢！不要说痴话了。"（何物老妪，大煞风景。）陆游便摸出二三两银子，授给红珠的母亲，教伊去办些菜来。红珠的母亲略一推辞便受了，携着篮子上街去。

陆游又和红珠到花园中去看花，姹紫嫣红，香气醉人。红珠指着一种种的花，讲给陆游听，莺声呖呖，很是悦耳。不多时天色已晚，红珠和陆游回到里面客堂里。红珠去点上灯来。陆游道："那边的紫藤棚下，有一石台，只要添两个座儿，倒是一个饮酒的好地方。"红珠道："公子欢喜到那边去饮，谨依公子吩咐。"便又搬了两只凳子到紫藤棚下。拂拭一过，又把灯移到石台上，觉得灯光微暗，遂又走到房中去搜索一番。不多时，只见红珠持着两盏西瓜式的红色小灯笼，点亮了，走到紫藤棚里，带笑对陆游说道："这两盏灯笼还是前年正月里我扎下的，元宵节只点得一次，以后常悬在室隅没用，今晚可以一点了。"遂把来悬在紫藤棚上。（妙极。）陆游道："这倒很好看的，亏你想得出。"红珠悬好灯，便和陆游相对坐下。

这时，红珠的母亲已买了许多菜回来，酱鸭咧，鱼咧，拣熟的先放在石台上。陆游道："有劳你了。"红珠的母亲道："公子不要客气，我儿可伴着公子同饮。还有些菜，待我去厨下烹煮，我知道公子喜欢吃鲜鱼汤和蜜炙蹄子的，这两样不是我夸口，烧来一定好吃的。"抬头看见了红灯，又说道："红珠这丫头，心思还算玲珑，（承蒙谬赞，老妪亦颇会说话。）这样亮得多了。"遂携篮而去。

红珠又去取出玫瑰佳酿，把来烫热了，盛在小酒壶里拿来，又取两个酒杯，放在陆游和自己面前，先代陆游斟满了一杯，然后坐下，劝陆游进酒。陆游喝了一杯，又斟满着。见那两盏西瓜式的红灯笼被微风晃着，荡漾不定，别有幽趣。（不知与沈园夜宴何如也。）鼻子里又时时嗅着花香，当面又对着一个美人儿，秀色可餐，（此乐恐南面王不易也，一笑。）所以引杯痛喝。

红珠也陪着喝了几杯，顿时桃窝泛红，星眼微饧。（艳绝。）初时谈些乡村闲话，忽然对陆游说道："公子可听得京城里出一件大事么？"陆游道："这几天简直没有出门，所以绝不知晓外边的事。红珠，你怎会知道的？可有什么大事？"红珠道："秦丞相被刺。"（奇峰忽起。）陆游听了红珠的话，初时似乎有些骇异。但闻秦丞相被刺，却很镇定地问道："你可知刺客是谁，秦丞相究竟或死或伤，（读者亦欲问个明白，不独陆游也。）你从哪里得来这个消息？"红珠答道："我在今晨到城中去卖花，到得那方御史家，方御史是和本城罗书玉家有亲戚关系，罗书玉那厮便是秦丞相的干儿子，（称呼那厮，妙妙，但秦丞相何不称之曰秦贼。）因此得知秦丞相被刺的消息。我听他们说前天夜里秦丞相方和夫人王氏饮酒作乐，三鼓时分，回到楼上方要就睡，突有一刺客从楼窗跃入，前刺秦丞相。不料秦丞相平日防备周密，在卧室中设有复道，并置机关，慌忙逃入复道中去，肩上略受微伤。而那刺客陷身机关中，几乎被擒，幸又有一女子来救去。当秦丞相受惊之余，立刻命令城关严闭，五城兵马司率兵四出搜寻，现在还不知道可曾捉到。京中人纷纷传说，以为大事。我想这两个刺客不知是何处剑侠，（读者都是聪明人，想已知之矣。）巾帼英雄，更是可以钦佩，可惜没有刺中啊。"（不独红珠姑娘一人可惜也。）

陆游听到这里，拍桌叹道："博浪沙一击不中，恐是天意了。不然岂非大快人心呢！"原来陆游心中已料是独孤策兄妹所做的了。细味独孤策临行前的说话，已知他必有非常行为。果然激于义愤，愿效荆轲聂政之行，暗刺奸相，不惜只中其肩而不中其喉。其间相去也已无几，秦桧之幸，宋之不幸也。独孤兄妹既然行刺不成，必定翩然远游，决不会被他们缉捕得着的。陆游越想越可惜，又说道："可惜可惜。"

恰巧红珠的母亲捧上一碗鲜鱼汤来，听陆游大声念着可惜，便问道："陆公子可惜什么?"陆游不便告诉伊这事，遂说道："可惜你家红珠姑娘不会喝酒，辜负这玫瑰佳酿了。"红珠的母亲笑道："红珠是不会喝酒的，喝上一二杯面孔便要红的，还是公子多喝几杯吧。这鲜鱼汤很好吃的，请尝尝味道何如。"陆游遂把匙喝了一口，便说："好极，多谢谢你费力。"红珠的母亲听陆游称赞，很得意地走去了。

红珠见陆游听了这事，面上有些不快活的形景，懊悔自己把这消息告诉他听，累他不欢，（写女孩儿家心事甚细。）便和陆游谈起花来。陆游道："我最爱的是花，天下唯花为最芳馨、最清洁，可以忘忧，可以娱性。但花也是娇嫩不堪受什么摧残的，须要好好儿地保护她，培植她。可惜护花有意，回天乏术。现在已至春暮，转瞬间风狂雨斜，落英满地，飞絮沾泥。以前的香，以前的色，将不知到哪里去了。"（有慨乎其言之，花耶人耶，有心人当为同声一哭。）

红珠听着，低头不语，双目隐隐有泪珠盘旋欲出。（知音者芳心自同，红珠其有身世之感乎?）陆游见伊如此，心中有些不忍，也深悔自己出语太多牢骚，（一样懊悔，好着煞人。）还勾起伊的愁绪，使伊不乐。遂喝了两杯酒说道："红珠，我们讲些笑话吧。"红珠勉强忍住眼泪。红珠的母亲却又托着一大盆蜜炙蹄子前来，又把酒暖上。陆游请伊端了一只凳子在旁坐下。红珠的母亲却胡说乱道地引得二人发笑。（赖有此耳。）红珠已不能喝酒，只让陆游又喝了几杯，一瓶玫瑰佳酿已喝去大半。陆游遂道："我也不能再喝了，省得酩酊大醉，真的要睡在花间，绿茵为褥群芳为帐哩！（何不如此。）"红珠的母亲笑道："这是小妮子说的痴话，真的公子醉了，当然请公子床上去睡。"陆游道："无故不归，我家老太太一定不许的，我还是回去的好。"红珠的母亲道："那么请公子用饭吧。"遂和红珠去盛了三碗饭和一碗肉丝汤出来，三人一齐吃饭。

吃毕，时候已是不早，陆游立起身来说道："今晚辛苦你们这样伺候我，酒也喝得够了，和你们改日再会吧。"红珠的母亲说道："陆公子不嫌怠慢，请你时常光临，并教我儿念书。"红珠一双妙目顾盼着陆游，含情脉脉，欲语不语。陆游点头答允道："你们不讨厌我时，我是常常要来的。"又对红珠说道："今晚你喝了些酒，早些睡吧，这暮春天气容易困人的，明天你还要出去卖花哩。"（怜香惜玉，人同此情，况年少翩翩如陆游者乎！）红珠一手掠着云鬓微微点头。于是陆游遂和她们母女俩告别，红珠母女送到门外，也叮嘱他路上小心，看陆游走得远了才回进门去。

陆游一路走去，喝得已有些醉意，踉踉跄跄进了城关，低着头还在想那适间的情景以及红珠的憨态。只听前面吆喝一声，有两名家丁，掮着大灯，十分威武，大踏步地走来。因为陆游不曾让路，便把他猛力一推，陆游没有提防，全身直退下去，险些跌个仰天，幸亏背后有一垛墙头把他挡住。陆游又惊又怒，正待发作，又见家丁后面来了一骑，金鞍玉辔上坐着一个绿袍少年，扬起长鞭，马蹄嘚嘚向前而去，陆游看了不觉叹道："原来是他。"（彼何人哉，若厮之威风也。）欲知后事如何，请看下回。

评：

畹兰曰，逸云赠剑，豪爽可喜。此回紧接上文，而插入宝剑逸史一段，急脉缓受，文章中亦有此法。

写旅店老翁如神龙见首不见尾，老翁何人耶，谅有一番奇事逸闻在也。作者亦擅写武侠，所以写得扑朔迷离，令人怀想。此与十字坡武二得戒刀相同，亦不知头陀何人也，有此一段，足为宝剑生色。

独孤策数语亦能抉出当时弊病。南宋之所以不能终复中原，岳少保直捣黄龙之志，终成泡影者，皆秦桧和议害之也，然而高宗亦欲主和者也，秦桧独能逢君之恶耳。

紫藤棚下饮酒，与牡丹亭中赏花，最易相犯，而作者写来，笔如分犀，情景绝不相同。

写红珠娇憨情形，令人可爱，作者从何体会得来？

奸相被刺消息，出自小儿女口中。言之娓娓，妙极，博浪不中，殆有天乎，宜陆游之痛惜不置也。

独孤兄妹行刺一事，但用数语间接以出之，已觉有声有色，跃跃如在纸上，若换庸手，便要累累赘赘写上一大段矣。

考之宋史，有宋高宗二十年春，秦桧趋朝，殿前司后军使臣施全挟刃于道，遮桧肩舆，刺之不中，捕送大理，桧亲鞫之，施全对曰："举天下皆欲杀虏人，汝独不肯，故我欲杀汝也。"诏磔于市。自是桧每出，列五十兵将长挺以自卫云云。桧之被刺，只此一事，独孤行刺则不可考，然稗官家言，固不能都有来历，盖不必有此事，而不可无此事也。

陆游惜花数语有弦外意，红珠绝顶聪明，如何不有感于中。绿袍少年出得突兀，令人急欲一读下文矣。

第四回

罗御史率子媚权贵
临安府悬榜寻雪狮

古今权臣奸相，羽翼必多，才能结合一种势力去排除异己者。南宋的秦桧以和议误国，杀害忠良，至今万世唾骂。西湖岳王坟前跪着一双顽铁，恶名永不磨灭。但在当时，权威赫赫炙手可热。在他一党里的如张俊、万俟卨、何铸、元龟年、罗汝禹等，都是他的心腹爪牙。有的歌功颂德，市谄以求荣，有的助纣为虐，毒人以为快。真是豺狼当道，安问狐狸，滔滔者天下皆是也。无怪以后莫须有冤狱成，将士灰心，志士匿迹，像韩蕲王也要骑驴湖上了。

在那同僚中最会献媚于秦桧的便是罗汝禹。他也是山阴人氏，家中本有些钱财的，但罗汝禹在临安不过做个小官。他知道秦桧很喜玩古董，遂不惜重金搜取到几件稀世之珍，都是秦汉时代的宝物，其中以一封玉兔尤其价值连城。候到秦桧的生辰，他借着祝寿为名，把这贵重的礼物送进去，正投秦桧所好。次日立即保荐他为大夫，屡有拔擢。他遂得和秦桧亲近，一心伺候他的颜色。秦桧也很想利用他，自然十分假以颜色。（此所谓上下相孚也，然罗汝禹为求利乎？抑求名乎？天下真有此等人，解人难索？）罗汝禹遂在家乡美轮美奂地造起新屋来，威风十足，山阴地方的官吏知道他是秦丞相的亲信人，谁敢不恭恭敬敬地待他，

30

一乡中要算他最有势力了。所生一子名唤书玉，正在弱冠时候，生得俊美非凡，别号莲花郎。（大约是六郎第二。）自幼儿喜欢蹴鞠打弹，品竹调丝，不肯用心研究诗书。（金玉其外，败絮其中，此绣花枕头之类也。）罗汝禹因为自己年纪垂老，只有这一个儿子，要靠他传宗接代光耀门户的，所以溺爱非常，不加管束。（人莫知其子之恶，此言信哉。）况且他又不是常在家中的，一任他儿子去胡闹。因此书玉的胆愈大，自命风流，常去引诱人家的闺女，以遂他的淫乐。且又养着几个拳教师在家，鱼肉乡民，无所不为。人家吃了他的亏，无处告诉，奈何他不得，只好忍气吞声，让他耀武扬威。（土豪恶霸，其罪可杀。）因此大家在背后暗暗诅骂，称他作莲花虎（莲花郎变为莲花虎，大煞风景矣，一笑。）

有一次，罗汝禹带了他儿子书玉到京师拜见秦丞相。秦桧一见罗书玉人品风流，口才便给，十分中意，啧啧称美不止。罗汝禹何等灵敏，遂对秦桧说道："犬子无状，丞相若是爱他，我要请求丞相收他做个螟蛉子，好使他长侍左右，（小人之谄媚，无所不至。）不知丞相意下如何？"秦桧点头道："正合吾意。"书玉连忙走上前，向秦桧叩了三个响头，叫声义父。（丑极。）秦桧也说吾儿请起，遂排列在第十二之列。（不是金钗十二，倒是干儿十二。）以后府中人都称他为十二郎。（莲花郎又一变而为十二郎，小人多变若是。）原来秦桧的干儿子很多，当时朝中不知有天子，只知有秦丞相。大家要来趋炎附势，拜在他的门下以求光荣。（如此求荣，甚至士大夫之无耻也。）但他定例很严，纳贿很重，寻常人也难以做他的干儿子呢。（欲做干儿而不得，可怜。）此番他因自己和罗汝禹十分亲密，又见书玉俊美可爱，所以毫不踌躇地应诺。遂领着书玉到里面去拜见夫人和他的女儿。内室妇女见了书玉俊美的面庞一齐称赞，十二个干儿子中要算他最风流最美貌了。

当书玉拜见义母时，偷眼见王氏身旁立着几个如花如玉的美人儿，内中有一个长身玉立，穿着鹅黄衣裳的，更对他注视不瞬，娇波流盼，脉脉含情。王氏对书玉说道："她们都是你的妹妹，快过来相见，以后是自家人了。"书玉遂和她们长揖行礼，她们也一一还礼。那个穿鹅黄衣的女子，笑得花枝招展似的，悄悄地和伊同列的姊妹附耳私语。（轻佻如见。）书玉本是风流场中的魔王，见色心动的人。此时心里跃跃地很想活动起来。同时觉得丞相府中是尊严的所在，自己还是初次相见，不得不假装着斯文，且待以后慢慢儿地想法。秦桧遂留罗汝禹父子在府中饮宴，尽欢而散。从此，书玉常在府中走动，凭着他的面貌手段，博得一府中上下人等都欢喜他，十二个义兄弟要让他最得宠爱了。

那时正在溽暑，王氏忽然发起游夜湖，预先定下一只画舫，扎彩悬灯，装饰得十分华丽。王氏带了伊的几个女儿和下人，到湖中泛舟。凑巧秦桧正有公事不能奉陪，只教罗书玉在旁伺候。书玉好似得着九天纶音一般，周身骨节都觉轻松。眼看着莺莺燕燕的众姊妹，鬓影衣香，逗人心醉。他在船中和他们谑浪笑傲，说些打趣的话。看看王氏面上怡颜悦色，他益发胆大起来。

秦桧共有五个女儿，第二个名唤香玉，搔首弄姿，十分风骚，正在花信时候，嫁与给事中冯楫的长子冯以熊。秦桧夫妇最是宠爱伊，但可惜那位坦腹东床是个阘茸无能的男子，性情愚骏，一些儿也不风流，如何合得香玉之意。因此香玉归宁时，常常抱怨伊的父母把伊配错了亲，可谓鸦凤非偶。秦桧夫妇也是误听了媒妁的说话，不好悔婚，无可如何将好话安慰女儿。岂知香玉生性风流，暗暗私蓄面首，至六人之多，（可与山阴公主媲美矣。）恣意淫乐。冯氏父子虽然知晓，只是碍在秦桧面上不敢声张，（一顶绿头巾，甘心戴之。）后来秦桧夫妇也有些风声，只因中蓐之丑，不足为外人道，所以常把香玉接在家中居住，免得伊出外放荡。

还有一件趣事，可以值得记载的。便是香玉很喜欢养猫，伊得着一头狸奴，全身毛色洁白如雪，一双金睛状如小狮，取名雪狮，朝夕携在身旁。那雪狮便恰如人意，教坐即坐，教立即立，又善捕鼠。所以香玉爱之如第二生命，每天夜里香玉睡时，雪狮必在旁边伺候了。有时香玉高兴，便拥着雪狮同睡。（以熊见之，必有人不如猫之感。）一夜，香玉归房不见雪狮，十分奇异，连忙命小婢在府中寻找。内外都找遍了，哪里有个影踪。（雪狮雪狮，竟做黄鹤矣。）香玉一旦失去心爱的东西，急得不了，一定要找到的。有一个老妈子报称傍晚时，曾见那头雪狮跑到后边花园里去的。香玉立刻吩咐大大小小的家人到花园中去搜寻。一个很大的花园，四处都去寻到，灯笼火把照耀如同白昼，而雪狮的芳踪仍不可得。香玉大怒，对那老妈妈说道："你既然早见雪狮跑开来，为什么不来告诉我，都是你的不好。"遂把那老妈子乱棒打出，不许伊再进府里来执役。（冤哉枉也，老妈子懊悔多嘴矣。）一面又向秦桧夫妇撒娇撒痴地要求，必要将那雪狮寻来，一夜没有安宁。明天饮食不进，睡在床上不起来。秦桧夫妇没奈何，用话安慰。香玉遂请伊父亲立刻限令临安府访求雪狮，在三天之内必须寻到。秦桧照伊吩咐去办。

那临安府接到这个公事，不觉叫声苦也，偌大一个临安城，那猫儿又是很小的东西，到哪里去找呢，便着令手下全班捕快限两天之内，必须将秦丞相府中走失的雪狮找到，好使物归原主。捕头石三官得到这个紧急命令，哪敢怠慢，立即召集手下弟兄，共商妙计，大家都引以为异，说这桩公事倒很别致的，我们只会缉访盗贼，不会搜寻狸奴。想那雪狮一时也不会走到什么地方去的，只要在丞相府邻居民家四下寻找，或有影踪，便分成四小队立即出发，到秦丞相东西邻居抄寻。如火如荼，不知道细底的都当作捉强盗。那些捕快闯进各家墙门，楼上楼下，四处寻找，声言我等奉令来寻雪狮，如有窝藏者，查出处罚。起初那些小民惊慌失色，还当雪狮是个大盗的名称呢。后来才知为了秦丞相爱女失去一猫，故而搜寻，未免小题大做了。那些捕快搜寻了一天，不见影踪，一个个垂头丧气而返，但是那些人家已被他们骚扰得够了。（写当时秦桧淫威，令人发指。）石三官皱眉蹙额只说这事怎么办呢？大盗好捉，小猫难寻。（妙语。）但是秦丞相的严令，如何违背？三天寻不到雪狮，恐怕临安府要做不成，我辈也要滚蛋了。

　　捕快中有一个诨名小黑炭的大声嚷道："我们没有见过雪狮的形状，怎好寻觅？不如明天出去把城中民家大大小小的猫悉数捕捉前来，然后请他们来认，或有雪狮在内也未可知。"石三官对众人说道："小黑炭的说话虽然有些憨，然而我们也只好这样试试了，你们以为如何？"众人都道好的。于是明天一早，众捕快又去请到不少助手，分三人为一组，出去到街上鸣锣示众，不论大小民户，凡家中有猫者，速即交出，否则有罪。一面又恐人家私藏，仍旧入内搜寻。那些有猫的人家吓得不知所云，纷纷将猫交出，（想是群猫遭劫。）大的小的满筐盈车。到傍晚时一起起地满载而归，都关闭在石三官家中。几间屋子尽放着猫，生恐群猫逃逸，众人分头持梃防守，专待明天秦丞相府中人来认取。天幸有雪狮在内，大家便可没事了。群猫本有绳子系住的，但是每间屋里聚着几百只猫，雄的雌的，大的小的，各种多有，（不啻开一猫儿展览会。）哪里能免吵闹呢。呜呜的声音四面叫起来，越叫越凄厉，好似几百个鬼在那里哀哭，使人听了毛发悚然，不能安眠。有几只猫早已挣脱了绳索，在屋中厮打不休，闹得天翻地覆。（读至此，令人发笑。）好容易一夜过去，石三官早已禀知临安府，临安府便到丞相府里禀白清楚。秦桧遂打发四名家人前去认猫。四名家人连忙跟着临安府来到石三官家里，一间一间开着门请他们进去认猫。四名家人掩着鼻子，逐一审视。因为满地都有猫尿猫屎，臭气冲天，几乎令人作恶，不料看遍群猫，依然没有雪狮，临安府急得搔头摸耳。（何至于此，小人患得患失，于斯可见。）忙又赶到秦丞相府里面见秦桧，要求宽限三天。秦桧因为这事究竟不比别的重要案件，不要过于严厉，遂允许他再宽限三天，务必想法寻到，临安府叩头道谢而去。（丑态如绘。）

那石三官捉了许多猫在家中，吵闹得四邻不安，雪狮仍旧没有，放在家中何用，又没有大批小鱼去供给群猫大嚼，只好放它们去了吧。遂教弟兄开了门，放猫出去。谁知那些猫关闭了一夜，又饿又急。此刻放出来时，好似一群败兵溃卒，争先抢逃。霎时屋上都满，四面乱窜，见了人家桌上的食物，便不顾性命地抢夺，大家都说猫儿造反了。（读者试瞑目细思当时情景，能不哑嗉。）骚乱了一阵，石三官便命他妻子和女儿打扫三间屋子，石三官的妻子大骂瘟猫害人。石三官道："你不要这样怪怨，我们吃了公家饭，也是没法，若被他们听得了，不是玩的。"遂又去临安府那里请示，且说："小的已将城中大小猫儿捉到，雪狮仍不见影踪，大约已不在人间，恐有人暗中害死了。（真是命案矣。）三天期限将满，小的实在没有法想，请大人宽恕。"临安府道："这件事确乎难办的，我已到秦丞相那里去要求宽限三天，多蒙丞相许诺，所以你们再行努力搜寻去吧。三天期满，再没有雪狮，我难以再见丞相之面，你也不必来见我了。"石三官连称是是。退到外边，好似想着什么的，急急跑到秦丞相府上，要求一个家人把那雪狮的身材状貌一一说明。又请几个画师赶紧画了一百多张的狮猫图，命众弟兄拿去，在各处茶肆中张贴起来，如有人能寻得这猫献上的受上赏，闻风报信因而找到的受次赏。（如此寻猫，实属创举。）临安城中的人街谈巷议，都谈着这事，引为异闻。有些养猫的人家都自认晦气。因为他们的猫都被捕去，等到放出来时，群猫儿乱跑，各择新主，再也不能原璧归赵了，这项损失可向谁去说话呢。（以失一雪狮而累及全城人家之猫，城门失火，殃及池鱼，有以哉。）石三官把狮猫图张挂了一天，仍不见有人来报告，知道是无效的了，三天期限也是很快的，坐待歇差吧。临安府也是十分发急，食不甘味，寝不安席，终日哭丧着脸，如丧考妣，（形容绝倒。）别的公事也无心办理了。

衙署中有一个掌文书的小吏姓蒋的，乘间进言道："这些小事大人何必忧虑，若依在下之计，可以化为无事。"临安府听了他的说话，又惊又喜道："此话怎讲？你可有什么妙计？若果能化为无事，我当重重酬报。"姓蒋的带笑说道："在下不该说秦丞相的爱女私匿娈人袁大兴。袁大兴和我熟识的，他常偷偷告诉我说，秦丞相膝下的二千金和他很是爱好，言无不从。此事只要我去求袁大兴出来斡旋，不是可以化为无事么？"临安府也约略知道香玉的丑事，连忙说道："果然很好。但不知那袁大兴是何如人，你该知道他的地址，待我亲自前去拜访。"姓蒋的答道："袁大兴是个成衣匠，（嗟乎！香玉以堂堂相国之女，而与一成衣匠有苟且之行，太不自惜身价矣！然秦桧作奸误国，宜其有此女以玷辱其门户也。）不劳大人枉驾，待在下走去说项，包他答应。只要事成之后，大人不忘在下的功劳便了。"临安府便对他一揖道："当然不敢相忘。我这官职全靠在你的一言，拜托拜托。"说罢又是一揖。（临安府之丑态何其多也。）

姓蒋的受了两揖，十分得意，便出去干那事了。少停喜滋滋地走回来，对临安府悄悄说道："袁大兴已允许到那里去说得伊不想再找那雪狮了，但他要求大人赏赐三千贯钱，在下谅大人总能答应的，所以已代允了。"临安府听得要有三千贯钱出账，未免有些肉痛。然而比较去职总是远胜，遂说道："很好，有劳你了。"看看三天的期限又满，临安府心中还是忐忑。忽见秦丞相差人传令：雪狮既杳无影迹，毋庸再行找寻，就此销案。不觉大喜，明知这是袁大兴的力量了，石三官也谢天谢地放下心事。姓蒋的便去向临安府恭喜，要将三千贯钱去。临安府只得如数交付，却不知道姓蒋的究竟可曾把三千贯钱完全送给袁大兴，横竖无关正文，不必细表了。（写袁大兴寥寥数语，此是文章繁简相映法。）因此香玉的名声愈大。

伊自从见了书玉之后（回到上文），一缕柔情早又萦注在书玉的身上。书玉也认得伊便是初次相见的那个穿鹅黄衣的丽人，况又知道伊在众姊妹中要算最为风流放荡。书玉是喜欢拈花惹草、偷香窃玉（偷香窃玉四字妙合。）的人，自然要施展他的伎俩了。遂对众姊妹说道："月白风清，我们何不一弄音乐，好使母亲快活。"香玉接着走过去说道："玉弟，你吹洞箫，我弹月琴，合奏一曲可好？"书玉道："谨遵玉姊吩咐。"遂取过月琴，双手捧与香玉，自己拈着一支洞箫，两人坐在船头吹弹起来。清音靡曼，很是悦耳。加着月光映着波光，那美丽的西湖，恍如一面大圆镜，清风徐来，水波微兴，又如天孙在那里织着千万道银丝，（写景妙绝。）王氏和伊的诸女都觉得心旷神怡。至于那船头上的一对，自然更是沉醉在美的环境里了。（可惜狡童淫妇，有负此良辰美景耳。）

舟过西泠桥，已到秦桧所筑的别墅所在，王氏遂偕众人舍舟登岸入墅小坐。并命下人进莲子汤，家人四面走去散步。隔了一歇，众姊妹都已回到王氏身傍，独不见书玉和香玉。（二玉不见，怪哉。）王氏遂命人去寻找，却见他们俩正坐在假山上一个亭子里喁喁谈话，听王氏呼唤，连忙走回来。王氏见时已不早，遂带着家人坐舆回府。

自从这次出游以后，书玉和香玉益发亲热。王氏管不下香玉，也只得眼开眼闭，让她去休。冯以熊有时到相府里来探望香玉，反遭伊的白眼。（可怜。）相府中地方很大，僻静的所在自多，二玉常常背着人幽会，干那风流的事，不知多少次数了。恰巧有一天秦桧公余无事，走到园中尊经阁上来检点一种经籍。那尊经阁是藏经的所在，四周绕着假山，绿阴深蔽，是个极幽静的地方，平时没有人来的。（特点一笔。）秦桧穿过假山，早到尊经阁下，慢慢儿走上楼梯，耳边似乎听得楼上有一种声音，心里明白，暗想谁在这里干那混账的事，我一定不肯饶他。连忙走到阁上一看，不由使他呆了。欲知后事如何，请看下回。

评：

　　畹兰曰，上回写过绿袍少年。此回偏不直接写下，要从远处回合拢来，文笔便不落呆滞。

　　写秦桧与诸小人狼狈为奸情景，使人悲愤不置。真所谓豺狼当道，安问狐狸。

　　写罗汝禹胁肩谄笑情景，与书玉轻薄浮华态度，皆入木三分。秦桧收书玉为干儿，无异引狼入室，何无自知之明也。

　　中间夹杂捕猫趣史，看似滑稽取笑，其实并非作者向壁臆造。所言临安府悉捕人家狮猫，以及绘白狮猫，图张于茶肆等情，皆出老学庵笔记，秦桧之宠爱其女，可见一斑矣。

　　香玉之淫荡，足为秦桧之报应，天理昭彰，可不惧哉。

　　写临安府丑态，足当一部小小《官场现形记》。

　　夜游西湖，本属雅人韵事，然以王氏辈当之，便不值一哂矣。

　　写二玉勾合情形，颇觉省力，此等人徒求肉欲，本不足以语恋爱之真谛也。

　　篇末一结，故作迷离之笔，然读者已不言而喻矣。

第五回

兴冤狱志士灰心
忆远亲慈闱惊梦

当时使秦桧最难看的，便是亲眼目睹自己的女儿香玉，竟和他的干儿子罗书玉相抱相拥地在炕床上，干那《红楼梦》上风月宝鉴里的话儿。虽然他早已知道他女儿的丑行，只是不闻不见，假作痴聋，还好将就过去。（此事如何将就得。）现在亲自撞见了，羞恶之心人皆有之，（是非之心亦人皆有之也，秦桧何以独主和议，则羞恶之心亦仅矣。）不觉勃然大怒道："嗯，你们在此做什么，廉耻何在!"两人正在云雨酣畅的当儿，不防冷锅里跳出热栗来，偏偏被秦桧本身儿闯着。尊经阁上又没有别的路可走，两人都觉又害羞，又恐惧，不知所可，只得一齐向秦桧双双跪倒。秦桧叹了一口气道："你们太不顾我的脸子了，快些与我走下去，我自有处置。"二人整衣束带，一溜烟地逃下尊经阁去了。

秦桧独在楼上，经书也不想检点了，顿足叹道："我何尝见不及此，家庭间事非国事可比，我真长于治国而短于治家了。"（古人云，修身齐家治国平天下，不能齐家，焉能治国，此秦桧自欺之语也。）遂回到内室把这事告知王氏，王氏也沉吟不语，良久说道："这件事很难的，张扬出去，反被人讪笑，我们的家声也不好听。（早已不好听矣，王氏岂不知乎。）况且香玉嫁给了

39

冯家，肮脏一生，伊常常抱怨我们的，现在又把伊怎样办呢?"秦桧道："如此说来，倒是我们的不是了。"王氏道："父母之命，媒妁之言，断送了一个爱女去过那不快活的光阴，岂非其咎由于我们呢。"（王氏之言，大有新思想，一笑。）秦桧道："不要说了，我就教书玉回去罢咧。"遂一拂袍袖，走到外边书房里，吩咐书童将书玉唤来。

书玉虽然胡闹惯的，此时究竟有些胆怯，见了秦桧，俯首无言。秦桧对他说道："能悔过者不失为君子，我也不来严责你，望你自己悔改，但此间你不宜久居了，请你回乡去吧。"书玉遂向秦桧叩了一个头，又到里面去拜别王氏。羞愧满面，离开相府，（何不与香玉握别耶。）回到他父亲的寓中。罗汝禹得知这个消息，只好长叹，又不忍深责儿子，只得教儿子回乡去吧，自己又到相府里去谢罪。

书玉回到家乡，依然不改他的故态，（所谓江山易改，本性难移。）反而倚着自己是秦丞相的义子，在家乡作威作福，妄言妄行。本处官吏谁敢得罪他！俨然一方之霸。娶了两房姬妾，声色自酣。

这天恰巧从朋友处宴会归来，两名家丁捐着大灯，在前开路，自己跨着马，一路回家。陆游被他们一推以后，回头见那个绿袍少年正是罗书玉，（至此方才斗笋。）不好发作，只得暗暗骂一声罗贼，但罗书玉早已老远去了。陆游回到家里，伴着他母亲谈话，不久便告辞归寝。次日便到沈家去见逸云，逸云早已知道这个消息。他们又一同去访松月上人，都说此事必是独孤兄妹所做，可惜没有刺中，否则岂非天下大快事。（余音袅袅。）幸喜二人没有被擒，也是他们本领高大，所以能够逃走，都觉得惋惜不已。

光阴很快，一霎眼过了几个月。陆游终日用功读书，枕经胙史，以备他日考试地步。只乘暇时到红珠那边去盘桓，或教伊吟诗，或助伊栽花。红珠如小鸟投怀般使人怜爱，足以解去他不少忧烦。此外，或到禹迹寺去和松月上人弈棋，或到沈园去和逸云饮酒，或到他的授业师鲍季和先生那边去请益。（此处只用略叙。）至于卢英到了蜀中，只托便人带来一信，说起已承陆游的母舅保荐在吴武顺王麾下，充当牙将，希望将来立功。蕙仙也有一函前至，说信已收到，知道姑母等安好，很慰远念，并问陆游近日如何用功诗书，附上小诗两首，对于伊自己的近况，却只字不提，未知何故。相隔数千里，信息难通，也是无可奈何。

转瞬岁暮，有一天，他正在沈家饮酒，忽有逸云的亲戚从临安来说，岳少保已死于风波亭。原来岳飞志复河山，誓破胡虏，率领部下十万健儿，和金兀术大战。郾城之役，兀术悉起精锐来和岳家军对垒，岳氏父子奋勇迎击，破其拐子马，杀得金兵大败。兀术遁走，直追到朱仙镇。两河豪杰都率众来会，父老百姓挽车牵牛，顶盆焚香，来欢迎岳家军的，充满道路。金人锐气尽失，尽弃辎重，渡河逃去。这时岳飞心中大喜，对他部下说道："直抵黄龙府，与诸君痛饮耳。"大军云集，正要渡河进攻。（说得声势如此之盛，秦桧之罪愈见噫！桧之肉其足食乎？）不料秦桧矫诏，连赐十二金牌，召飞班师。岳飞不得已泣别部下，单骑回京。秦桧以为岳飞是主战健将，又是金人最忌最惧的，所以必欲杀飞，好使他的和议进行无碍，且可博得金人的欢心。遂和他的爪牙张俊等密商，即用莫须有三字，造成岳飞冤狱，把岳飞父子以及岳飞的女婿张宪一共三人害死。（读书至此，当废卷三叹。）这事详载正史，我也不必细表。但在当时临安人民，无论男女老幼，除掉秦桧一党中人，一闻岳少保死，没有一个不痛惜下泪，四方豪杰得知，一齐灰心，也有许多立刻解甲归田的。唯有金兀术听得后，大喜道："岳飞已死，吾无忧矣。"（邻国之贤，敌国之雠也。）这样看来，秦桧卖国之罪，遗臭万年了。

陆游先前本已听得金牌召飞班师的噩耗,知道都是秦桧的阴谋,心中愤恨不已。现在又听岳少保身死,明明是被秦桧害死的了,不觉气愤填胸,把一只酒杯向地下哗啷啷地一砸道:"岳少保死,天下事不可为矣!我们都要被发左衽了。"那只酒杯早已砸得粉碎。(慷慨激烈,真是气愤语。)逸云也拍案长叹道:"秦桧和议误国,罪不容于死,可恨可恨。"陆游又道:"岳少保乃古今第一名将,国家若能专心任用,没有奸人去掣肘时,朱仙镇之战,已足寒金人之胆,他自会直捣黄龙,恢复故土的。现在却死于秦桧那厮手里,天下有心人当为同声一哭了。"这天陆游和逸云得知这个不祥消息后,悲愤得很,连酒也无心再喝了,不欢而散,怏怏地回到家中。

陆太太见他面色不悦,便问道:"今天你有什么不快活的事,眉峰频蹙,长吁短叹?"陆游便把岳少保为秦桧害死的消息,告知他的母亲。陆太太也叹道:"大概岳少保和秦丞相前世定有冤孽,所以今生如此仇恨,现在岳少保一死,冤孽消去了,愿他来世再是一个男子,多享些世上的福气。你也不必为此不乐,须知我们大宋人民作孽多端,当受外人的蹂躏,刀兵之劫无可避免的,但愿世人极早修行信佛,自然可消此灾。"(一派胡言,令人发笑,佛婆子之语不足听也。)陆游听了他母亲的说话,知道伊佞神信佛,所以有此说法,也不和伊去辩驳,只得唯唯称是。

陆太太又道:"这几天预备过年,稍觉烦忙一些,夜间也比较好睡,但是昨夜我做一个梦很是奇怪。"(老人多喜讲梦话。)陆游道:"怎样奇怪?"陆太太道:"我梦见你的母舅轻轻走入我的房内,我不知是梦,以为他从蜀中赶来探望我们呢。我很喜悦,请他坐了,问他近来身体可安好,可曾携眷同来,但见他对我没有说话,只淌下两点眼泪,转瞬却不见了。又好似自己立在河边,见侄女蕙仙正在对岸痛哭,我正要问伊为何啼哭,又见伊

42

纵身一跃，跳入河中。我就此惊醒，乃是一梦。细细思量有些不祥，你的母舅好久没有信来，不知吉凶如何，很是悬念，我如何会做这个梦，岂非咄咄怪事，你代我详一下子看。"陆游答道："母亲因为思念母舅，遂有此梦。梦寐无凭，不足证信，请不要放在心上。"陆太太道："我总有些疑惑的。"陆游口虽如此说，心里也觉得忐忑，（恐是预兆。）怅望天涯，关山遥隔，恨不能腹生双翼，飞到川中去一视究竟呢。（古时交通不便，多感苦痛。）爆竹声里，又是新年。陆游心中闷闷，无可消遣，遂踱到红珠家里来饮酒作诗钟。红珠在新年头上却不出去卖花，伴着陆游消磨良辰。伊对于莫须有冤狱，也是深加痛恨，时时和陆游说起，愤慨之意，现于眉宇。陆游知伊虽是个卖花女郎，却大有鲁漆室女遗风，很关心国家大事的。

恰巧逸云新年无事，制了许多文虎，在他家园里张灯征射，备有奖品，一时文人学士纷纷到沈园中去射虎。陆游被他邀去制谜，陆游又出诗钟题来征答。这样一个正月不知不觉地过得很快。直过了二月二，逸云和陆游也玩得有些厌了，方才停止。

一天陆游正在书房里看书，忽然家人入报，外面有一差官模样的人求见。（此何人耶？）陆游不知是谁差来的，连忙走出厅上。那差官见了陆游，行过礼便道："在下方从蜀中前来，到临安有公事，卢将军命在下带得一封书信在此，便请公子收阅。"遂向怀中取出一函，双手奉上。陆游接过一看，知是卢英来信，随即把手撕开了展读。上面写着道：

务观公子雅鉴。忆自沈园一别，已是经年，暮云春树，时切萦思。其间曾上一函，想已早登记室，惜河山云遥，邮递多阻，不能时聆教言也。下走初承公子勖励，继得唐公保举，遂得列身行伍，立功疆场。他日若有寸进，终身不忘大德也。兹因唐公忽于岁暮撄疾，医药罔效，不及一旬，遽尔逝世，下走吊唁之余，弥觉哀痛。听虞歌兮心断绝，歌楚些兮泪纵横，盖唐公身后萧条，凄凉情形，令人不忍目睹。幸得英武顺王及诸君子之厚赙，方获卜葬于横山之麓，且筑新茔。唐公后嗣乏人，只有夫人与蕙仙女公子在傍亲视含殓。丧中事由下走为之襄办，此亦义不容辞者也。南中与此相隔数千里，恐公子等尚未得悉噩耗，因托便人下书左右，想公子闻之，亦将临风陨涕，弥增西州之恸也。但尚有不能已于言者，下走窃观蕙仙女公子，性情淑慎，事亲甚孝，然以后母悍戾不获博其欢心。每受不虞之毁，鞭挞之刑，而蕙仙女公子皆隐忍而不言。故唐公在日，尝语下走曰："我家蕙仙好女儿，乃时受后母之虐待，终无怨言。我非不知之，顾家庭间事有难言者矣。曩者其姑母颇爱之，我亦欲蕙仙南返，惜以道远，未能送往耳。"及唐公易箦之际，又指蕙仙女公子而语下走曰："他日幸君善为我视此女，莫使受大苦也。"下走既受此愿命，未尝不置之于心。深觉彼母女之间难以久安，若不及早设法，蕙仙女公子恐将堕入火坑，而莫之能救矣。爱而拯之于衽席之上，唯公子有以教之。其他种种情形，笔不胜述，且亦有不便言处。他日公子苟见蕙仙女公子，不难明悉一切也。

临颖不胜恳切待命之至。下走卢英顿首上言。

陆游读罢这信，方知母舅已魂归地下，以及蕙仙受后母虐待的大略情形，心中很是悲痛，便请那差官坐着稍待，自己持着信到后堂去见他的母亲。

这时陆太太正在念佛，伊的脾气认念佛是一件极神圣极虔敬的功课，专心致志，吃了素然后念的。只要伊身一坐定，念上经后，不许什么人来缠绕，打断伊念经的宝贵时间。陆游并非不懂这个规矩，只因事情重要，不得不告禀了，遂上前叫应他母亲。陆太太只好停着问道："你有什么事情来打断我的念经呢？罪过不小。"陆游道："蜀中有要函托人带来。"陆太太道："很好，我正思念你的母舅，难得他那里有信寄至，你快读给我听一遍。"陆游道："母亲，可怜舅父死了。"陆太太听得伊的亲兄弟故世，不觉心中一阵悽酸，眼眶里扑簌簌地落下泪来，急忙问道："这个消息是真的么？去年岁底的妖梦果然不祥了。唉！我弟弟千里迢迢宦游在外，不料到今朝尸骨不能回乡，岂不伤心。况且他是素来廉洁自守的，两袖清风，没有一瓦之覆，一垄之埴，教他的妻女如何过活呢！此刻我又不能前去一吊，永远没有见面的期了。究竟犯的什么病，死得状况如何，你快把信读给我听吧！"陆游遂把卢英的信从头至尾读过，陆太太姊弟情深，悲切已肤，竟放声大哭起来。

陆游一边拭着泪，一边对陆太太说道："母亲，现在那个下书的差官正候在厅上，我们可要给他回音，是否要设法去接蕙仙表妹前来？"（此为先决问题。）陆太太止住哭说道："可怜的蕙仙，可以说伊竟是一个无父无母的孤儿，不知伊怎样的伤心，还要受后母的虐待，伊的父亲死在九泉也不瞑目。（此语陆太太言之，请诸位读者记着。）既然我兄弟临终前曾对卢先生说过这些话，当然抚养之责要归在我们的身上，我们自当设法去接伊到此。况且我兄弟在日，也曾对我微露意衷，愿把蕙仙许给你的，此时难道坐视伊在那边受苦而不去照管么？"（陆太太此时爱护蕙仙之心，自是一片真诚，孰知后来之忽变乎。）

陆游也说道："后母苏氏本是小家女，母舅在邗上娶来的。（随手点出苏氏。）我虽只有见过一面，也微觉得伊的为人很是悍厉。母舅的性情又是十分和善的，有些事他也不肯告诉人家。蕙仙表妹也是婉变和顺，不肯暴扬长亲的恶处，一切都甘心忍受

45

的。我们又和他们相隔甚远，消息不通，何能顾及他家的事。卢英稍和我母舅接近，旁观者清，自然看出一些来，况且我母舅已明明白白地对他说过了，所以他写这封信给我们，不但是报告母舅的死状而已，实在希望我们要把蕙仙表妹接来，免得伊再受痛苦。信上说还有许多言语不能笔述，须待蕙仙表妹前来，方可明白。这样吞吞吐吐，一定还有什么不可告人的事哩，（一语道着，读者请看下文便知。）所以依儿的主张，也是要把蕙仙表妹快快接来，我母舅遗留下的只有这一点亲骨血了。"

陆太太道："不错，但是我又不放心教你去接的，此间又没有别的亲信能干的人，去到蜀中走一遭，教我怎样想法呢?"陆游道："我们若要接表妹前来，无须差人前去，只要待儿写一封信，便托那差官带回去，拜恳那个姓卢的护送表妹到此，一定安妥无虞。"（陆游早已筹之熟矣。）陆太太遂问道："我还不知道那个姓卢的是什么人，据你方才在信上读过的，也是你荐送去的朋友，不知几时前往的，却有这样义气。"（写陆太太之称赞，即写陆游知人之明也。）陆游只得诡言去年春间在沈家相识，因他有从军之志，所以写了荐信给他，由他自己去的。（是补笔。）陆太太又问道："此人很有血性，大约可以托得么?"陆游道："儿虽和他不是深交，然知他很重道义，若请他护送蕙仙前来，千稳万妥，定能愉快胜任。"（一再申明。）陆母便道："那么事不宜迟，你快写信去吧，可要犒赏那差官几两银子。"陆游点点头，忙回身跑进书房，伏案写好一封书信。中间所说的话，大意便是如此，著者也不必赘述了。（省去妙。）陆游持着这信出去交给那差官，说道："大概你仍旧要回去的么?"差官答道："正是。在下在此还有一些小事，三天后立即动身。卢将军曾知照我，府上如有信件，可仍由在下带还。公子既有书信请交在下带去是了。"遂接过藏在怀中，陆游又取出十两银子与他道："这一些程仪，请你不要客气，收了吧。"差官起初坚不肯受，后来见陆游十分诚恳，遂拜谢受了，告辞即去。

陆游自从那差官走后，心上好似多了一重心事，每天放不下的。陆太太又代伊的亡弟在妙严庵里特请七个尼姑拜三天经忏，超度幽魂，忙得那个当家的静因师太竭诚招接，因为陆太太是妙严庵的一位大施主呢。陆游却专盼卢英早日把蕙仙送来，好使伊脱火坑而登衽席。欲知后事如何，请看下回。

评：

畹兰曰，二玉丑态，竟使秦桧自己见之，妙妙，桧尚有羞恶之心乎。

绿袍少年即罗书玉，如此回合拢来，书玉之为人已可觇知，乃为后文预作地步。

岳侯之死，千古惜之，高宗听信谗言，亦欲主和以求苟安耳，故不惜自坏万里长城。为小朝廷以忍辱也。

或以为将在外君命有所不受。岳侯于此何不急率军渡河，为直捣黄龙之计，迎回二圣，光复河北，然后班师回朝，解甲待罪乎。然不知揆之当时情势，则不如是之易也，岳侯岂见不及此哉。十年之功，废于一旦，其语有深憾焉。

陆太太请梦，故逗一笔。

卢英一信，蕙仙境遇之苦可以觇知矣。此面仍是虚写。

陆太太之迎唐，此时一片真心。

陆游之遣卢英入蜀也，发于慷慨之心，岂料不啻为自己迎唐之计乎。于是知作者在第一回已暗伏线索矣。

第六回

雨妒风欺贤媛受虐
愁深病重老父托孤

一间小室中点着一盏孤灯，灯光惨淡不明，但照在侧面的墙上，依稀有一个亭亭倩影，因在灯下坐着一个年可十六七岁的女子，正伏案吟咏。案头摊着几张素纸，伊方握着笔，写得几个字，又停了思想。瞧伊的容貌和身材，足以当得美的一字。鬓发如云，明眸似水，昔人说什么倾城倾国，形容妇女的美丽，像这个女子，一种天然妩媚，实在不是笔墨所可形容的。（如是云云，即形容之矣。）但是细察伊的面色，却带些憔悴，蛾眉深锁，似乎胸中蕴着许多愁苦的样子。

伊正在吟咏的时候，忽然外面又走进一个妇人来，浓装艳抹，年纪约有三旬，手里拿着一只玉簪，一面剔着伊的牙齿，一面恶狠狠地（恶狠狠三字可怕。）瞧着女子说道："好你真有这空闲工夫，却躲在这里做什么狗屁不通的诗，难道想做女诗人么！古人说女子无才便是德，女子当做女子的事，（何为女子的事，岂吟诗非女子事耶，可笑。）要做这诗何用，女子一有了学问便容易堕落，干许多歹事。（此真妄言，岂无学问之女子即不会堕落耶。）所以我最恨你的便是假作斯文，作诗写字，自以为官家小姐、闺阁千金了，全不想男子是靠着他去做官发财的，女子守在家里，自有家务，要学会这个何用呢！我要问你，既然有这工夫吟诗，那么你舅父的鞋可曾做好了，快些交给我吧。"

那女子被妇人突然走来，把伊骂得昏头昏脑，末了又要向伊索取鞋子。伊不觉气得玉容失色，胸中塞住，说不出话。良久方才答道："请母亲原谅。我因不多几时曾代舅父做好一双鞋儿，大约总没有穿破，所以还没有预备。"那妇人又指着伊说道："你要管他穿鞋子么，须知男人家在外奔走，穿鞋子是容易破的。昨天他又问我鞋子做好没有，所以要你快快做出来。"女子答道："母亲并没有预先关照我啊，现在既然母舅要鞋子穿，待我做起来也好。"

那妇人本来寻伊的错处的，不料自己的说话说坏，事前既然没有关照，今夜怎好向伊要鞋子，不是反显出自己的错处么？好在伊自己的话说错了也不承认的。便又道："哦，本来他也没有福气穿你手中做的鞋子，你也一定十分不情愿的，我虽然没先关照你，但是你难道不能预先做好的么？做一双鞋子有何足奇，必要向你说三说四成功呢。"（呜呼，是何言欤，所谓欲加之罪，何患无辞。）

女子低倒头不响，在这个当儿，外面又走进一个二十四五岁的妇人来，向那年长的妇人问道："大姊姊又在这里怄什么气？"那妇人说道："我是为了兄弟要鞋子穿，便催伊速做，伊却说话顶撞我起来，怎不令人气恼。我因你有了小儿是很忙的，伊又年纪这般大，做些针线代替人家一些气力也是应该的。谁知伊却鞋子不肯做，反而得空便吟诗，我又不要伊做什么女学士。妹妹，你我都不识什么字的，天天要过日子，伊识了字也是这样过日子，要识字何用呢。（愚而好自用，难矣哉。）"年轻的妇人接口说道："原来为了我家小山的鞋子问题，那是小事情，请大姊姊息怒吧，妹妹若有暇做一双也好，若是无暇，还是我自己来做吧，求人不如求己。"（既知如此，何不自做。）遂拖拖拉拉地把妇人拖出去。那妇人走时，回转头来又对那女子说道："等你父

49

亲回来时，你快去和他说吧，我来欺侮你的，我预备和他相骂一场的。你该知道我的脾气，任何人都不怕的，便是遇到头上出角的人，我也要扳折他的角。（奇语。）"气愤愤地去了。

那女子见她们走后，不觉伏在案头啜泣，眼泪点点滴滴的，把那案上铺着的几张素纸都沾湿了。那女子是什么人呢？原来这便是陆游母子在数千里外怀想的盼望的唐蕙仙。（千呼万唤始出来，不得不郑重言之。）蕙仙是一个冰雪聪明的好女儿，从小到长成没有人见了不称赞的。（未必尽然，否则彼恶声何从而来乎。）不幸伊的母亲早已故世，随着伊父亲唐闳过活。唐闳因为中馈无人，诸多不便，有一年遂在邠上娶了一个小家女姓苏的为继室。那时唐闳在那边做事，公务之暇，常和几个朋友到小酒店里去买醉，常常在醉乡中寻乐。恰巧在那小酒店的对门有一小户人家，薄暮时常见有一个女子，立在门前闲眺。那女子约有二十一二岁的光景，情窦已开，搔首弄姿，十分风骚。唐闳已过中年，丧偶日久，不惯孤寂，酒后色欲冲动，见了那女子很是可意。同座又指指点点加以调笑，唐闳益发有意。有时唐闳和友人故意在那女子身边走过，那女子总是秋波送情似的，若有意若无意。酒店里掌柜的见了这种情景，便走过去对唐闳说道："那对门的女子姓苏，小名阿凤，姿色倒也生得不恶，伊有一个兄弟名唤小山，在本地衙门里抄写案卷的，家道很是平常。但伊择婚很苛，所以至今没有受过人家的茶，唐相公若是有意，小可情愿做媒，包你一说便成功。"唐闳点头道："那女子正合吾意，拜托你的大力，代我们撮合。但他家出身卑微，如能充当侧室最好。"掌柜的道："遵命！明天便可以有回音的。"诸友听了一齐拍手道："我们快要喝喜酒了。"

到得明天，唐闳独自来到酒店里坐定后，掌柜的便走到他的身旁坐下，双手向他拱拱，说道："恭喜相公，这事已有一半成功了，成功不成功，全在相公口中。"唐闳一呆道："此话怎讲，何谓一半成功？"掌柜的说道："今天早晨我走到他们家中，先和苏小山提起这事，苏小山也认识相公的，极愿意成就这件美事，将来且可仰仗相公提携。遂去征求他姊姊的同意，但他的姊姊虽然也愿意跟随唐相公，不过不愿做妾，要求唐相公明媒正娶，认为继室则可。且说伊若情愿给人家做妾，那么早已跟着人家去了，不会蹉跎至今呢。我不得已据实复命，所以要说成功不成功，全在相公口中了。"唐闳沉思了一会儿，觉得这个名义不必和人家计较了，实际上并没有什么出入的。遂对掌柜的说道："很好，我就娶伊做继室，只要伊规规矩矩，能守妇道。"掌柜的笑容满面，忙说道："自然做了唐相公的夫人，岂有不守妇道之理，我明天再去和他们讲定聘金吧。"这样一来，掌柜的忙了数天，婚议已告成功。又隔了一个月，唐闳竟择吉成亲，大家吃喜酒了。

苏氏过门后，起初很好的，伊的兄弟苏小山也时来走动。但是几个月后，苏氏的态度渐渐改变，只要小不如意，便和唐闳吵闹不休，有时撒娇撒痴地玩弄伊的丈夫。唐闳是个忠厚之人，因此见了伊反有些惧怕三分，凡事都由伊去做主，免得淘气。这么一来，千苦万苦却苦了一个蕙仙。苏氏既把唐闳弄得服帖，家权一手执掌，便把前妻养的蕙仙看如眼中之钉，任意虐待。蕙仙是个贤德的女儿，明知继母对伊有恶感，而伊却依然和颜悦色的，把伊如生身母一般敬重。虽然有时受些小痛苦，也隐忍下去，不敢在父亲面前透风，生恐伊的父亲或者要爱护伊而向苏氏理论，引起他们的反目。（何等贤孝。）以为天下的人，无论智愚贤不肖，只要以诚心来感格，自没有不会感动的道理。大舜逢着顽父嚣母，到底能够感化转来，所以耐受一切的暴虐。不料苏氏以为弱女子可欺，见伊性情柔和，没有什么反抗能力的，益发凶狠起来，（蕙仙之心未尝不是，但世间恶人不受感化者亦多矣，信及豚鱼，而不能消释小人之怨毒，岂徒一蕙仙哉。）因此蕙仙好似在奈何天中过日子。入蜀以后，（一笔省去不少繁文。）蕙仙的年已长大，苏氏待伊依然如此，所以蕙仙的心里更是怏怏不乐，蛾眉颦蹙，对着春花秋月，更多愁思。

伊的天资聪颖，在邛上时，唐闳曾请过一个宿儒教伊诗书。那宿儒见伊是可成之才，热心指点，蕙仙的学问大有进步，握笔为文，颇有章法可诵，更喜作诗，声韵之学很多研究。后来苏氏入了门，也被伊做主辞歇的。但蕙仙已有了根底，自己每在暇时潜心自修，有所感触，便借诗来浇伊的胸中块垒，蜀中多啼鹃，春时杜鹃哀鸣，声声打入心坎，所以伊把所作的诗汇成一集，取名鹃声集。其中多哀苦之言，实在伊胸中的悲哀，无处发泄，都寄托在诗里。因伊亲爱的母亲已抛弃伊而去了，人天永隔，自己的心事可去告诉谁呢？便是含着酸辛的眼泪，也只好在深夜枕边挥洒了。（写蕙仙身世如此可怜，吾读之不禁涔涔泪下，想天下一般无母之女子，读至此间，亦当一洒同情之泪矣。）唐闳此时也已觉得蕙仙要受苏氏的虐待，背着人私下询问蕙仙，伊哪里肯说出来，只说自己不孝，不能使亲心喜悦，请父亲不必疑虑。唐闳长叹一声，也就罢了。（嗟乎，此时之唐闳已慑于床头狮吼之积威而无能为矣。虽欲护其爱女，岂可得乎？）

伊有时接到陆太太和陆游远道寄来的函，问起伊的近况，而且每一次信里陆游总是夹着许多好诗，清言霏玉，绮语串珠，使伊心中得到不少安慰。遥望云天，很有南归之思，可是伊却不敢老老实实地把自己苦况去告诉他们，暴露后母的不德，因此陆游母子也不能得知底细。还有苏氏的兄弟苏小山，这时也跟着唐闳到此，在公署中充当文牍，他的妻子杜氏也伴着苏氏同居一处，性情十分阴险，一味在苏氏面前献媚，帮着苏氏把蕙仙欺侮，可怜蕙仙茕茕弱女，哪里敌得过这两个恶妇呢！

杜氏生有一个男小孩，名叫福官。因为苏氏没有生育，便把福官寄名在伊膝下，苏氏十分宠爱。杜氏懒惰得很，抱小孩也没有常心的。苏氏便说蕙仙吃饱了饭没事做，应该代人家出些力的，遂吩咐伊代苏小山夫妇做鞋子。至于伊自己的鞋儿，不消说得也是蕙仙十指做成的了。又教伊代杜氏抱小孩，偏偏福官又是十分会吵的，若在蕙仙抱的时候，只要福官一有哭声，便怪蕙仙不会哄小孩，或说伊有意使他哭喊。蕙仙受了冤枉气，也没有哭诉的地方。

有一天，蕙仙抱着福官在庭中闲逛，福官时时啼哭，苏氏听得，便跑出来说伊不情愿抱小孩，为什么福官一到伊的身上便要哭呢！遂把福官抱去，不要伊抱了，伊也乐得省力。不知怎样的，傍晚时候，福官的腿上忽然发现一条青色的痕，苏氏对杜氏说道："怪不得福官今天一直哭，他有了痛处了，但这个青痕从何而来呢？必是有人暗中伤他的，而今天只有蕙仙抱的时候哭得最是厉害，大概是伊不情愿抱领，所以让福官吃苦头。"（强以莫须有加人之罪，恶妇可畏。）杜氏当然也说是的，苏氏勃然大怒，便走到蕙仙闺房里来兴问罪之师，噜噜苏苏说了一大套怪怨的话。蕙仙不敢直辩，苏氏以为伊情虚是实，便又指着伊大骂道："贱人，（不堪入耳。）你真是狼心狗肺，既不情愿抱小孩子，不妨直说，别人不是都烂掉手的，不必一定要你抱领，（偏说得嘴硬。）小孩子是不会说话的，你把他暗中损伤，是何存心？我妹妹只有这一个儿子，怪疼爱的。我是他的寄母，也是很欢喜的，无端却被你来阴损么？我今天也饶你不得。"说罢取了一根竹棒，向伊身上一阵乱打。蕙仙双手捧着脸，尽被伊横施暴力。

这时杜氏假作上前解劝，见蕙仙已被苏氏着实打了几下，遂把苏氏拉开说道："不要为了福官的缘故，带累蕙仙小姐吃苦头，福官年纪很小，吃些苦头不怕什么的，蕙仙小姐的嫩皮肤怎禁得起一阵打呢？大姊姊饶了伊吧。（若嘲若讽，较打尤难受。）"苏氏余怒未息，还把蕙仙大骂一顿方才走去。可怜蕙仙有生以来没有受过这种暴力对待的，又羞又恨，又怨又气，躲在房中一人独自哭泣,晚饭也不要吃了,睡在床上越想越气,怨自己的命苦,遇到这种凶横无理的继母,恐怕父亲都没有知道呢!整整哭了一夜,哭得两眼红肿如胡桃一般,更有谁来顾惜伊?只有一个老妈子看不过,进来劝慰了一次。

这天凑巧唐闳不在家,明天唐闳回来,见了蕙仙的模样,知道伊必然受了什么冤屈,便去问伊,伊不肯真告。唐闳发现了蕙仙手上的紫血痕,不觉心里也愤怒起来,便向苏氏责问。苏氏却说是我把伊打的,为的是要教训伊,谁教伊暗伤小儿,便把福官腿上发现青痕的始末详告。唐闳道:"蕙仙素来贤淑,决不会做这种促狭事的,休得要冤枉伊。你做了后母,理当把伊另眼看待,不能虐待前妻所生的女儿,不要吃人家讪笑么。福官腿上的青痕,你再查查看,何以知道一定是蕙仙做的呢?天下也没有这个样子武断的。"(唐闳所言甚是公平,无奈苏氏已目无其人久矣,奈之何哉。)

苏氏见唐闳帮了蕙仙把伊埋怨,不觉咆哮发怒起来,对着唐闳恶狠狠(三字又见。)地说道:"好啊,你偏袒女儿么,伊的胆子将更大了,连我的后母也做不成,要向伊叩头拜倒了,既然是我错的,我来赔罪可好?"说罢走过去要向蕙仙下拜。(恶妇可畏。)慌得蕙仙急避不迭,幸亏杜氏上前劝住,说道:"姊姊你是尊长,千错万错断无向子女叩头之理,管教子女也是常有的事,你们夫妻一向很好的,何犯着如此呢。"(杜氏言中有刺。)苏氏借此倒在椅中,拍手顿足地大哭道:"我为了这个冤家,不知受了许多气,看来要我让了伊才得平安了。想我当初进门的时候,也是你老头子自己情愿娶我的,本来我不愿做什么继室,知道一定要受气的。都是对门酒店里那个掌柜的说三说四,勉强把这事成就,(令人回想当时情形,哑然失笑。)现在果然我来担受这恶名,害得我好不苦啊!"

唐闳见伊如此情形,拂袖要往外走。蕙仙连忙出来,向二人

54

双膝跪倒说道："请两位大人息怒，不要为了我的事情争执，都是女儿不孝所致，母亲管教我也是不错的，父亲不要见怪。"（其语抑何可怜，吾为蕙仙一掬酸辛之泪也。）唐闳知道苏氏派赖的，恐怕自己走了极端，蕙仙更要受苦，遂借此收场，说道："家庭间总要上下慈孝，大家心里明亮才是，以后我希望不要再有这种事做出来便好了。"（写唐闳无用。）

此后苏氏虽然不把蕙仙责打，但是冷言冷语更加多了，蕙仙忍气吞声地度日，只把诗词或刺绣来消遣岑寂的光阴。自从卢英来后，蕙仙接到陆游问安的信，勤勤恳恳，情见乎辞。自思陆游母子若知伊受后母种种虐待的情形，一定不忍，必要设法接伊去了。实在自己处身这个家庭之内，宛如犴牢，一些儿没有乐趣的。又闻唐闳曾对伊说过，在此再做一年，决计回乡了。若得父亲回乡，自己便可有出头的日子，所以战战兢兢的更加小心，不敢去触犯苏氏的怒。谁知这天坐在房中吟诗，偏偏苏氏又来寻忧把伊一顿痛骂，杜氏又做好做歹地使伊非常难堪，只有一人独自饮泣了。

卢英做了军校，暇时常到唐家来探望，见了他们的情形，也有些瞧科三分。唐闳有时气愤不过，也在卢英面前吐露几句。卢英听了，虽然爱莫能助，可是他已有援助蕙仙的决心了，（伏笔。）他又见唐闳的妻弟苏小山形容猥琐，言语卑鄙，知道也不是个好人。（小山为人却从卢英眼中看出。）不意腊鼓声中唐闳忽然撄了重症，睡倒在床。蕙仙见父亲病势沉重，医药无效，心里十分忧急。（独写蕙仙，可知苏氏之态度矣。）卢英听得唐闳卧病，也时时来探视。一夕卢英又来了，室中只有蕙仙一人隐在床后，（古时礼教如此，男女间障碍重重，不得不改革之。）唐闳自知不起，便唤蕙仙出来拜见卢英。蕙仙遵从父命，走出来向卢英款款下拜，慌得卢英回礼不迭。唐闳勉力坐起，指着蕙仙对卢英说道："卢英兄是我外甥介绍来的，相交虽浅，然我已觉得卢英兄忠肝义胆，与常人不同。所以我把家事约略告诉你几句，我的前妻很是贤德，但不幸早辞人世，以后我因一时家中乏人助理，遂娶了现在的苏氏过来，自悔当时听信人言，没有审慎考虑，遂造成今天不欢的家庭。因伊生性暴戾，不从我的说话，且把蕙仙暗中虐待。蕙仙是我的爱女，我自己舍不得将蕙仙斥责的，伊反把伊痛打。还有伊的弟媳，串通一气，把持我的家庭，蕙仙是个好女儿，尽受他们的欺侮，在我面前从不肯说了半句，我想若然我死了，那么他们不知要怎样虐待蕙仙呢，可怜的蕙仙操纵在他们手里，更有谁来救助伊呢。"说到这里，有些气喘，蕙仙在旁已哭得涕泗交流，忙走过去代伊的父亲按摩。

唐闳又说道："陆游母子是我的至戚，他们很爱蕙仙的，可惜他们远隔数千里外，不能出什么力，我死别无所恋，只是舍不下我的女儿。此间别无义人可托，我想把蕙仙托给卢英兄了，我死后请你特别留意照顾伊，并请英兄差人到我外甥陆游处去报丧，又将蕙仙以后的事情和他们商量。我的姊姊以前曾和我提起，要把蕙仙许给陆游，我看陆游品学俱优，也很愿意。不过因为我的姊姊脾气稍大，所以也没有定当，（补清一笔，唐闳亦未尝见不到，此中殆有天也。）现在他们若肯把蕙仙接去，那是最好的事了，否则要请英兄为我帮忙到底，或者送伊回乡，或者早择婿家，悉听尊意，我虽死在九泉也是感激的。"说罢连连气喘，已说不动话了。

卢英慨然说道："我公的事如我自己的事一般，我公如有不讳，某虽不肖，愿遵公言，始终保护女公子。如有人伤及女公子发肤的，我愿誓死反对之。"（卢英不愧是个豪侠之士。）唐闳称谢不置。

便在这夜，唐闳竟溘然长逝了。苏氏等虽也在旁边哭泣，独看蕙仙泣血椎心，哭得晕绝了数次，旁观的人无不伤心下泪。苏小山便忙着办理丧事，卢英也来相助。许多同僚听得唐闳噩耗，一齐前来吊唁。吴武顺王知唐闳身后萧条，送了一注厚重的赙仪，盛殓以后，连做几天水陆道场超度亡魂。因为千里迢迢，势不能扶柩回葬，便在附近乡间买了一块牛眠吉地，择日安葬。

唐闳在这几年内所积下的一些钱财，十分之四都用在丧事上，十分之四都归苏氏掌握，愁穷道苦，不肯再拿出来，还有十分之二却到了苏小山私囊中去了。唯有蕙仙一些儿也得不着，（弱女子如此被欺，令人扼腕不置，虽然古今岂独一蕙仙哉。）苏氏先发制人，反把伊时时恫吓。幸亏卢英常来，必要问起蕙仙的。丧期内卢英也来助理，苏氏姊弟十分妒忌他，恨不得把他驱逐出去，唐家的事用不着姓卢的来干涉，可是因为他是一个武官，又不敢得罪他。有一次，卢英和苏小山为了一些小意见，关于待遇蕙仙的事，几乎冲突起来。卢英厉声喝道："我奉唐公遗嘱保护女公子的，谁敢损害蕙仙一根头发，我一定不肯饶恕，说得出做得到。"幸经旁人劝解开去，因此苏氏姊弟对他又是畏惧又是仇恨。蕙仙虽然感激卢英热诚爱护，但伊想如此总不是个久长之计，又见苏氏姊弟常背着伊窃窃私议，不知他们将要想出什么恶计来摆布伊，十分危险，（此处是虚写。）势非和他们离开不可。且看苏氏自唐闳死后，也并不十分悲痛，恐怕这种人终是靠不住的吧。

至于卢英自唐闳故世以后，便托一个差官乘便到山阴下书，询问陆游意思，天天盼望回音，得便问问蕙仙，他们可把伊虐待，蕙仙答称近来稍好。卢英知道伊是不肯说的，遂安慰伊道："差官去了好多时日，大概便要回来，陆家若没有人来迎接，我愿伴送女公子前往。"蕙仙十分感谢。

一天，蕙仙正走过苏氏的卧室，苏氏正同小山夫妇在内悄悄地谈话，无意中听得有蕙仙生米已成熟饭一句。伊心中一动，遂走到板壁后面侧着耳朵听，不多时玉容骤然惨淡起来。欲知后事如何，请看下回。

评：

　　畹兰曰，此回始为蕙仙，但开首即觉凄风苦雨，一片商音，为苏氏之暴戾，蕙仙之淑顺，如见其人，如闻其声。

　　"女子无才便是德。"此语不知误尽古今多少妇女。

　　唐阆之续娶未免不自审慎。此后家庭间愁云惨雾皆由此起，故娶妇不可不察也。

　　后母大都虐待前妻之子女，岂心理上感应如此乎！然而为后母欲求贤名亦甚难。

　　愚如苏氏，暴如苏氏，蕙仙欲以诚信感动之，其志可嘉，其遇可哀。

　　天下处于积威之下者，辄难自奋。唐阆难爱其女，而困于悍妇，无能为也，履霜坚冰至，其故岂一朝一夕哉。

　　此回难不写陆游，而时时映带，便不落寞，文心极细。

　　为唐阆临终托孤一段声泪俱下，无怪蕙仙在旁哀哀欲绝矣。

　　卢英之入蜀也，有如许作用，则作者非为卢英而写，可为陆游写也。

　　卢英数语，义重如山，自不愧为有血性之男儿。

　　从唐阆口中顺便带起陆太太脾气不好一句，用笔巧妙。

　　蕙仙之归陆家，非但唐阆有是心，陆游有是心，陆太太有是心，即蕙仙芳心中亦然，实因蕙仙久困奈何天中，急思得一乐土而居矣。

　　唐阆辛苦半世，为他人做牛马，死后不能庇一爱女，读至此令人废卷而叹。

　　回环曲折乃归到卢英下书，与上文呼应，文遂无懈可击。

　　篇末一结，奇文波生，作者一支笔，总不肯放他平淡过去。

58

第七回

走马观灯野心忽炽
扁舟送女古道可风

　　这是前年的事了。当地郎家庄上的郎豪很有一些小名声的，年纪还不满二十岁，却因自幼请得拳师教授他的武艺，遂以游侠儿自称。常出外驰马试剑，耀武扬威，（看此四字，便失去身份矣。）家中很有钱财，因此养了十几个门客，都略谙武技的，时时跟着郎豪，伴他畋猎，伴他打武。（皆鸡鸣狗盗之流耳。）郎豪的父亲郎世武，也曾在吴武顺王麾下供职，因和金人大战，死于沙场，吴武顺王很嘉奖他的忠勇，遂对待他的子孙很是优渥。郎豪以为他的父亲有功国家，自己已是将门之子，不免因此自负，喜欢人家夸赞他。他母亲想早日代他儿子配一头亲，可以成婚，也好使郎豪无拘无管的身体有了一个收束。（嗟乎，此天下慈母之心也。）无如郎豪的心里以为自己是个人间英豪，须要娶一个如花如玉倾国倾城的美人做他的妻子，才无遗憾。因此，这个婚姻问题，一直没有得到解决。

　　凑巧到了元宵节，城中有极盛的灯会，万人空巷，争看热闹，真是金吾放夜，玉漏停催，街坊间龙灯鹤焰，千炬齐开，一时月色灯光，香车宝马，军民同乐，完全像是升平时代，忘却了金人寇边，国耻未雪了。（其辞若有讽焉，后之视今，亦犹今之视昔。）郎豪最是兴高采烈，花了许多钱在自家门前扎下一座鳌山，百十盏灯笼照耀得五光十色。他自己又骑着骏马随同门下食客，在街上游行，来到一个去处，那边正有一队人大掉龙灯，看热闹的人山人海，郎豪也只得勒住马观看，瞥见一家门前正立着三个妇女，在那里看掉龙灯。内中有一个女子，玉貌花颜，明眸皓齿，端的生得美丽非常，穿着淡青色的衣裳，云鬟蝉鬓，光可鉴人。郎豪一见，好似蓦地里遇见了五百年前风流孽冤一般，定着眼睛细细端详，真觉得增之一分则太长，减之一分则太短，施粉则太白，涂朱则太赤，失声呼道："妙啊，妙啊！"那女子听得有人喊妙，无意中回过脸来，见了郎豪，忙又回过脸去，尽看龙灯，好似没有知觉一般。

郎豪初见女子回头看他时，心中跃跃然神魂颠倒，恨不得便过去和伊通情。谁料那女子只看了一眼，不再回过脸来了，顿时大失所望。却把马催动，想挤过去再看一个饱，（为郎豪急色如见。）无如观众围立如墙，马足也插不进去。随从的人明白郎豪的心理，便一齐大喊道："你们快些让开，郎公子来了。"郎豪也大呼马来。众人回头见是郎豪，纷纷向两边退让。（声势足以动人。）郎豪冲过去时，掉龙灯的忽地停止，只把锣鼓敲着向前而行。郎豪再一看时，那女子早已走进去了，不觉非常扫兴。

过后探听，才知那晚看掉龙灯的女子，是唐闳的女儿唐蕙仙，天生丽质，才貌双全，今年一十有六，尚待字闺中。郎豪听了，正中他的心意，也知唐闳在吴武顺王幕府中是个很得力的人员，门第也很相当，遂告知他的母亲，要挽人去做媒。他母亲见郎豪已有了看得中意的女子，自己主动这事了，十分欢喜，急商得本地一个姓邹的绅士前去说合。姓邹的欣然允诺，遂赶到唐闳家中见了唐闳，把来意说知，并说郎公子翩翩少年，才气盖世，正可与令爱成就一对佳偶，望唐闳俯如所请。以为唐闳听了他的说话，总可点头允承。谁知唐闳摇头道（不见点头而见摇头，此事休矣。）："郎家欲下聘小女自是荣幸，但小女年龄尚轻，我又只此一女，不忍早使出阁，意欲稍缓数年。所以现在不想提起这事，况且郎豪门第豪富，我家家风寒素，齐大非偶，古之训也，请足下代我婉辞吧，抱歉得很。"姓邹的听唐闳语气如此坚决，明知无可想法，遂告辞而去。原来唐闳素来知道郎豪以任侠自夸不轨于正，类乎土豪的样子，此等人难与久处，如何肯把爱女许给他呢。（补清一笔。）

姓邹的回到郎家，垂头丧气，对郎豪说道："好事多磨，良缘天悭，恕我这个冰人不会做。"遂将唐闳拒婚的经过一一告知。郎豪又气又急，背后把唐闳大骂一顿，姓邹的讨了没趣回去。但郎豪虽是怨恨唐闳，然因唐闳也是很有面子的官吏，自己一时奈何他不得，只得把这口气咽在肚里，隐忍不发。而蕙仙的情影常常萦回在他的脑海里，未免有情，谁能遣此，这个心愿不能达到，总觉得闷闷不乐。有一门客便对郎豪说道："我闻唐闳家庭中间，母女不睦，因为唐闳的前妻早已死了，现在娶的续弦苏氏，本来是个小家碧玉，放出后母的威势来虐待蕙仙，所以蕙仙是极可怜的。（鼓钟于宫，声闻于外，此之谓也。）苏氏有个兄弟名叫小山，也在此间公署里任职，此人贪婪成性，和苏氏通同一气，足以左右唐闳的家庭。公子若欲娶蕙仙，须先和此人联络，徐徐以图之。"郎豪听说，转忧为喜，便问道："你怎样认识他？"那门客答道："小山喜欢饮酒，每晚必在酒肆中饮酒，有时也伴着唐闳同饮，但唐闳近因身体衰弱，所以戒酒了。我常和此人相见的，公子若欲认识他，我可以做曹邱生，只要公子定于某日设宴请他喝酒，我自邀他同来。"（为郎豪划策，不愧门下士矣，一笑。）郎豪道："很好，我就照办便了。"

到了这天，那门下客果然引着苏小山前来，郎豪自然竭诚款待。苏小山知道他是贵家公子，不耻下交，很觉光荣，但同时心里也估料郎豪必有用他之处，并非像信陵君那样好贤下士的。好在他自有计较，乐得多认识一个有势力的公子哥儿，自己断不会

61

吃亏的，（写小山心中盘算，刻画入微。）遂也一味献媚，宾主尽欢而散。

自此小山时时到郎豪门上来趋候，但觉郎豪意兴阑珊，似有心事。便私问那门下客道："我看郎豪很有所思，时时露出烦闷之态，到底他有什么事难办？你能告诉我么？我受他知遇之恩，必当尽力图报。"原来苏小山对于郎豪托人向唐闳求亲的事，曾经苏氏告诉他听，他才恍然大悟，也把郎豪结交他的事情告知苏氏。苏氏因为唐闳不肯许婚，心里很是怪怨。便对小山说道："老头子头脑昏了，有这种很好的人家反不肯许配，养伊在家里吃死饭，使我天天见了生气，你道可恶不可恶。大约他这样珍养着，将要许配给他外甥陆游的了，但若使陆家早早接去也罢，偏偏又是搁置不提，算什么呢。"小山笑道："姊姊不用气恼，待我慢慢儿地设法摆布，不怕姊夫不肯的，（小人可畏。）只要郎豪有重大的报酬给我便得了。"此番有意向门下客探问，那门下客便老实对他说明，问他有何想法，他乘机把自己欲得报酬的意思吐露出来，那门下客便去和郎豪说了。郎豪许他事成之后，酬送五百两纹银，决不食言。小山遂允许稍缓即可报命，请郎豪耐心等候。此后他遂在唐闳面前极力说郎豪的好处，要唐闳回心转意，允许亲事。无如唐闳意志很坚决的，虽有仪秦之舌，也是无效，小山遂和苏氏等商议一个绝妙的计划，要使唐闳中计，自然不得不把蕙仙嫁给郎豪了。不料计划将布置就绪，而唐闳已病倒床上，接着唐闳便长辞人世。以后蕙仙便在苏氏掌握之中，无须顾虑，这条计策也不必用了。（一个闷葫芦，无从打破，读至此颇感唐闳之早死矣。）

郎豪听得唐闳身死，心中大喜，（幸灾乐祸。）便和小山直接谈判，要请苏氏把蕙仙许配给他。小山先向郎豪恭贺道："唐闳一死，公子可无忧矣，凭在我的身上，将蕙仙稳稳献上。"郎豪听了很觉安慰，自思朝夕萦怀的美人儿，不久可以一亲香泽了，当贮之金屋，终身以爱之，永永为比翼之鸟，比目之鱼。（郎豪痴心可笑。）

小山回去，先在蕙仙面前说起郎豪怎样豪富，郎豪怎样俊美，谁家小妮子配得郎豪，一世吃着不尽。蕙仙哪里放在心上，伊以前约略也听得郎豪曾托人向亡父乞婚，被亡父峻拒。此番小山旧事重提，或是有意的，但伊的一颗心早已系向数千里外一个人了。小山见蕙仙不动声色，知道伊性情贞洁，难以利诱，此事必须由苏氏做主了。遂向苏氏言明郎豪一心要蕙仙为妻，我们乐得允许他，不怕伊倔强到哪里去，父亲死了，当然继母做主。苏氏也想高攀贵亲，便道："老头子在日，郎豪已来求婚，被他拒绝的，现在偏把蕙仙嫁给郎豪，看他还能从地下爬起来反对么。"（其语狠毒。）

小山暗暗欢喜，五百两纹银可以到手，西门的张小妹可以稳稳娶来做妾了。他妻子若要反对，只要给伊五六十两银子，包可平稳。心里越想越快活，正拟把蕙仙的庚帖写好以便交换，却被蕙仙知道了，大吃一惊。便来对苏氏说道："女儿的终身大事，当然由母亲做主，但女儿正当父亲丧期之中，岂忍遽谈此事。所以在这个时候，女儿不得不向母亲声明，请母亲万万不能把女儿许给人家，须待父亲的孝满了，那时再从母命，决无异言，此刻若要强逼，女儿只有牺牲一条苦命，相随亡父于地下。"（理正词严，苏氏其奈之何。）苏氏听蕙仙如此反对，勃然怒道："我好意把你配一头好亲，你却不识好歹，难道老守在家里，一辈子不嫁人么？错过这个机会，将来不要翻悔。你的父亲在日，由他做主，现在自有我主张，不容你多管。"（此何等事而不容其多管耶，古时专制家庭之积威如此，可胜浩叹。）

蕙仙见苏氏不答应伊的请求，心中忧急非常。幸亏被卢英听得这个消息，连忙跑来，对苏小山和苏氏说道："丧服之中不谈婚姻之事，这是古礼，蕙仙女公子事亲至孝，父死不久便要把伊配去，难道家中多伊一个人吃饭而如此急么？何况伊自己心中不愿，别人不能勉强。苏氏身为后母，尤不应强为择配，我是奉着唐公遗命，做蕙仙女公子的保护人，此时不能不说一句话，谁敢将伊配去，我一定不肯干休。"（茕茕弱女子亦赖有此耳。）卢英说时声色俱厉，小山和苏氏噤若寒蝉，相顾无言，蕙仙却在暗中额手称幸。然而伊知道苏氏姊弟决不会死心的，所以心中的忧虑未能消释，只有天天盼望陆游的回信。

小山见卢英出来干涉，知道这事已形棘手，非另行想法不可。想来想去，想得一条妙计，定当一个日期，教苏氏带着蕙仙出外烧香，暗命舆夫把蕙仙的坐舆抬到郎豪家门前，又教郎豪预备下人迎接进去，立刻拥着伊到洞房强逼成亲。那时蕙仙生米煮成熟饭，虽有卢英出来反对也是无用了。遂把自己意思告知苏氏，苏氏自然言听计从，由小山怎样去安排。

小山又走到郎豪家里，郎豪一见小山便问道："这几天你到哪里去了？我天天盼望你来报个喜信，究竟这事怎么样了，为何如此难呢！不要恼怒了我，带了家人到你家里去抢了过来，再看成功不成功！"（是恶霸口吻。）小山撮着笑脸说道："公子说得好爽快呀，我早要来代公子请安了，只因一时得不到喜信，无从报告，惭愧得很，因此迟迟来前。"郎豪道："以前有唐闳老头儿反对，现在老头儿死了，你不是说都由你的姊姊做主，包在你的身上，可以成功，怎样还无喜信？不信你的姊姊又要反对。"小山道："我的姊姊哪会反对，现在有第三者出来干涉呢。"遂先把卢英从中作梗详告。郎豪拍案大骂道："卢英是什么人，唐家的事须要他来做主！这事看来终不能如愿以偿，待我去和卢英拼命，不怕他三头六臂，有天大本领的，我郎豪怕了他便不是人。"小山又摇手说道："公子不必动怒，我们有一条好计在此，若得公子同意，便可行事。"郎豪听说，转怒为喜道："你有什么好计，何不早说，只要我能娶得蕙仙，无有不同意的。"（写郎豪一怒一

64

喜，形景如绘。）

小山遂把自己的计划向郎豪说明，约定十五日午前准把蕙仙用轿送来，请他早日预备青庐，以迎蕙仙。只要这天过了，便可安稳无事，然后再行择日正式成亲，也无不可，那么虽有卢英也反对不来了。郎豪想不出主意的，听了小山的话，便道："很好。现在到十五日还有五天，我就赶紧预备洞房，到时我准在门前守候，望你一定要把蕙仙送到。事成之后，五百纹银的酬劳决不短少。"小山答道："我们彼此秘密行事，决不失约。"便告辞而去。

到得十五日的隔一天，小山在苏氏房中和苏氏商量明天的事，苏氏还恐怕卢英或要出来干涉，小山便说："只要我们把蕙仙交给了郎豪，自然蕙仙像生米煮成熟饭一般，到那时卢英也徒唤奈何了。况且我们并不要靠托卢英吃饭，怕他作甚。"小山说的几句话不料被蕙仙亲耳朵听得，自然伊发急非常了。（拍合前文。）自思我是一个弱女子如何抵抗他们的强力，除非明天装病不出去烧香，任凭苏氏一人前去，可以免掉。但他们一不做二不休，甘心于我，教我如何防备得周到呢。想到这里，珠泪纷纷，自伤身世。

忽报卢英来了，（紧接卢英之来，蕙仙待有救乎。）蕙仙一想这事须请他保护了，便揩干眼泪出去相见。初时小山、苏氏都在旁边一同陪着讲话，蕙仙碍着他们二人不能说话，心中很是发急，（不但蕙仙发急，读者亦发急也。）幸亏卢英也坐着不走。隔了一歇，忽然小山衙署中有紧要公事，须得小山前去帮办，差人前来相请。小山遂不敢怠慢，跟着来人去了，（遣去一个。）只剩苏氏还坐着，见卢英兀自不走，心中焦躁。不料这天凑巧伊腹中有些不适，有河鱼之疾。此时下面紧急起来，要大开方便之门，再也不能捺止，坐立不安，若再迟延，势必斩关夺门而出，（妙绝。）于是伊不得不走向房中去了。（又遣去一个。）

蕙仙一瞧四面无人，（此其时矣。）正想和卢英说话。却见卢

65

英退到阶前，把手向蕙仙一招，蕙仙连忙走过去说道："卢将军可有甚事？蕙仙正有要言奉告。"卢英一愕道："女公子有何要言快快说给我听。"蕙仙便将小山的阴谋恶计极简捷地告知卢英。卢英听了勃然大怒，悄悄对蕙仙说道："此人可杀。好在山阴方面已有回音，是昨天到的。适逢我有一些私事，没有立刻前来告知女公子。"说时即从怀中取出陆游写的书信授给蕙仙。蕙仙忙塞在衣袋里，停回一人再看，心里反稍觉宽松。卢英又接着说道："陆公子也有信给我的，要求我把女公子护送前去，我本想先告知了女公子，再和他们说明，然后稍缓数日，再护送女公子离蜀。现在既然事已如此，其势不能再缓，迟则有变，便请女公子于今夜略事摒挡，待我也回去预先雇好一舟，可以送至重庆，再行换舟东下。明日清晨我必早到府上，那时和他们说个明白，立即护送女公子下舟，他们也无所施其伎俩了。"（当机立断，非不甚佳，谁知以后又有意外之事乎。）蕙仙点点头，正想再说下去，忽见小山的妻子杜氏抱着福官从外面走进来，（险矣哉，若一泄露，蕙仙殆难出此樊笼矣。）二人立刻止住不说。蕙仙假作向卢英探问军事消息，卢英道："近日边境上还称安静，所以我空闲无事啊。"（看似闲笔，实则补笔，否则卢英供职吴武顺王麾下，岂有此闲工夫耶。）福官见了蕙仙，便要伊抱，蕙仙从杜氏手里接过福官，抱在怀中。福官曼声叫伊姑姑，蕙仙在他小颊上连连吻了几下，心里暗想："世间只有小儿是天真的，但你却不知明天我要和你分别了。"（此时杜氏未尝不作如是想也。）卢英见话已说过，无意再多逗留，遂即告别而去。

　　这夜蕙仙在人静后，独自坐在房中，先把陆游的来函拆开读过一遍。无非是说些对于舅父作古的消息十分哀悼，末后又请蕙仙早日离蜀南归，深情厚谊，令人可感，心里稍觉快慰，不似以前那样的惊惶了。又去箱中收拾些衣服首饰，装一行箧，栗碌中宵，已过半夜，遂熄了灯上床安睡。又暗暗默祷，使伊能够脱离恶人的手中而安然回到山阴，和陆游母子相见。心中有了大事，不思安眠，略一闭眼，鸡声喔喔，东方已白，忙即起来，洗面梳头预备一切。

苏氏此时尚拥衾安睡，及至起身，见蕙仙早已梳洗完毕，心中暗暗欢喜。（且慢欢喜。）因为昨夜伊曾对蕙仙说过，明日上午要和伊出外烧香的，蕙仙早已明白，佯为应诺，伊遂以为蕙仙虔诚进香了。刚才吃罢早饭，忽见卢英到来，头戴范阳毡笠，身披蓝氅，腰里悬着一柄宝刀，好似出行的样子。（卢英装束即从苏氏等眼中看出。）苏氏不觉一呆，不知他为甚一早起来。卢英见了他们便道："好了，山阴陆公子有了书信前来，要接女公子前去，这才合着唐公的意思，谅你们也欢喜的。"（吐语爽快。）苏氏不防有这么一着，一时说不出什么。此时小山也已走来，卢英取出陆游的书信给他们看道："有书在此。"小山遂接过去一展读。苏氏说道："他们要把蕙仙接去，也是很好，不过这事也须由我做主。我膝下无人侍奉，实在不舍得伊远离，可能稍缓数年再作道理。"（假惺惺作态。）卢英勃然变色道："他们已有信来，要我伴送前往，唐公托孤于我，我也好做一半主。况且我也听得女公子很不能得夫人的欢心，何必苦留呢！我已决定了，今天便要带同蕙仙女公子动身的。"（迅雷不及掩耳，快人快事。）苏氏等听了一齐大惊失色。

苏氏还要龂龂争辩，小山却带笑说道："卢将军的话也说得不错，陆家既然要把蕙仙接去，我们也不必勉强留难。好在他们姑侄之间很是亲近的，我们也没有什么不放心。但是何必如此亟亟呢？今天上午，我的姊姊要同伊一齐去进香，少停我们在晚上也想舒舒齐齐地端整几样肴馔，代卢英将军和蕙仙饯行，不妨宽留一日，何必急于星火，想你们总以为然的，这个面子可卖给我了。"（其词甘，其心险。）卢英心里自思，为的是要避去你们的诡计，所以立刻要走，不然多留几天有何妨呢。遂又说道："多蒙你们的美意，但我已将船雇定了，言明今天动身，不能耽搁，还请原谅。"

苏氏方才觉悟，昨天卢英走来便是暗暗送消息给蕙仙，约定今天走路的。可恨蕙仙在我面前竟一些儿不漏风声，教我猝不及备，如何是好。遂开口说道："我总算是蕙仙的母亲，这一些小事可以做主的，无论如何，今天走也罢，不走也罢，我要和蕙仙去进了香回来再行定夺。"（目的在此也，然而其语已急不暇择矣。）卢英此时把眼一瞪道："恐怕夫人的本意不是这样的吧！我已说出今天要走，无论如何，今天进香也罢，不进香也罢，我要伴送女公子动身的，我并不是拐骗女公子，有什么阴谋诡计，（此数语大有取瑟而歌之意。）谁也不能拦阻我的。我卢英目中虽然有人，而手里宝刀却不认得什么人！我卢英嫉恶如仇，唯义是重。"说罢，按着腰里宝刀，（骇极。）对蕙仙说道："请女公子快快预备，随我去吧。"蕙仙道："我只有一只篋，别无他物。"卢英道："很好，外边我带来一名下人，可以命他带去。"遂去吩咐那下人进来，蕙仙也回进房中，命仆妇将行李搬出，交给那个下人。卢英又吩咐道："你快把行李送往船埠，我教你唤的小轿可曾前来？"下人答道："早已候在面前。"卢英点头道："好，你先去吧，我们随后便来。"

这时小山夫妇和苏氏见卢英这种态度，心中又气又急，只是惮他凶猛，不敢反对，明知徒费口舌，说也无用，（妙妙。）一齐颓丧着默默无语。蕙仙并不妆饰，只穿家常便服，一身缟素，先在唐闳灵座前拜别，暗暗祝告亡父："阴灵有知，保护女儿一路平安，前往山阴，以慰亡父之愿。"同时想起悲苦的事，心中悽酸，泪如泉涌，觉得也有些不忍分别。勉强忍住眼泪，又向苏氏及小山夫妇拜别。苏氏气得没有话说，一路送出门来，小山要送他们到船埠，卢英把手一拦道："不敢劳驾，我们就此再会吧。"遂立在一旁，看蕙仙坐上小轿，（也是坐舆，情形不同。）两个轿夫抬着蕙仙飞也似的前行，卢英又向小山等拱拱手，撒开大步跟着轿子去了。（写卢英侠义可敬。）

走了好多路，早到河畔，小轿靠埠停下。卢英来扶蕙仙出轿，指着埠边一只小舟道："请女公子下船吧。"那个下人早已立在那边，舟子用篙撑住河岸，蕙仙扶着篙子，从跳板上一步一步走到船头，见此舟虽小，而分着内外两舱，自己的行李已放好在内舱了，便跨进内舱坐定。船上也有一个妇人奉着香茗上来，卢英付去轿钱，跳到船上，又打发那个下人回去后，便在外舱坐下。（以礼自重，亦为后文反映。）内舱和外舱中间本有个小小布帘卷起，卢英伸手把它放下，又对蕙仙说道："女公子若有相需，随时可以呼唤。"蕙仙忙向他致谢。

卢英吩咐开船，船上人是一夫一妇，夫妇二人一推一摇向前摇去，摇不多路，时已正午，船便靠岸停住，烧起饭来，请二人用午餐。卢英也是和蕙仙分开吃的，饭后又向前行。卢英立在船头，觉得风势渐大，河面也稍阔，遂对舟子说道："可以挂个帆吧，今夜可早些到庄家渡停泊过夜。"舟子答道："此时风大了，可以上帆。"遂从后艄走到船头来，竖起竹竿，悬着一面小小布帆向前急驶。水流淙淙有声，行够多时，天已薄暮，一轮红日远远向西山边落下去。将到庄家渡了，忽见背后飞也似的有两只大帆船向这里追来。卢英看了有些狐疑，立在船头，向后注视着，到底大船行驶得快，看看已将追及，瞧得分明，舟首各立着许多健儿，目标注视在这边船上。卢英疑心是盗匪光临，忙拔出宝刀准备迎敌。欲知后事如何，请看下回。

评：

豌兰曰，此回亦不直接说下，却从别处做异军特起，不落平庸。写过一罗书玉，又写一郎豪，此是作者故意犯复处，犹《水浒传》之写过潘金莲，又写一潘巧云也，郎豪与罗书玉虽同是豪华公子，然而身份又各自不同，盖罗书玉完全纨绔气，而郎豪则有如恶霸也。

元宵看灯，偶然之事，而郎豪一见钟情，遂尔多事，天下本无事，庸人自扰也。

唐闳拒婚，别有见解，妙在郎豪无如之何。

写小山逢迎郎豪，势力之情，阴险之心，令人可畏。

一计不成，又继之以计，写蕙仙已处四面楚歌之境，令人急杀，凭空忽来救星，又令人为之转愁为喜。

卢英说话痛快淋漓，苏氏姊弟亦无如之何，读至此当浮一大白。

文章曲折写来，至此回而迎唐毕矣，篇末一结，忽又横生波折，读者试掩卷猜之。

第八回

做新郎误抢有夫妇
入荒刹巧逢怪道人

在卢英拔出宝刀的当儿，那大船早已追到船头上，当先立着一个鲜衣华服的少年，手横宝剑，大喝道："姓卢的拐骗唐家女公子到哪里去，快快交出，万事全休。"卢英仔细一瞧，认得他是郎豪，也即高声答道："郎豪你识时务的快快与我退去，否则我卢英手中的宝刀是无情的。"这时蕙仙在舱内听得后面喊声，又见卢英拔刀备战，心知是追赶的人到了，恐惧得玉容失色。那舟子夫妇也慌作一堆，手足不知所措。

卢英知道一场厮杀是免不得的了，连忙走到船艄，两船首尾相接，卢英横着刀不让他们过来，早有两个硕大异常的健儿各使单刀跳过船来和卢英厮杀。卢英挥动宝刀斗在一起，不消几个回合，刀光一闪，一个健儿已扑通落在水中了。（写卢英之勇。）又跳上三人，各执铁棍围住卢英。卢英不慌不忙从容抵敌，但是究竟在船上施展不出本领来，这时郎豪喝令手下快上前抢人。

原来小山和苏氏眼睁睁地瞧着卢英护送蕙仙前去，自己又惮于卢英的凶猛，不敢干涉，气愤填胸。回到里面，小山把桌子一拍道："完了完了，我的五百……"话还没有说完，早缩住了。苏氏道："什么五百？"小山道："大约卢英是我们五百年前冤家，（写小山之狡。）所以今天特地会来把蕙仙取去的，破坏好事，

71

（何好之有。）可恶得很，我们应该想法才是。"苏氏噘起了嘴说道："想法要早，现在人已去了，放什么马后炮。"小山眉头一皱，计上心来，接口说道："你不要小觑马后炮，这一炮也很厉害，将帅要立不住足的。我想此时郎豪一定在那边等候我们前去，我们何不送个信与他知道，只说蕙仙已被卢英那厮强行迎去，送到山阴去了。如若他有力量，能够追得蕙仙回来，我们无条件把蕙仙送给他。他素以侠称，况又渴思蕙仙，自然一定愿去追赶，那时我看卢英虽然勇猛，一人难敌四手，要他好看了。"（写得小山心计恶毒。）苏氏道："不错，你说得甚好，让他们去动手，也好出出我们这口闷气，否则也太便宜了那丫头。"（苏氏与蕙仙不知是何冤家。）

小山立即告辞出门，跑到郎豪家里来，郎豪在这天清晨便起身盥沐，面上薄敷着一层香粉，揽镜自视，觉得自己容貌实在生得不错，和蕙仙相配，真是天生一对儿，伊见了我潘安般的容貌、卫玠般的风度，当然不欢喜也欢喜的了。想到这里，不觉手舞足蹈起来。（形貌得妙。）又换了一件新袍子，束上丝绦，戴上头巾，春风满面，喜气洋溢。在前几天早已把洞房装饰齐全，焕然一新。但在老太太面前却瞒着不提，许多门客已知此事，见了郎豪一个个过来先向他拜贺。（丑态如画。）

郎豪同着几个门客和家人，将近午时，在门前恭候，只待蕙仙小轿前来，便可动手。（写得一团高兴，谁知蕙仙已一帆远行耶。）等够多时，哪里有什么小轿发见。郎豪正在狐疑，莫不是上了小山的当也。一个门客忽然把手向东边一指，说道："那边不是有一肩舆前来。"（故作疑阵。）郎豪跟着一看，果见有一肩小轿飞也似的跑来，隐隐内中有一靓装妇女，（妙。）大甚道："是了。"便吩咐众人快快动手，大家便一字儿地把那小轿拦住不许过去。郎豪当先问道："你们是苏先生交付送到这里来的么？"那轿夫不知就里，正跑得满头是汗，忽见有人拦住询问便答道：

"我们是到观音庙去烧香的。"（妙。）郎豪道："是了，大约小山没有关照清楚。"遂命下人快接着，把唐家小姐抬到宅中去。轿夫不肯放手，早被两个下人挥拳打倒。又见他们人多手家，只得丢下轿子逃去了。郎豪一摆手，两个下人抬起小轿飞奔进宅。

郎豪得意扬扬地和众门客随在后面，（写得如火如荼。）来到厅上歇下。早听轿中莺嗔燕叱般地喝道："你们不得无礼，青天白日胆敢强抢良家妇女，意欲何为？"郎豪答道："蕙仙我妻，（开头便如此称呼，不亦太心急耶。）我想念了你长久，这是你的母舅和母亲特地送来和我成亲的啊，你不要发怒，请入洞房，不要错过吉日。"便命下人打开轿门帘，亲自把那女子拖出轿来。那女子早已把两手推开郎豪，嘤嘤啜泣道："你们说什么话，我是有夫之妇，并不是蕙仙。莫非你们认错了人，如欲用强，宁可一死，誓不辱身。"这时郎豪细细一看，见那女子已有二十一二岁的光景，面貌虽也生得娇美，却不是蕙仙的真身。因为他认识蕙仙容貌的，蕙仙没有此人胖呢，（妙妙。）知道其中有误。

这时门外忽然急急忙忙地跑进一个老家人来，那女子见了，便喊道："郑荣，这是谁家，胆敢把我强抢入内，岂有此理！你快去报与相公知道，前来问罪。"老家人便道："少夫人不用惊慌，待老奴说个明白。"遂向郎豪说道："我是认识公子的，公子为何把我家少夫人抢来，看来一定是弄错的了。"郎豪一看这老家人的面貌，也认得他是郑御史府上的老家人，他所说的少夫人便是郑御史儿子郑光的妻子。我和郑光是世交，大家熟识的。今天如何行此非礼之事，都是自己一时粗鲁，没有看清楚，闹成这个笑话怎生是好，（妙妙。）心里又悔又怒又懊丧。便对他说道："原来你是郑荣，我认错了人，得罪你家少夫人，这是我的不是，请你回去代我向你家主人谢罪。"（郎豪亦有今日耶。）郑荣道："好说的，今天我家少夫人到观音庙去还愿，有老奴跟随。只因途中遇见一个朋友，立定了讲几句话，遂致落后，见轿夫回来报

73

告。我认识公子的，也知公子是出于无心，急来辩白。（补叙简洁。）现在既然公子知道错误，大家不愿多事，请少夫人仍去进香吧，这是老奴的不是。"那女子见彼此说得明白，也就拭着泪还身坐入轿内。郑荣到门前把那两名逃去的轿夫唤进，抬着轿子便往外走。（既抢得来，何不送去。）

众门客都相视着心里暗暗好笑，独有郎豪肚子里装着一肚皮的闷气，正在没得发落的当儿，却见苏小山匆匆赶来。郎豪勃然大怒，把他当胸一把揪住，说道："你骗得我好！"接着一个耳巴打过去，掌声清脆。小山的右颊顿时发肿，（打得好，不啻为蕙仙出气。）一面掩住两颊，一面跳脚说道："公子，请你不要动手，待我说个明白，你自然知道了。"郎豪指着他道："很好，你快快直说。"小山遂把今晨卢英用强将蕙仙载送离蜀的事，从头至尾告诉一遍。郎豪方才恍然大悟，门客也把郎豪误迎郑家妇女的事告知小山，小山又好气又好笑，颊上疼痛得很，把手抚摩着，对郎豪说道："公子，现在蕙仙去了，恕我们无法可想，公子是任侠好义的，当然不见得会怕惧卢英。公子如若仍要蕙仙的，请公子速速派人前去追赶。好在卢英单身一人，公子的本领也很高强，门客中又多豪杰之士，定能取胜，夺得蕙仙归来。如其无意于蕙仙，那么公子也就此而止吧，休得怪怨我小山，因为总算代公子想法的了。哪知突然出这个岔子，我无拳无勇，只好由他逞能。但他临走的时候又对我说道：'任你什么人来，我卢英都不怕，有胆的随我去，不把他的头拧下来时，誓不姓卢。'"（信口捏造，欲激怒郎豪耳。）郎豪一闻此言，怒发冲冠，把桌子一拍道："好卢英，难道你有天大本领么？口出狂言，欺人太过，须知我郎豪也是个顶天立地不畏强暴的男儿，即使你有三头六臂之勇，我也要斩掉你一个头两只臂膊，（奇语。）何况你只有一头二臂呢！他既把蕙仙强行劫去，我定要夺回来。"便部勒众门客以及下人成为两小队，一面吩咐人去雇定大号帆船两艘，预备迅速直追，一面即命厨下端整午膳，以便大家饱食。小山心里暗暗喜欢，（且慢喜欢。）以为有郎豪去追，不愁卢英和蕙仙逃到哪里去了，若把蕙仙追着，那五百两纹银仍可稳稳到手，虽然吃着一记耳光也还值得。（鄙陋可笑。）遂跟着他们吃饭，一同去追，要看卢英怎样对付。

饭后下人来报，船已雇定，郎豪遂和众人各取武器到码头上，分坐两艘，向前面急追。果然大船帆高，风送甚疾，到傍晚时将抵庄家渡，已把前舟追及了。（至此补叙完毕，亦为文中所不可少者。）郎豪见卢英果然勇武，自己手下的人已把他围住。此刻不去夺人更待何时，好在自己另坐着一舟。忙命小舟上前靠近前船，瞥见舱中坐有一个少女，正是蕙仙。遂和手下门客跨过船去，闯入船舱。蕙仙心中恰在忧惧，见了郎豪，喊声啊哟，只恨没个地洞可以钻下去，缩在一隅，战战兢兢。郎豪哈哈笑道："蕙仙姑娘，我盼念你好久了，快跟我去吧，不必害怕。"指挥一个下人把蕙仙擒住，驮在背上。蕙仙似一只小鸡被缚，绝无抵抗能力，连呼救命。（写得危急万分，蕙仙好女子，奈何竟落彼伧手中耶。）郎豪把手中剑向伊面前一晃说道："不要声张，你要性命么？"蕙仙吓得闭目待死。那下人背着蕙仙走出小舟，跨入大船。郎豪高声大呼道："我们得手了，不必和那厮恶斗，快快回去吧。"拨转船头，便向后驶行。（危险之至，吾为蕙仙捏一把汗。）

这时卢英和众门客斗作一团，眼见郎豪率众抢入小舟，把蕙仙驮去，心中又急又怒，挥动手中宝刀叱咤一声，又砍倒一个门客。趁个空当，奋身一跃，跳到大船上去，手起刀落，把驮蕙仙的人一刀劈中头颅，向后而倒。卢英连忙将蕙仙抢住，一手挟在腰里，一手舞动宝刀迎战。郎豪大喝道："卢英胆敢连伤我家人。今日的事，要你干涉作甚？须知我郎豪的厉害。"卢英瞋目大喝道："我奉唐公托孤之命，保护蕙仙女公子，你们为什么施行鬼蜮伎俩，要谋不利于女公子呢？所以我护送伊回山阴，谁敢伤伊

75

毫发，我愿和他拼个你死我活，我劝你还是回去吧。"（名正言顺，大义凛然。）郎豪听了更不答话，跳过来举剑向他胸窝里猛戳，卢英把刀架开，还手一刀，也向他头上盖下，众人挥动器械把他围住。那边船上的人都过来相助，势甚危急。幸亏大家有所顾忌，恐怕误伤了蕙仙，（妙。）只向他下三路杀来。卢英苦战多时，累得浑身是汗，恐怕久战不利，留心看那大船渐渐近岸，不到一丈远了，遂将手中刀一紧，向右边一人虚砍一刀，那人急忙避开。卢英遂挟着蕙仙耸身一跃，如飞燕掠户般早已跳上河岸，（读至此，心眩目骇，忽得此一笔，不禁大呼快哉。）望东北面落荒遁走。

郎豪见了连说："不好，被那厮逃走了。"看看河岸上还有近一丈的距离，自己手下人都没有这个本领，跳得上去。忙命大舟快快傍岸，舟子将篙撑到岸边，郎豪率着众人争先上岸，向前直追。小山跟着跳上去时，足下踏个空，扑通一声，跌入河中去了。舟子连忙用篙把他捞起，浑身是水，已如落汤鸡一般，吃了几口水，只喊不得了唡，很狼狈地钻到舱中，急切又没有衣可换，只得向舟子讨取一身旧衣换了，坐在舱里喘息。（妙绝，既受掌颊之痛，复遭落水之厄，小人所作所为，徒自苦耳，天下喜害人者当视之。）

这时天已昏黑，一钩凉月冉冉自云中涌出，月光下照旷野，百步内可见人，黑森森的树林，如戟如戈地排列着，荒野间一种沉寂惨淡的景象，令人心悸。卢英挟着蕙仙向前奔跑了一程，回头见背后追者渐近，自己精力已有些疲乏，况且又要顾虑蕙仙，不比光身，明知他们用狮子搏兔之力恶狠狠地追来，断乎难以抵御，急切设有想法处。（故作危笔。）又跑过一条田岸，已到一个山坡背后，追赶的人相隔不过数丈路了。幸亏蕙仙身轻如燕，挟在腰旁，并不费多大气力，依旧跑得很快。蕙仙心里虽感激卢英如此奋勇援救实在难逢，但明知追者已近，逃不到哪里去的。卢英挟了伊只剩一手，施展不出本领来，自己竟带累他了。遂忍不住开口道："卢将军，我已拼一死，请你把我放下走吧，追赶的人已近，免得连累了卢将军，我虽死也感谢的。"（其语哀痛。）卢英道："女公子不要说这种话，我若贪生，早把女公子抛弃久矣。要生俱生，要死俱死，我卢某断不肯不仁不义，独自逃生的，凭我手中宝刀尽力保护女公子生命，虽死不恨。"（其数语可歌可泣，卢英可以传矣。）

卢英说时，月光下（再点一笔。）遥见那边树林中好似有一古刹，疾忙跑到那边，果然是一寺院。不过蛛网尘封门，墙倾欹，乃是一个荒刹。卢英想便在这寺院里暂躲一下，把蕙仙安放一个去处，然后好悉力去退敌。遂立定了，伸手把庙门一推，似乎有物在内顶住一般。追者更近，急不暇择，急将庙门用脚猛踢两下，庙门已倒在一旁，原来里面有一块大青石顶住。卢英自思，既是荒刹，哪里来这大青石顶门？定是人搬来的啊。（故逗一笔。）一直跑到殿上，见殿前窗槅都已毁坏，有一尊佛像，也瞧不清楚是谁，膀臂已残废不全了，旁边还有一面很大的破鼓，高高地搁在鼓架上。（急忙中偏有此闲笔，好整以暇，然处处已设伏待应矣。）

此时听追者也到寺院门前，卢英放下蕙仙教伊躲向神龛背后一避，自己挺起手中宝刀，正想下殿迎战，忽听有很响的鼾声，似乎在上面发出，心中好生奇怪，（作者用笔是诚奇怪也已。）不及探察，（当时情景确乎如此。）跑下殿来。郎豪也率同门客等追到里面，郎豪大呼："姓卢的忒杀可恶，把我心爱之人强夺而走，我与你势不两立，看你逃到哪里去。"卢英大喝一声，如晴天里起个焦雷，挥动宝刀，径取郎豪。郎豪舞剑迎住，众门客各举武器一拥而上。卢英虽被他们围困住，兀自抖擞精神尽力酣斗，郎豪且战且呼道："你们快去搜寻那个女子，不要被伊逃走。"遂有两个人跑上殿去。（读至此，又为蕙仙捏把汗。）

卢英发急，正回身要去拦阻，忽又听上面一声咳嗽。抬头见破鼓里飞出一个影子落到地上，杳无声息。（奇哉怪哉，人欤仙欤。）月光下（三点。）见是一位老道，鹤发童颜，黄冠草履，额下一部银髯在月光下（四点。）闪闪有光，手里握着一柄拂尘，（写来扑朔迷离之至。）对准二人身上轻轻一拂，那两个人便跌出丈外，从地上爬起，抱着头来不及地逃命。那老道走下阶来，把拂尘向众人中间一连拂动几下，都觉得有一种锐不可当的力量直扫而至，众人纷纷辟易，虽有武器也等于无用。（真是奇事。）

郎豪和众人以为遇到神仙来救蕙仙，他们自己都是凡夫俗子，哪里斗得过。便长叹一声，和众人狼狈遁去，不了而了，空费着一番心思。（收过郎豪一行人。）独有卢英抱着宝刀立定了，看那老道决定不是神仙，他所拂动的拂尘刀枪不能近，这是老道练就的一种运气功夫，他能把气运到拂尘上，那拂尘便能所向辟易了。（老道神技，从卢英眼中看出，妙。）便上前向老道一揖，说道："卢某被鼠辈逼迫，幸蒙仙师仗义援助，心里非常感谢。仙师一挥拂尘，使鼠辈望风远遁，足见本领高深，更是使人钦佩莫名了。"老道笑道："适从昆仑采药归来，途过此间，暂借庙中破鼓为鼾眠之所，（方悟破鼓有此妙用。）不意金铁乱鸣，惊破我的清梦。又见他们倚仗人多，把你一人围困，我虽不明真相，然而知道你也是一个能人。遂略施小技，把他们击退，但不知其中是怎么一回事。"

卢英遂去神龛后唤蕙仙出来，一同拜见老道。在月光下（五点。）见蕙仙缟衣素袂，清艳异常，便啧啧称美道："好一位姑娘。"卢英便把郎豪如何和小山阴谋夺取蕙仙，自己如何迎取蕙仙动身，郎豪又如何率众追赶等事，告诉一遍。老道便带笑对卢英说道："足下有此侠义心肠，很可钦佩，也不负我相助之意了。"卢英叩问老道姓名，老道说道："我名梦觉道人，在湖南黑熊山栖霞庙中修道。"卢英道："仙师定是非常之人，今日相逢，荣幸得很。"梦觉道人道："我是一无所能的，闲云野鹤，适去适来，勘破红尘，归真返璞，有何非常之可言。"卢英又慨然说道："如此生活，超出埃壒之外，最是使我羡慕不置。当今世变日亟，苍黄反覆，我辈空负七尺躯，不能为国家建立一些功业，反厄在宵小的手里，武穆已死，志士灰心，倒不如遁世无闻，置身方外的好。"（卢英此言，心中大有牢骚。）梦觉道人笑道："你也不必羡慕我，时候不到，未能勉强的。"卢英点点头，隔了一歇，梦觉道人说道："我们还是睡吧，恕不奉陪了，今夜可以无事，明天再谈。"一飞身早又跳到破鼓中去。

卢英遂和蕙仙坐在拜垫上憩，见凉月如水，满庭树影，凄凉岑寂，森森有鬼气，哪里睡得着。听上面破鼓里鼾声如雷，梦觉道人已入梦去了。（妙语解颐。）直到五鼓时分，两人都已有些倦意，略打一个瞌睡，不多时醒转，天色已明。卢英要想和蕙仙赶路，不知梦觉道人可曾梦醒，须得和他告别，抬头一看，破鼓中空空无人，梦觉道人早已不知在什么时候走的了。（写梦觉道人行踪奇诡。）二人都是不胜骇异，若非他亲口与他们说明他的来历，不要令人猜疑他是活神仙么。

卢英对蕙仙说道："那个老道好生奇怪，必是非常人物。昨夜幸有他来援助一臂，郎豪等一行人遂狼狈遁去。想郎豪此番受了打击，可以稍戢野心，小山那厮也要饱受郎豪的责备了。"（卢英不知小山早已吃得一下耳光，且做过落汤鸡矣。）蕙仙听了，暗自庆幸。卢英遂又说道："我们不必多耽搁了，立刻动身赶路，到得庄家渡，待我再雇一船吧。"蕙仙遂跟着卢英走出那座古刹，向前跑路。可怜伊足小零丁，如何多走得路，幸亏前面已是庄家渡了，相距很近的。卢英去雇得一只小船，言明船价，遂请蕙仙下船，驶向前去。到了重庆，又换大船，在途中跋涉辛苦，舟车劳顿。卢英身体强壮，常在外边奔跑，不以为意，但是蕙仙却大苦了。行了一个多月，好容易才赶到山阴，望见青翠的山色，激滟的波光，心头上起了许多感触。卢英也觉得肩上的责任可以放下了，心中很是快活。欲知后事如何，请看下回。

评：

　　畹兰曰，正写至紧要时，忽地放下，补述中间一段情事，此文势萦纡处也。

　　小山足智多谋，然而卒不能夺回蕙仙者，天也，小人徒自苦耳。蕙仙已去，乃又大写郎豪如何等候蕙仙情状，诙谐可喜，且又插入误劫友人之妇，忽而欣喜，忽而懊恼，作者写来，传神阿堵。郎豪劫去蕙仙，卢英冒险相救，写来有声有色，使人一读一惊。破鼓中忽出老道，骗走郎豪等人，是文章绝处逢生也。写老道，用笔光怪夺人。

第九回

度佳节喜尝樱桃
归故乡幸脱陷阱

陆游自从打发卢英差来下书的人回去以后，一心盼望他的表妹蕙仙能够早日前来，重行聚首。又想他和蕙仙好久不见，谅已长得如天仙一般美丽了，只可怜伊茕茕弱质，遭此风木之悲，有谁去慰藉伊呢！女孩儿家幽秘的心，即使受着很大的苦痛，也是缄默不肯直言的。我看卢英的来书上很有些弦外音，大约我舅父续娶的苏氏女一定是很不贤德的，蕙仙在后母手中过日子自然很苦楚了。但望伊早早到了我家，爱护有人，不致受飘零之痛，将来渐能享受一些甜蜜的光阴，才是伊的幸福。（写陆游体贴细切，爱护之心周至，谁知以后却大不然也，岂陆游始料之所及哉。）又想迢迢数千里，河山远隔，伊是一个深守闺阁的女儿，如何能到这里来。幸有卢英在那里照顾，我看卢英为人很有义气，我把这事托他，他必能为我办到的。想至此，心中稍慰，又凑足了五十两银子，顺便携去，璧还逸云。逸云不肯接受，说道："这个区区之数，务观兄何必一定要效俗例放在心上呢，况且务观兄也是把来慨助人家的，何分彼此，若要还我，以后不能做朋友了。"陆游见逸云一定不要，便道："既然如此，我只得留下，待以后有机会帮助人家便了。"逸云道："这也使得。"二人坐着谈话，谈起独孤兄妹，不知他们现在何方，很是令人系念。陆游又约了逸云，同去拜访松月上人，在那里弈棋饮酒，消磨一天光阴而归，暇时又到红珠家中去教伊作诗。

这一天正是立夏，陆游饭后无事，盼望蕙仙不来，屈指计算他们总可以来了，为什么音信杳然呢？心中十分沉闷，遂换了一件白罗夹衫，手摇折扇，走到红珠家中。红珠正坐在房里做针线，一见陆游到来，含笑欢迎。陆游便在伊房中坐下，和伊谈笑一回。红珠的母亲盛了一碗酒酿请陆游吃，陆游吃了一半，红珠又取出几颗樱桃给陆游道："你看这樱桃又小又圆又红，真似金丸一般，多么可爱，你试尝尝看。"陆游取了一颗噙在口中，吸去露汁，对红珠说道："舌上逡巡绛雪消，这樱桃的味儿果然很甜。"红珠道："我知道你喜欢吃这个，所以特地留下的，还有许多哩，你尽吃吧。"遂又从床前桌上一只狮子头小瓷缸里，捧出十几颗樱桃来，红得可爱。陆游拈着一颗对红珠带笑说道："樱桃请打人名一。"红珠道："你出文虎给我射么？可有奖品？"陆游道："有的。"红珠便说道："就是我。"陆游哈哈笑道："红珠芳名似樱桃，射中了。"红珠伸手要索奖品。陆道："纨扇一把，与你拂暑，改日带来，决不翻悔。"红珠道："好的，我正少扇子呢。"陆游又道："樱桃小口，古人用来喻美人的，我看你小圆的嘴也很像樱桃啊。"红珠笑道："像樱桃又怎么样，难道也奉送给你吃不成。"（红珠憨语，亦是艳语。）

陆游笑笑，红珠忽然好似想着一件事的，立起身来，拖了陆游，便走出房门，来到那个葡萄棚下，立定了。陆游问道："咦，红珠你教我走到这里做什么呢？"红珠把手一指道："今天立夏，我在早晨和我母亲在棚上穿了绳，悬着秤，预备称人重量的，陆公子你也来称一下看。"陆游果见有一根绳子悬在棚上，下面系着一个绳箍，遂点点头道："好的，你来当秤。"一边说着一边走去，坐在绳箍上，红珠笑嘻嘻地过来当秤。陆游见红珠一拨纤手早已称好，遂立起来问道："我可有八十斤重么？"红珠放下秤说道："陆公子，去年可称过几斤？"陆游答道："八十斤不多不少。"红珠笑道："你今年发福了，我的秤上有八十四斤哩。"陆游笑道："吃了一年饭，长得四斤。红珠，你重几斤？"红珠道："七十二斤。"陆游点点头道："像你这般细弱身躯，可说身轻如燕，自然至多也不过七十斤了。"红珠道："你说我像燕子，哪有七十二斤重的大燕子呢。"（憨态可掬。）陆游笑道："这也不过譬喻罢了，你又不是燕子，你若真的是燕子时，我要特制一个金丝笼来珍养你咧。"（金屋藏娇，陆游果有此意耶。）红珠笑道："谢谢你，我就是做了燕子，也要飞来飞去，身体很自由的，岂肯情愿关闭在笼子里。"陆游笑笑，便和红珠坐在棚下闲谈。见花园里蝶舞蜂酣，嘤嘤之声入耳，许多蔷薇花、月季花都开得鲜艳悦目。红珠走去摘了一朵粉红色的蔷薇花，代陆游插在襟上，陆游心里好似有一种温馨的感想。

坐够多时，别了红珠母女，走回家来，天已垂暮，见他的母亲正坐在中堂念佛，（老妪佞佛可厌。）陆游请过安，坐在一旁。陆太太念罢佛，对陆游说道："我很挂念蕙仙，怎么至今不见前来，你所托的人究竟靠得住么？"陆游道："靠得住的，我想在这几天中定要来了，否则总有事阻当。"陆太太又道："不要蕙仙的后母不让伊离开那边，如何是好？"（陆太太猜着一半。）陆游沉吟不语。正在这个时候，下人入报："门外有位姓卢的求见，还有一肩小轿，内有一位姑娘，不知是谁。"（蕙仙来矣。）陆游听说，知是卢英送伊的表妹来了，心中大喜，忽地立起身来，对他的母亲说道："大约是他们了，我先去迎接。"遂很快地跑到厅堂上，见轿子早已抬进，当先一个虎背熊腰的壮士，正是卢英，连忙上前相见行礼，说道："多蒙英兄热心相助，送我表妹回来，感激得很。"卢英哈哈笑道："公子你把这个难办的事放在我的肩上，我不得不极力担承，以报知遇之恩，可是险些儿不能安然前来，停回细细再讲，说起来也很长哩。"陆游听了心里一愣，此时轿子早已歇定，有陆家的小婢银菊走过去掀起轿帘，扶着蕙仙出来。天色已黑，厅上只点着四盏方灯，望去不甚清楚。但是亭亭倩影映入陆游的眼帘，已使他心里雀跃非常了。蕙仙一见陆游，连忙敛衽为礼，低低唤一声表哥。陆游也还礼道："蕙妹，途中辛苦了！请到里面去见我的母亲吧。"遂请卢英到书房里坐，有僮儿秉烛为导，自己伴着蕙仙入内。

陆太太早立着等候，蕙仙轻移莲步，姗姗而前，先拜见伊的姑母。陆太太笑容满面，双手将伊扶起，说道："蕙仙，你路途辛苦了。自从你随你爹爹去后，我们时常思念你，只是相离太远，轻易不能见面，今天见了你，使我心里非常快活。"蕙仙也答道："我也很是记念姑母，恨不能腹生双翼，飞到姑母面前来请安。姑母是爱我的，想起以前在姑母家中的快乐情景，永远不会忘记。"陆太太道："好，现在你可以永远住在我家里了。"

陆游在灯光下，详瞩蕙仙纤细的蛾眉，明美的秋波，小圆的樱唇，雪白的玉齿，鬓发如云，梳着一个凤髻。虽是淡妆素服，而出落得袅袅婷婷，如花如玉，数年不见，更觉清丽可爱了。不过两颊微瘦，可见得伊有抑郁的心事。

陆太太又道："你的爹爹跋涉数千里外到蜀中去做事，我本来不赞成的，不料他一去不还，到此长辞人世，我们姊弟终不能见面了，不知道犯的什么病。"说至此，喉中哽塞，眼泪早滴将出来。蕙仙低倒头，把手帕去拭伊的珠泪，呜咽答道："我爹爹是旧病复发，可怜他病倒了不多几天，便抛下我而去了。"陆游在旁也觉得心里悲伤，因为有卢英在前面，连忙走到书房里去陪伴。

卢英性情直爽，不喜多谈套话，便把苏氏姊弟设计欺骗蕙仙，自己怎样一路护送前来等前后情节，详细告诉一遍。陆游立起向他长揖道："英兄，诚义人也，大德当终身不忘。"卢英哈哈笑道："何德可言，公子把这事情托了我，自当效犬马之劳，幸不辱命，私心可以告慰罢了，何足挂齿。"陆游道："不是这么讲的，蕙仙表妹身落奸人之手，难逃网罗，若没有英兄援助出险，教伊伶俜弱质，如何对付得来，最后不是一死么，便是没有这种事，数千里的长途，山关远隔，伊也怎能安然到此呢。我舅父对于别的事情，我看他总有些糊涂，而托孤于你，却又独具只眼，能识英雄，你真是不负生死之托，义薄云天了。"卢英听陆游如此称赞，反觉得局促不安，大声说道："公子你偏有这许多说话，使我更觉惭愧。我只知道受人之托，忠人之事，把蕙仙女公子好好交给公子手里便完了，有什么德不德呢。"（写卢英豪爽处。）

陆游见卢英这般爽快，不便再向他致谢，知道这时他的肚子必然饿了，遂又道："我们别后重逢，快活得很，我同你饮酒何如？"卢英听了正中心怀，说道："多谢盛情，我一路因为要保护女公子，所以杯中物也不敢贪喝，今天我的肩上重负已释，愉快之至，公子既请我喝酒，不妨痛饮一番。"陆游道："好的。"遂去吩咐厨下特制几样精美的肴馔，把家中藏着十年的陈酒竹叶青开了一坛，预备和卢英对饮。

不多时，席已设好，摆上肴馔。童儿又取过两个琥珀大酒杯，放在各人面前，然后提上一壶竹叶青，卢英鼻子里已闻得酒香，便道："好酒，好酒。"陆游遂先斟满一杯，奉敬卢英，代他扫尘。卢英一饮而尽，又斟满酒，和陆游且饮且谈，无非讲些蜀中情形。陆游心中也觉得畅快，陪着他多喝几杯。卢英却一连喝了十余大杯，兀自嚷着要饮，又撕着一只鸡大嚼，真吃得杯盘狼藉，方才玉山醉倒。陆游遂命下人扶着他到客房里去安睡，自己走到里面，脚下也像腾云似的有些恍惚，知道也有七分醉意了，见他的母亲正和蕙仙坐在一块儿谈话。

这时蕙仙已把苏氏虐待、小山诈计如何倾害自己，以及卢英援救出险等事，一齐告知陆太太了。陆太太遂对陆游说道："你的表妹所受许多苦痛，你可知道么？伊真是很可怜的，苏氏不该

85

如此虐待前妻所生的女儿，又丧了良心，串通伊的兄弟，要把蕙仙硬行送与姓郎的为妻，这般可恶。"陆游道："是的，卢英已把大略告诉我听了，都亏他去援助出来，不然表妹更有何抵抗的能力呢。"蕙仙道："此番若没有卢将军慨助，我也只有一死，再不能活在人世，会到这里来和姑母表兄等见面了。"陆太太又对蕙仙说道："我早知你的爹爹娶了继室，你必要首先吃苦的，何况又是娶个小人家的女子呢。所以我曾对你爹爹说过，要把你留在这里和我相伴，偏偏你爹爹又不舍得别离你，虽有这个意思，仍旧带了你到蜀中去，以致你受这许多苦楚。好孩子，但是你在来信上，为什么一句也不提起呢？"蕙仙默然半晌，说道："姑母请原谅侄女，因为父母对于子女也许有时责备，做子女的不当放在心上，或是告诉人家，怀着怨恨，侄女只知尽子女的职，即使有什么责备，也是我的不是，不能讨父母的喜欢，自己还是忍受，希望父母总有一天回心转意，明白做子女的欢心。所以我对于一切的横逆，始终瞑目忍受，不敢在信上提及一言半语，反使姑母等多一层挂牵，增重不孝之罪，以伤老父之心。无如他们蓄意倾害我，一些儿没有觉悟，我才忧惧悲伤，不知所可。难得姑母等有书前来接我，我遂跟着卢将军一走了，但是父亲的灵座未撤，丧服未除，我就远离家庭，终觉得恋恋不舍呢。"（嗟乎，以蕙仙如此纯孝之女儿，乃不能得苏氏之欢心，反欲投之于陷阱之中，我读至此不禁为蕙仙一哭，虽然，天下岂独一蕙仙也哉。）说罢，泪承于睫。陆游闻言，不胜咨嗟太息。

陆太太道："阿弥陀佛，皇天不负孝心人，你如此孝顺父母，所以神明保佑，会逢见这位卢将军救你出险，护送到这里来的。"（是陆太太口吻。）陆游心里暗想：天下事真不可知的，若非我经松月上人的绍介得识卢英，又出资斧助他入蜀，那么今天他怎会护送表妹前来呢。一饮一啄，自有前定，冥冥中有主宰的，合该我和蕙仙的婚姻可以成功，所以玉人无恙，千里归来，前途自多

86

幸福。（写陆游痴思如绘，呜呼，冥冥中果然有主宰耶。）

陆太太见蕙仙面上有些倦意，自己和伊说话也很多了，料想伊长途跋涉辛苦，直到今天才得安定，身子必然疲乏，遂对蕙仙说道："大约你很疲倦了，早些安睡吧，我因为要接你前来，所以特地代你打扫一个清洁的房间，在我卧室的后面，十分幽静，正合你久住。此后我们是一家人了，你千万不要客气，心里要什么，不妨对我说，我是没有女儿的，看你如同自己女儿一般，我还记得你在幼时跟着你的父亲到这里来时，和你表兄捉迷藏，你表兄把你绊跌了，你哭到我面前来告诉我说，表兄欺侮你，我唤他来痛责一番，教他向你赔罪，你可记得么？现在你们都长成了，你表兄也时时在我面前说起你，十分思念你。此时你们重行做伴，今非昔比，你表兄一定不会欺侮你了。"说罢微微一笑。

蕙仙被伊姑母一说，想起前情，也还依稀记得，不觉面上起了一层薄薄的红晕，（童时情状，大是可念。）同时又觉得自己难得听见这种温和的说话的，心中感激得很，以为伊的姑母如此仁慈，自己无异脱火坑而登衽席了，遂向伊姑母道谢告辞安寝。走到卧室里，见陈设精雅，床帐洁净，足见陆太太体贴的爱心，想起自己幼时曾随着母亲来此盘桓一个多月，也是住在这里的。庭中有一株小小梅树，今已暗香疏影，枝干横窗，高与檐齐了。（神来之笔，力摹震川。）因连日奔波，娇弱的身躯实在疲倦不堪，遂熄灯解衣而睡，魂梦至为恬适，陆游母子同时也已入睡。

次日，陆游起身走到外面，见卢英早已起来，笑着对陆游说道："府上的竹叶青味道真好，我贪喝了几杯，遂致醉倒，很难得的。"说时舐嘴咂舌，似乎余味醇醇。陆游道："英兄若喜欢喝这酒，今天可再痛饮。"卢英点点头。陆游道："逸云和松月上人自从足下去后，常要忆念你，你要见见他们么？我愿奉陪。"卢英道："不错，我到山阴除掉公子还有这两个人一定要拜访的，有屈公子引导同往。"陆游遂回到里面，换上一件袍子，向他母亲告辞。此时蕙仙也在旁边问起卢英，陆游道："今天我要伴他去见沈逸云公子哩。"蕙仙道："我在途中听他说，此次送我到山阴后不再返蜀了，那么他又要到哪里去呢，请表兄代我探听一下。"（写蕙仙关怀卢英，正不忘其德也。）陆游点头答应，遂走到外边，和卢英一同走向沈园去。

逸云在这天正没有事做，一见二人前来，不胜之喜，竭诚招接，请到书房里坐定，问起蜀中情形，卢英约略奉告，逸云便令下人设宴代卢英洗尘。陆游道："今天有一个人必须请他同来畅聚一下。"逸云道："哦，知道了。"遂吩咐下人快到禹迹寺去邀请松月上人前来赴宴，并言陆公子也在此间，务必践约，下人奉命前去，逸云又命厨房里另外端整几样素馔。

不多时松月上人来了，一见卢英，喜悦无限。彼此寒暄数语，坐定后，松月上人对陆游笑着说道："我虽闻公子谈起卢君不久要来山阴，却不知何时驾到，渴念得很，今天蒙逸云公子下召，并言有公子在座，以为又是什么诗酒之会，想不到是卢君来了，我们可以畅叙幽情。"陆游道："是啊，卢英兄也十分惦念你，所以我们必要把你请来的。"这时下人早把酒席设在园中春在堂上，四人一同入席，分宾主坐定，彼此敬过酒，随意谈笑，席间讲起独孤兄妹，卢英也很思念。陆游便把秦桧被刺不中，刺客逃去的一回事，告诉卢英听，且说据此传闻，那两个刺客一定是独孤兄妹，可惜没有刺中，便宜了那大奸巨恶。现在不知他们俩到哪里去了，我们也很盼念他们可有一天重到这里来一会。卢英听了，也拍案叹道："可惜可惜，空空儿一击不中，翩然远逝，能否有再来的一日么。"（卢英有此意，想读者同之。）逸云道："听说秦桧自从这次受惊以后，防备益形严密，非亲信之人不能近身。夜间卧室四周都有警卒防守，恐怕可一而不可再了。"卢英痛惜不置。

陆游忽然想起一件事，便问卢英道："英兄大概在此可以多聚几天，何时动身返蜀？"卢英摇头道："不去了。"陆游惊问道："为什么呢，英兄赴蜀没有多时，正宜乘时建功，此次为了我家的事情，有劳英兄远行，感激不尽，以为英兄不久即将回去，何以忽萌退志？"卢英长叹一声道："以前我也未尝没有壮志，记得禹迹寺中公子和我说的一番话，言犹在耳，岂敢忘之！所以那时即行入蜀，蒙唐公提携身列行伍，满拟一腔热血洒向边陲，为国家稍立微功，稍雪前辱。不料朝廷听信谗臣之言，杀害忠良，力主和议，甘为小朝廷，臣事胡虏。岳少保乃是国家柱石，旷世良将，朱仙镇一战，金兵丧胆。朝廷正宜在此时大举北伐，直捣黄龙，迎回二帝，恢复故土，才能使我辈扬眉吐气，反而宠用秦桧，把岳少保置之死地，自坏万里长城，岂不短志士之气，伤豪杰之心么！（大有击碎唾壶之慨。）我听到这个消息后泪满襟袖，一天没有吃饭，（出师未捷身先死，长使英雄泪满襟。）知道这是国家的气运，非一二人所能挽回得转，我辈生不逢辰，欲为谁去效忠呢？（伤心之言。）况且我又觉得吴武顺王困守蜀中，其势也只能自保，再没有机会可以北攻金人了，我再到那里去坐糜廪粟做什么？还是死了这条心吧。"（岳飞一死，能令天下将士灰心，其关系如是之大，作者写来，亦有深意。）

卢英说罢，陆游等也都唏嘘太息，觉得时势实在是这个样子，不独卢英一人要灰心啊。但是像这种的大好人才，不能轰轰烈烈做一番事业，如古人勒铭燕然，立功西域，将来在史册上留名不朽，反而埋没蓬蒿，岂非可惜！

卢英又对着松月上人说道："从今以后，我更看破一切的一切，还是出家吧，无烦恼，无挂牵，闲云孤鹤，逍遥自在，跳出名缰，劈破利锁，像上人一样，岂不美哉。"松月上人忙说道："阿弥陀佛，出家固然很好，但卢君一生勋名未树，甘自湮灭岂不甚惜。"卢英哈哈笑道："勋名值得什么呢，我早已打定主意了，此番在途中曾遇一位梦觉道人，在湖南黑熊山栖霞庙里修道，端的是个异人，我想到那里去拜访他，从此在深山中修道，不问世事，完我天真。"众人见他说得如此坚决，也不再劝，不过都代他惋惜。

席散后，陆游仍和卢英步行返家，夜间又取出竹叶青陪他畅饮。次日松月上人又端整一桌上好的素菜，请卢英、陆游、逸云等到寺中去聚宴。酒酣时，松月上人取出七弦琴来，焚香端坐，奏一阕《高山流水》的曲谱，为众人侑酒。

这天陆游归后，把卢英将遁避方外的事告知蕙仙，蕙仙也觉得深为可惜，要想亲自去向他劝说。陆游道："他立志坚决，我等劝谏无效，表妹也不必多费唇舌了。"蕙仙终觉自己受着卢英的恩德无可图报，芳心十分不安。

卢英在山阴盘桓了十余天，便对陆游说道："我在此间，多蒙公子等殷勤款接，雅意可感，但我立志修道，不愿意尽是这样的迟滞，天下无不散之筵席，我要去了。"陆游再三苦留不住，便又和松月上人逸云等设宴送行。隔夜，蕙仙和陆太太也另行端整酒席相送。蕙仙又亲自向卢英拜谢援助之恩，卢英慨然对陆太太说道："蕙仙女公子端庄流丽，德容兼全，又是一位孝女，不幸伊早失怙恃，在后母手里过日子，备受种种的虐待，伊却耐心忍受，并无怨言。现在我把伊护送到了府上，彼此是至亲骨肉，此后光阴一定很快乐的，可以弥补以前的缺恨了。我又听唐公在临死时嘱咐我的说话，知道两家很有结为婚姻的意思，唐公也十分愿意的，我看公子英年绩学，才调无双，若和蕙仙女公子匹配，真是天生佳偶，可以预贺，将来我或能再来吃一杯喜酒，也未可知。陆太太是爱护子女的，当然对于蕙仙女公子能够优待，毋庸我来饶舌。我今把一位无父无母美德美容的好女子，交代给陆太太手中了，愿陆太太始终爱护，好使我放心。"（仁至义尽，卢英真古之人也，然而以后之事，岂卢英所能料及乎。）说罢斟满了一杯酒，敬给陆太太。

陆太太接过，一饮而尽，说道："蕙仙确乎是一个好女儿，我一向爱伊的。伊的身世固是可怜，幸逢壮士护送伊前来，我等都感谢大恩，此后蕙仙是我家人了，请壮士放心。"（陆太太之言，果能作息壤也耶？）也还敬一杯。此时蕙仙自悲身世，眼泪几欲夺眶而出，极力忍住。陆游也觉得卢英十分可敬，尽欢而散。明天陆游又送给他五十两程仪，一定要他接受，卢英便和陆游等告辞，径赴湖南去了。（收过卢英。）

蕙仙很不舍得他去，亲自绣成一个卢英的像，悬在室中以为纪念。（丝绣平原，不图再见。）从此伊在陆家安心住下，陆太太把伊看待得和自己女儿一般。陆游读书之暇，时时伴着伊清谈不倦，或是推敲诗词，融融泄泄，一扫以前的阴霾了。一天蕙仙从伊的自己房中出来，走到陆太太房里去，忽见房里坐着一个尼姑，陆太太正陪着伊谈话。欲知后事如何，请看下回。

评：

婉兰曰，写红珠处处用婉好之笔，遂觉有一娇憨女郎，跃跃纸上，令人可念。

先写陆游与陆太太忆念蕙仙，然后拍合上交，双方都能顾到。蕙仙之美丽，妙在从陆游眼中看出，蕙仙之纯孝令人敬佩。

孤独兄妹重提一笔，作者欲使读者脑中不易忘记耳。卢英遁迹方外，英雄末路，可为痛哭。

卢英临去时，叮嘱陆太太数语，忠肝义胆，如见其人，无怪蕙仙丝绣以供奉之矣。

篇末忽出一尼姑，文笔突兀。

第十回

锦心绣口绿窗读新诗
明月清风良夜联鸳牒

那尼姑一见蕙仙走进，便立起来含笑招呼，问陆太太道："这位小姐是谁，一向没有见过啊！"陆太太便代为介绍道："这是我的侄女唐蕙仙，以前常在蜀中，现因我的兄弟死了，所以接到此间同住，我膝下没有女儿，引为缺憾，现在有伊相伴，使我解去不少寂寞。"又对蕙仙说道："你来见见静因师太，伊是妙严庵里的当家的，为人很是和气。"蕙仙遂和静因敛衽为礼一同坐下。

见静因约有三十五六岁的年纪，穿着浅蓝色的海青，足踏一双僧履，又窄又小，鞋头上镶着双环如意，装饰得很是入时，面上薄施一些脂粉，淡扫蛾眉，两只眼睛虽是肉里眼，而水露露的非常妖媚。手中拈着一串奇楠香的佛珠，（静因妖媚，却从蕙仙目中看出。）心里暗想姑母时常和我说起妙严庵里的静因师太怎样美丽，怎样温和，伊也常常遣人送物前来孝敬我姑母，今天方被我瞧见了，原来是这样一个人物。

同时静因也向蕙仙上下打量一遍，带着笑对陆太太说道："太太你好福气，有这位美貌的侄女公子，果然生得倾城倾国，清丽无伦，不是我当着太太和女公子面前说好话，敢怕山阴地方找不出第二个人了，不知可曾配得如意郎君？"陆太太很得意地

92

答道："师太你问起这件事么？我老实和你说了吧，我很是欢喜伊，将来便要把伊做我家的媳妇了。"静因便说道："这是公子的艳福，但是你家公子也是才学很好、品貌兼全的，真是天生一对好匹配。"

蕙仙在旁听她们说话，不觉两颊红晕，轻轻地走出房去，来到庭中。恰逢陆游从外面走进，一见蕙仙颊泛红霞，娇滴滴越显红白，忍不住问道："蕙妹为什么红晕上颊，可有人和你开玩笑？"（偏偏有此一问，蕙仙将如何还答。）蕙仙被他一问，更觉不好意思，只得说道："没什么。"陆游便道："蕙妹可到我的书斋里去坐一回么？今天没有客人来了，我作得几首新诗，要和蕙妹推敲一下。"蕙仙点头微笑，遂跟着陆游，走到书房里来。

蕙仙到了陆家以后，这次还是破题儿第一遭，见书房中窗明几净，陈设精雅，牙签玉轴，琳琅满架，真是一个大好读书所在。陆游请蕙仙坐定后问道："我才从友人处回来，不知我母亲在里面做什么，可在念经？"蕙仙摇头道："不，我到姑母房里去过的，见有妙严庵里的静因师太在那里谈话。"陆游道："嗯，原来伊又来了。我母亲别无嗜好，只是非常佞佛，茹素念经做功德，赴佛会，是伊最喜欢的事，就是对于妙严庵，每年不知要布施几多金钱了。至于那个静因师太，手段非常高明，对于当地一般士绅之家的太太小姐极尽笼络之能事，巴结得人人喜悦，愿意施舍，每年到妙严庵里去装金烧香，献物还愿的不计其数，香火之盛，在这里可称首屈一指了。然而表面上如此盛美，而内里的黑暗也很不可掩饰的。"（此处预伏一笔，不即说出，妙。）

蕙仙见陆游没有直说，意思似乎对于静因师太有些不满，却也未便追问。至于陆太太的佞佛，是任何人都劝不醒的了，遂向陆游索阅新诗，陆游便把新作的几首写怀和赠友诗一齐取给蕙仙看。蕙仙一首一首地读罢，颊上现出两个小小酒窝，对着陆游微笑道："表兄的诗清新俊逸，实有魏晋时代格调，真使我佩服之至。"陆游笑道："恐怕不值大雅一笑吧，蕙妹这样过意誉扬，令人愧汗了。蕙妹对于此道，也是斫轮老手，为今之谢道韫，还请不必谦虚，直言指教。"蕙仙道："啊呀，我听了表兄的话，真要愧汗了，我虽然喜欢胡乱涂鸦，只是不能算为诗的。以前在蜀中时，曾大胆寄奉数首，请表兄删改，幸蒙表兄不弃，向字纸篓中偶改数字，有点铁成金之妙，又用原韵步和几首，都比我作得佳妙，我闲时常常吟咏，以为范本，自憾远隔数千里外，往返一函，动须数月，不能多得教益。现在幸居一处，可以当面承教，还请表兄指示窍奥，俾得门径。"陆游道："我们是自家人，不必说什么客气的话，大家一同研究便了。"遂和蕙仙大谈诗词源流，以及挽近作家派别，舌底澜翻，滔滔不绝地讲了一大段。（妙，此处只宜略写，不必多赘如诗话，反使读者生厌。）

　　蕙仙究竟有些程度的，不比红珠诗学还是幼稚，（提起一笔，有映带之妙。）自然两个人大家各抒意见，讨论一番。但是蕙仙以前处境坎坷，心里深深埋着悲哀，创巨痛深，直到此时依旧芳心悱恻，不易淡忘，所以渐渐从诗人穷而后工的意思上，谈到境遇，很多身世之感。陆游着意慰藉，蕙仙却说道："我到了这里以后，脱离后母的虐待、奸人的窥伺，很平安，也很快乐地过光阴。人家从表面上看来，或以为我是此间乐不思蜀了，哪里知道我心中时时想到我可爱的亡父。他在生时何等地爱我，临终时候把我托付于卢将军，我所受的苦楚、处的境界，他何尝不知道呢。不过误娶其人，以致牝鸡司晨，家事颠倒，他也无可如何，心中却大大的不快活，含恨而没，可怜我早失慈母，又丧椿庭。父母生我劬劳之思，终身没有报答的日子了。想我亡父远葬蜀山，只生我一个女儿，还不能守在那里终丧，抛弃而去，岂不可怜！（恻然孝思之言，读之盎然流涕。）还有我的后母，像伊这样昧良的人，不知能不能守节而终，还是一个疑问，我唐家的末运如此，岂不伤心！"说罢已盈盈欲泪。

陆游也叹道：“舅父续娶苏家女子，是他的失误，但是天下的事，岂能预算得到的呢，蕙妹的身世固然可怜，然而人生须抱乐观，和世上的横逆奋斗。蕙妹也当体贴舅父的意思，节哀保身，排除烦恼，若常忧伤哭泣，毁坏千金之体，恐舅父死在九泉非所乐闻的。所谓孝者善继人之志，善述人之事者也，况蕙妹在这里，宛如自己家中一般，我们都是至亲骨肉，休戚相关，蕙妹亟宜祛除一切悲哀，勉寻欢乐才是。你如有什么心事，能够告诉我，我必能代你想法解决，切莫要再如以前那样的深藏不露，闷在胸中，有损玉体，想蕙妹聪明人，决不以为我母子是外人的啊。况我母亲常以膝下没有女儿为生平憾事，每每感到寂寞。自从蕙妹来后，言笑承欢，一室之中，春风盎然，足解去不少寂寞。蕙妹又每事善于体贴我母亲的心意，所以我母亲有了蕙妹，老怀常开，好似有了亲生女儿一般。至于我呢，本来没有同胞的兄弟姊妹，难得蕙妹前来，彼此相亲，与兄妹无异，家庭中顿觉增加许多愉快。以前蕙妹在蜀时，我们常要忆念，即有鳞鸿往还，也是纸短情长，写不尽许多。现在一块儿厮守着，也使我多得一个研究诗词的良友，所以我的心里弥觉快乐，希望蕙妹和我一同快乐，若是蕙妹依然不能消释以前的悲哀，常日抑郁，教我何以为情呢！”（其语诚恳，殆自心坎中发出耶，宜蕙仙深感而不能忘也。）

蕙仙听陆游说得如此诚恳，心里非常感激，遂答道：“表兄金玉良言，自当遵从，我在这里多蒙姑母和表兄恩宠优渥，待如家人，我也安居自适，无异自己的家中，因为我这飘零不祥之身，本已没有家了。”（蕙仙之言，说是挟有一片商音。）陆游又温慰数语，蕙仙恐怕静因师太走了，陆太太或要找伊，遂立起身来要走进去，说道：“我有几首小诗，今夜要抄录一遍，明天请表兄郢政。”陆游也道：“正欲拜读蕙妹的新诗，定必有芳馨之致。”

蕙仙走到窗边，偶见有两盆牡丹，花色猩红如血，娇艳欲滴，又如斑斑血泪，动人哀思，且有一阵清香透入鼻管，遂问道："表兄，这是牡丹花么？怎样有此种颜色的？"陆游道："这花名断肠红，是牡丹中的变种，（呜呼，牡丹富贵之花也，而有断肠红，是诚变种也已。）较杜鹃花更是凄艳，我从友人沈逸云公子那里索取得来的，觉得很是可爱，可惜花开不久，即要凋谢了。"蕙仙看着那断肠红，身子立住不动，似乎也很相爱的样子。陆游便说道："蕙妹可喜这花么？不妨移去放在蕙妹卧室的窗前，名花当伴美人。"蕙仙道："我若取去，表兄这里没有了。"陆游道："不妨事的，我若要时，可以再向逸云要去。"此时凑巧有一个女仆走出来，陆游遂命伊将这两盆断肠红搬到蕙仙小姐卧室的天井里去。女仆答应一声，掇起衣袖，搬着两盆断肠红走进去了。（断肠红薄命花也，陆游爱之，蕙仙又爱之，殆为异日之谶兆字。）

蕙仙又向陆游道谢了，走到里面，见静因已去，陆太太正想找寻蕙仙，便问伊道："蕙仙你到哪里去的，静因师太待人很好，你为什么见了伊反而腼腆起来呢？"蕙仙微微一笑，答道："我到书房里去的，表兄教我作诗。"陆太太笑道："这是他最喜欢了，他读书是很用功的，人家都称呼他才子，不过在家中没有一个聪明人做他的伴侣。他常常说蕙仙表妹工于吟咏，可惜伊远在蜀中，不能晤面，聚谈一室之中，和他一同研究诗词。所以很望你能到这里来，此次你来时，也是他想法托卢将军护送你来的，因为数千里外，要托个稳妥的人来迎接，真不是容易的事啊。现在你既来此，他得了一个最好的伴侣了。你们虽是表姊妹，无异自己亲骨肉，大家应当亲近一些，不要回避什么，才使我心里快活。"（陆太太之言亦自动德。）

蕙仙听了，不好回答什么话，只向陆太太点点头。伊今日听了他们母子的说话，却是非常温和，心中说不出的感激。自此对于陆游渐渐更是亲昵，不拘形迹。陆游的心里早已藏着蕙仙一个情影，知道他母亲的意思，将来便把蕙仙做我的妻室。而蕙仙当然也很愿意的，有情人成了眷属，他日闺房之乐甚于画眉，自己的艳福无穷。因此他除埋头书籍以外，闲暇时常和蕙仙谈笑，时亲美人芗泽，红珠那里也难得去了。

　　光阴过得很快，转瞬已是中秋，良宵佳节，家家欢宴。陆太太一时高兴，预备夜来赏月，吩咐下人端整些可口的肴馔和美酒，在后院设宴，和陆游、蕙仙二人一同坐下。那后院甚是宽畅，庭中堆叠着一小座玲珑的假山，又有两株丹桂正在怒华，甜香扑鼻。黄昏时，一轮明月从云中拥出，光照大地，纤影毕见，墙上花影斑驳，风吹影动，珊珊可爱。陆太太正中坐着举起酒杯，笑嘻嘻地说道："我是难得用荤菜的，实在因为今天是团圆佳节，我们不可不欢乐一番，所以同你二人饮酒赏月。你们都是少年人，尤当快乐。"二人也含笑各个斟满了一杯酒，为陆太太上寿。陆太太接着喝了，陆游又和蕙仙各敬一杯。抬头见娟娟明月，如美人横波流盼，含情脉脉。（其语绝艳。）陆太太道："岁月易逝，人生易老，我记得十五年前，曾和家人一度欢赏中秋，其间死的死，老的老，即如你们二人也已长成了，一向没有重行欢聚过，从此可知天伦之乐是不易多得的。"蕙仙听了陆太太话，心中怅触百端，想起自己已死的父母和杌陧的家庭，又不禁引起了蕴藏的悲哀，低倒头默默无言。（多愁善感，自多俛仰身世之悲。）

　　陆游也道："人生几见月团圆，一样的月，世人对之有发生悲观的，有引起乐观的，大约要看各人的心理如何了。"陆太太道："今天我们都要乐观，我有一句要紧的话和你们一说，对于你们很有关系的，但先不得不旧事重提，好使你们明了。因为我很爱蕙仙德容俱美，要想代你们二人结成良缘久有此心了，以前我兄弟来此时，我曾当面亲自和他吐露过这个意思，他也很表同情的，并称赞游儿才华富瞻，不愧是个乘龙佳婿，只因彼时间匆促，要紧干别的事，好在两家本是至亲，你们二人年纪尚轻，以后再可从容文定，他就远行了。现在不幸我兄弟已离开这个世界，所留下的只有蕙仙一点亲骨血，他临终的时候，嘱托卢将军的说话，都是他的心愿，而盼望可以实现的。前次卢将军也曾对我说过了，我的心里自然十分赞成的，且喜我默察你们二人性情相近，彼此和谐，将来结成夫妇一定美满，足慰我的桑榆暮景。所以我今天乘这中秋佳节，特地向你们说一个明白，便算在此时订婚了。至于媒妁本来要请卢将军的，无如他已远走，不知何日再来，到时不妨在亲戚之中请出来也好。今天明月团圆也是你们二人团圆的吉兆，可以开怀饮酒，我的一重心愿也可放下了。"（此时陆太太满怀好意。）

陆游听了他母亲的说话，如膺九锡，如闻广乐，很感激老人家体会得到，爱心周至，心中说不出的得意，喜气洋洋。但是蕙仙却益发羞得抬不起头来，粉颈低俯，别饶妖媚，伊芳心中也未始不暗暗许可，深感伊姑母的关爱呢。陆太太又喝了两杯酒，不觉已将醉倒，便对二人说道："今夜月色很好，我不善饮的，一时高兴多喝了些，遂有些头晕目眩，支持不住，要去睡了，你们不妨多坐一回。"说罢立起身来已摇摇欲倒。

蕙仙忙过来和女仆一同扶着陆太太回到房中，看陆太太解衣睡后，蕙仙复又走到庭中坐定，对陆游说道："我也不会喝酒的，不能再喝了，多饮伤身，表兄也请少饮为妙。"（顾惜之情，溢于言表。）陆游笑道："我倒还能喝个一二杯，蕙仙若是不能再饮，我也不能勉强，从前刘伶阮籍之徒猖狂自放，以饮酒得名，究竟无益于世。我不敢步武刘阮，但是人逢喜气精神爽，今夜是我最快乐的时候，偶然多喝几杯，以增豪兴，似乎没有什么妨碍。蕙妹想已听得我母亲的一番谈话了，有何感想？"蕙仙仍旧俯首不答。

陆游又道："诗咏关雎，圣贤尚思窈窕，况在我辈情之所钟有不能自已的，我爱蕙妹的心怀之久矣，不自今日始。难得我母亲做主，代我们定当这件事情，我自然心满意足了。古人云，娶妻当如阴丽华，我不是当面恭维，似蕙妹这般才貌，可称阴丽华第二，而且阴丽华却没有你的满腹锦绣呢。"蕙仙四顾无人，轻轻对陆游说道："表兄，请你不要如此说法，使我惭愧无地。我自亡父故世后，天壤间最亲的便是表兄和姑母了，姑母待我很好，无异自己的生母，所以姑母说如何便如何，只要薄命人有个归宿，不致漂泊天涯，便是大幸了。"（婉转可听。）

陆游听伊的说话，知伊心中也是默许的，更是愉快，又喝了一杯酒，便喊下人过来撤去残肴，两人坐在庭心中赏月，此时嫦娥端坐天空，仪态万方，夜阑人静，月色更是朗澈，玉露下滴。陆游看蕙仙玉颜微酡，举着皓腕托住香腮，瞧着明月如有遐思，（妩媚之极，陆游当不厌百回看矣。）不觉想起杜诗上的"香雾云雾湿，清辉玉臂寒"两句诗来。良久，蕙仙微噫道："今夜明月固然一轮圆满，但是明夜便要渐渐缺陷了，月又哪得长圆。世人说花好月圆，无非都是祝颂之语，花无长好，月无长圆，人间的事也是如此，可有几许美满呢。"（言为心声，蕙仙逢此良宵，闻此喜信，仍不免有此哀伤之音，其后来之所遇可知矣。）

陆游听蕙仙又（又字妙。）要说这些话，心中有些不悦，便道："髯苏不是说'自其变者而观之，则天地曾不能以一瞬。自其不变者而观之，则万物与我皆无尽也'。所以蕙妹务须达观，放大你的思想，不再要沉溺在阴晦悲哀的思想中。人生行乐耳，何必多忧多虑，自苦其身。大凡女子幽怀善感，最伤身心，切宜戒之。"蕙仙听说不觉嫣然一笑，两人坐够多时，才各自归寝。

次日，陆游起身，冥想昨夜情事，喜不自禁，走到他母亲房里去请安。见蕙仙正代陆太太梳头，相视一笑。陆太太又问起昨宵的事，陆游坐了一歇，因为要到他的老师鲍季和那边去缴课卷，遂告辞而出。走过几条小巷，忽听远远有卖花声自远而近，其音又清脆又婉转，如好鸟在枝头弄舌。陆游听到耳朵里，便知是红珠的声音，心中不由怦然一动，徐徐向前走得几步，便见有一个妙龄女子，臂上挽着一只花篮，从右面小巷里走将出来。婀娜的身材，俏丽的面庞，不是红珠还有谁呢！欲知后事如何，请看下回。

评：

　　畹兰曰，静因亦书中主要人物也，大好姻缘误于此淫尼之一言。此处顺手带出，即为后文地步，而静因之为人，又从陆游口中隐露一个端倪，如游山者，遥望青螺之微现也。

　　与素心人研究诗词，此乐虽南面王不与易。

　　蕙仙既至陆家，脱火坑而登衽席，寻常女子至是必将乐不思蜀矣，而蕙仙天性纯孝，追念亡父，胸中蕴藏之悲哀，仍未全消也。

　　陆游慰藉周至，其爱蕙仙之心，一片至诚，全无掩饰。断肠红借此又作一点缀，终为异日之兆，哀哉！

　　蕙仙与陆游亲事即在中秋夜，当面文定，不用媒妁，可谓别开生面。盖此时之蕙仙无异于养媳矣。

　　写中秋夜景如画。

　　写蕙仙一种羞涩态度，若即若离，神妙欲到秋毫颠。

　　天下不如意事常八九，花无常好，月无常圆，此理殆人能言之，然蕙仙在此良宵佳节，才聆欢音，忽吐此哀感之语，心理之感召，殊匪吉祥，无怪陆游闻之不悦也。

　　无意中忽出红珠，妙。

第十一回

慰相思缠绵有意
窥秘密邂逅无心

红珠一见陆游便问道："陆公子到哪里去？怎的好久不到我家里来了？"陆游也觉得自己自从蕙仙来后，红珠那里足迹渐稀，七夕去过一次，以后，到今朝已有一个多月没有见面了。有时虽然想起伊，而一个身子分不开来，亲了这边，疏了那边，今天伊中途和我邂逅，难免不责问我了。

红珠又道："陆公子，你的容貌较前丰腴一些，近来在府上做什么？"陆游嗫嚅着答道："我因近来有些家务羁缠，笔墨也觉纷纭，所以你处好久不来，你的身体好么？"红珠道："谢谢公子。我们母女俩还称穷健，几时公子能来舍一游，我们非常欢迎的！"陆游点头答道："明后天有空即来，此时我要到老师处去缴课卷呢，和你再会吧。"遂别了红珠走去。红珠立在道旁瞧陆游的影子去远，遂又曼声喊着卖花，走到别处去了。（写红珠痴情如绘。）

陆游一边走一边自思红珠这小女子真可爱，以前我不是常要走到她家去游玩的么，近来我确乎好久没去了，难得伊仍有依依之情，少不得我要抽空走一遭咧。不过在蕙仙面前却不能直说的，免得伊要猜疑，说我喜欢作狎邪游。其实我和红珠却是很磊落的，伊虽是个卖花女郎，然而天真烂漫，依旧是一个白璧无瑕的处子，我所爱的，是爱伊的聪明心肠啊。（高尚之爱，能有几人耶？）

他到了鲍季和先生家里遇见几个同文，都在那里缴课卷。大家坐谈一回，都说明年的考试陆游一定冠军了。鲍季和先生也极口称赞陆游的文章做得妙绝，文可与欧苏颉颃，诗可和李杜翱翔，陆游当然谦逊不迭。

在鲍先生家里用了午膳而归，心中要想觅个间隙到红珠那里去走一遭。（陆游亦难免心猿意马乎，甚矣红珠之魔力也。）但是每天下午他总要伴着蕙仙，或是清谈，或是论文，宛如日常功课不能旷废，也不忍旷废。（妙在不忍。）他正在思想时间，却有一个机会来了。夜间用晚饭的时候，陆太太告诉他们说，后天妙严庵里有个佛会，静因师太已来请过数次，自己不能不去，且要带蕙仙前去随喜。陆游心里虽不赞成蕙仙出外，但又很不欲拂逆他母亲的意旨，勉强点头道："好的，望你们早去早来。"又想妙严庵究竟不是龙潭虎穴，（四字来得突兀。）况且那天是佛会，香客众多，决不会有什么的，我又何必鳃鳃过虑，趁他们前往的时候，我也可以去一看红珠了。

蕙仙听陆太太要伊去随客，自然唯命是从。到得后天早上，陆太太和蕙仙一齐换了新的衣裳，蕙仙更是妆饰得淡雅动人。因为要到庵中去吃饭的，所以在上午便唤了两肩轿子，带去一个女仆，坐着向妙严庵而去。

陆游看她们去后，独自用了午膳，摇摇摆摆走到红珠家中去。推门入内，不见红珠，却见红珠的母亲在窗边晾衣，一见陆游，便带笑叫应道："陆公子，难得来的啊，请到里面坐。"陆游走进中堂，仍不见红珠，不觉心里奇怪，（红珠红珠，果安在哉。）忙问红珠的母亲道："咦，红珠到哪里去了，怎不见伊的倩影呢？"（我亦欲问。）红珠的母亲早将衣裳晾好，也就走进来还答道："陆公子，昨天晚上红珠有些不适，竟睡倒了。"陆游道：

102

"啊呀，红珠生起病来了么？"忙走进红珠的卧室，低低唤道："红珠红珠。"帐门下垂，却不见伊答应。陆游以为红珠睡着了，悄悄勾起帐子，（低低与悄悄，一种轻怜之意，跃然如现纸上。）见红珠盖着一条薄被，一只玉臂露出被外，双目闭着似乎睡去的样子。陆游用手在伊的额上一摸，觉得微有些热，自言自语道："有些寒热了，前天我还遇见伊的，怎么病了？"

此时红珠惊醒，睁开眼来，见是陆游立在床前，顿时面上露出一种似怨似嗔的样子，对陆游说道："陆公子，今天什么好风吹得你到此，你长久不到我家来了，恐怕没有这兴致再来浪费光阴于此吧。"（红珠之言，若有讽焉，是小儿女负气语。）陆游握着伊的手道："红珠，不要这样说，我很喜欢前来和你盘桓，实在因为这几天家务稍忙，所以抽不出闲暇来探望你。"红珠冷笑道："陆公子，你闲暇是有的，但恐陪伴了别人，想不着我这个人了。"

陆游听红珠说话蹊跷，不觉心里一愣。暗想难道伊已知道我和蕙仙的事情么？便道："红珠，什么话，我怎会想不着你呢。"红珠又道："你问我么，我是喜欢直爽的，不如直说了吧！我自从公子好久不来以后，心中未免有些疑惑，以为以前公子时常要来盘桓一天半天的，教我作诗念词，很是殷勤，怎么现在裹足不前呢，恐怕我们有得罪公子之处吧。反躬自省，我又没有什么事触犯公子怒气，除非我说话不小心。又想公子总能原谅我年纪轻的，不至于就此绝交。遂到府上邻舍，探问公子近况，恰巧遇着公子家中的女佣，才知公子正在府上陪伴一位从蜀中新来的唐家小姐，也是公子的表妹。听说伊才学很好，常和公子一起吟咏，面貌又生得非常姣好，你家太太十分宠爱的。我乃恍然大悟，莫怪公子不来了，公子那边有了这一位天仙化人的唐小姐，自然想不到此外的一般庸脂俗粉，何况我是蓬门荜户中的小女子呢，若非前天在途中邂逅相遇，料想公子今天也断然不会来的。"

陆游听了红珠的话，自思这个小妮子很是乖巧，能够把我的事情早已探听明白，凑巧我确乎好久没来，无怪伊要怪我了，我也不必瞒伊，何妨将蕙仙的事告知伊呢。遂带笑向伊说道："红珠，请你原谅，其实我又何曾忘记你呢，你千万不要恨我，待我将我表妹蕙仙的事告知你听，你便知道伊是一个天壤间畸零孤苦的女子了。"红珠一怔道："很好，公子你且讲给我听。"

陆游遂坐在床沿上，把蕙仙自幼至长，从蜀中到此的详细经过情形，很清楚地缕述一遍。红珠听了，不觉眼中隐隐含有泪痕，（好红珠。）说道："唐小姐果然是很可怜的，我不明白天下许多做后母的为什么都要虐待前妻养的子女啊！像唐小姐这般的贤德，偏偏逢着不良的家庭，受这许多磨难，其间又有奸人播弄，危险万状，若非有豪侠的卢将军援助伊从虎口脱险回来，怎禁得起风雨的摧残呢！因此我想人生不幸而为女子，红颜弱质都是很可怜的。诗人之言，洵乎不虚，我为天下一般薄命女子悲叹无穷了。"陆游听红珠说出这些噍残的话来，自思伊平常吐语很快乐的，何以吐此哀音，大约多读了诗吧，遂说道："红珠你的说话不错，但幸与不幸，自有天命，未必女子都是薄命，你不要说这种悲观的话。"红珠点点头，又道："唐小姐如此可怜，现在到了府上，你们自然要格外待得伊好了。况公子又和伊是表兄妹，今后可以使伊稍除以前的痛苦才好。"陆游道："是的，所以我母亲待伊很好的。"但他却不欲把中秋订婚的事骤然披露与红珠知晓，因此不说下去了。

恰巧红珠的母亲托着一盏绿茶走进房来，对陆游说道："公子想走得口渴了，（不是走得口渴，却是讲得口渴。）我特地烹起茶来，请公子喝一杯，这是龙井好茶叶，我们亲戚新近送来的。"陆游一边道谢，一边从红珠的母亲手里接过茶杯喝了一口，说道："茶叶的味道真好。"遂放在桌子上。红珠的母亲道："红珠因为公子不来，常常想念公子，对我说道，我们可有什么地方得罪陆公子，为什么他从此不来教我诗词呢。我说大约公子有正经的事，所以不来。"陆游不待伊说完，早接着说道："不错，实在我有些事情萦绕，故尔足迹稍稀，别无他故。"红珠的母亲又道："我也料想公子不致有什么不满意的啊，最好了，这几天红珠出去卖花，连着奔走辛苦，有些风寒，所以发起寒热来咧。"陆游道："红珠的身体也并不十分强健的，辛苦不起，我适才用手摸伊的额角，微觉焦热，大约所受的风寒统须发出来。若不即愈，还是请个医生前来诊视，吃一剂药发散发散，便好得快了。"红珠摇头道："今天我已稍觉轻松些，昨夜出了些汗，风寒大概也已发出来，我不要请医生，不要吃药，这个药非常之苦，怪难吃的，我不要不要不要。"（几个不要，如闻其声，红珠妙在始终有憨态。）红珠的母亲说道："你不要这样发急，我不请便了，你终怕喝苦水的。"陆游微笑道："红珠，幸亏你的病轻，若是犯了重病，如何能够不吃药呢？良药苦口利于病，吃药不是吃糖，当然苦的，也只好忍受啊。"红珠摇头道："我情愿死，不要吃药。"红珠的母亲对陆游带笑说道："公子，你看伊的性情仍是不脱孩子气的，真是可笑。公子且坐在此间讲一刻儿，我还有一些小事去干哩。"说罢遂回身出房去了。

陆游便又问红珠道："红珠，究竟你的身子觉得适意不适意，有病是要说的，不要因为怕吃药之故，而……"红珠急了，抢着说道："我不敢欺骗公子的，今天确乎比较昨夜好得多了，稍觉头脑有些昏沉，身子有些疲软，此外没有什么别的痛苦，请公子放心。似我们这等人，休说患些小病，便是死了也与蝼蚁何异，值得人家怜惜的么。"（仍是负气语。）陆游瞧着伊的面庞说道："红珠，你这话说错了，（驳得妙。）人在世间，都是一样的一个躯壳、一个灵魂，有什么贫贱富贵的分别呢？不要自己看得太轻微渺小啊！你是聪明女子，聪明人往往思虑得太过了。所以智识反变成忧愁之媒，不如那些无智无识的人，不知忧愁为何物，因

105

此却能保全他们的上寿。聪明人往往因之而为造物所忌，自己堕入愁城恨府中去了，（陆游之言愿天下聪明人一读之。）所以我劝你不要如此。"红珠听了，点头说道："多蒙赐教，金石良言，敢不铭诸心版，但是我非聪明人罢了。"停了一歇，又道："我听公子讲过唐小姐的事，不知怎样的，我的心里对于唐小姐起了一种怜惜而敬重的意念。我又觉得唐小姐很是可爱，很情愿一见伊的芳容，一聆伊的妙音。"陆游笑道："你要见我的表妹么？这是很好的事，我也极愿你们二人彼此得见。伊若知道你，一定也很欢喜你的，他日待有机会，我当做你们二人中间的曹邱生便了。"红珠笑笑。二人东说说西讲讲，已有好多时候。陆游恐怕红珠谈得多了伤伊的神思，于伊病体或有妨碍，遂柔声问道："红珠，你也觉得多讲话使你乏力么？还是睡倒休息一回吧。"（体贴得到。）红珠道："我倒不觉得乏力，因为公子长久没来，难得来的，多谈些时候又有何妨，此后恐怕你不见得能够常来了。"（其语可怜。）陆游忙道："红珠，你要我常来，我就常来好了，总使你安慰。"红珠笑笑，两人又谈了一刻，看看天色也已垂暮，陆游暗想此时他的母亲和蕙仙早已从妙严庵里回家了，遂立起说道："天色将晚，我要和你分别，望你好好珍重玉体，不要再受风，饮食也要留意，隔一天我再来望你，大概你就要好了。"红珠道："多谢公子美意，公子请即来，我的病好了，仍要请公子教我填词呢！"陆游点头答道："准其如此，再会。"遂退出房来。

红珠的母亲忙来相送，陆游乘便从身边取出五两银子，授给红珠的母亲道："这一些银子请你收了，是我送与红珠买东西吃的。"红珠的母亲道："啊哟，公子又要赏赐了，（可见不只一次。）如何敢当！"陆游笑道："一点小意思，请你不必客气，隔日我当再来。"遂回身走出大门，匆匆向家里赶去。

到得家中已上灯了，见他母亲正坐在客堂里休息，蕙仙也在一边。上前叫应了，问陆太太道："今天庵中热闹么？你们几时回来的？陆太太答道："我们回家得不到一刻工夫呢，静因师太一定要我们用了素点心走，所以弄得不早。今天庵中非常热闹，静因师太的面子真大，许多官绅人家的太太小姐到得不少，陈太太、周太太、李小姐一齐见面的。还有陈太太见了蕙仙，在我面前称赞不止，问起伊可有夫家，要想代他的外甥做媒，我就告诉伊说，蕙仙已是我家未来的媳妇了，伊又向我恭贺说，难得有此好媳妇，并去告诉周太太，将来要来吃喜酒。"陆游听了很是快活。

陆太太也问道："你在此时回家，到哪里去的呢？"陆游只得隐瞒着说道："你们到尼庵，我赴僧寺，我是去禹迹寺看松月上人，和他弈棋的。"陆太太听说，也不再问，走到伊的房中去了，蕙仙也回闺房，陆游跟着走进去，坐在一旁，对蕙仙说道："今天蕙妹大概有些疲乏了。"蕙仙低低说道："妙严庵我从此不再去了。"（文章忽生波澜。）陆游听这话有些奇异，便问道："为什么你不再要去呢？可能告诉我，有何见解。"蕙仙摇头道："难说的。"（三字奇怪。）陆游沉吟着道："我也早知静因不是好人，难道今天被你有所发现么？"蕙仙把头微微点着，（忽而摇头，忽而点头，情态如见。）颊上不觉微有红晕。陆游心里大疑，又向蕙仙说道："蕙妹，我们不是外人，你不妨告知我，也好使我明白。"

原来这天早上，蕙仙随着陆太太一同坐着轿子到妙严庵去，那庵便在城西拈花桥边，地方很是幽静，小桥流水，绿杨赭垣，饶有风景。早见庵门前一字儿地停着不少轿子，有人在那里迎候。陆太太等轿子抬进庵门，在庭中歇下，便有佛婆等搀扶出轿，静因师太和几个尼姑都出来招接。说道："陆太太和小姐来了，我们盼望多时，现在请太太小姐的安。"陆太太笑眯眯地说道："静因，你今天大忙了，不要多礼。"

107

其时大殿上考钟伐鼓的正在那里做佛事。静因引导陆太太和蕙仙从右面廊下走到一间方厅上，四壁悬着对联，陈设得非常雅洁，天井里有两株丹桂甜香阵阵送入鼻管。已有几个女客坐在那里饮茗闲谈，内中如陈太太、李小姐等，都认识陆太太的，而且彼此是世交呢。大家含笑相迎，十分亲近，静因请陆太太等坐下，看佛婆们送上香茗来，使抓着茶盆里瓜子唰糖唰，请陆太太吃。坐得一歇，因为外边又有客到，要去迎接，便命一个年纪轻的尼姑名叫悟妙的代替自己陪客，方得抽身出去。陆太太便和陈太太等讲话。后来便谈着蕙仙了，大家称赞伊貌美。

一会儿静因又进来引导陆太太等去拜佛随喜。陆太太走到白衣观音面前，很诚心地点香烛，叩了无数的头，又教蕙仙下拜。一连走了几殿，烟雾缭绕，许多善男信女齐来膜拜。静因又格外要好，请陆太太和蕙仙到伊自己云房里去坐地。蕙仙见牙床锦帐，珠帘榘儿，照眼生缬，简直真是个大家闺秀的卧闼，哪里看得出是出家人的云房呢！（写静因之奢靡，可见一斑。）

日中时，静因请许多太太小姐们齐到方厅上用素斋，往来招呼，累得伊光头上都是汗珠。但是停会儿许多太太小姐们送上的香金却使伊囊中饱满了。饭后，大家随意走着游散，蕙仙瞥见一个翩翩华服的少年，态度十分风流，正立在那边殿前和静因悄悄私语，且把手指着伊，不觉心里狐疑起来，暗想这少年不知是何许人，看他虽是气概豪华，也是个纨绔子弟，不像正经的烧香客人，为什么这样鬼鬼祟祟呢？此时静因和这少年见蕙仙也在看他们，便走开来不讲了，（伏下疑窦。）蕙仙自然也不放在心上。

后来陆太太和陈太太等谈得起劲的当儿，蕙仙忽然要想小解，便问陆太太，凑巧其时静因好久不在身边，陆太太遂教伊到静因云房中去。蕙仙奉命，曲曲折折地依着适才走过的路，来到静因云房外面，听得里面似乎有静因的声音，但很十分低微的，遂掀起门帘跨进房中，陡地见那个华服少年正坐在杨妃榻上，怀里拥抱着静因，做出嬉戏淫浪的形景来。（丑态毕露。）静因央告道：“你不要急，今天这里是有人来的啊。”回头一见蕙仙，不觉羞惭满面，没地方躲避去。蕙仙心里慌了，喊声“哎哟”，连忙缩出房去，吓得伊小解也不顾了，急急回到外面，不敢在家人面前声张，依旧装作镇静，不动声色，心头却似小鹿乱撞。暗想：那少年是个什么人呢？竟和静因如此，干这无耻的勾当？云房春深，暗藏娇客，静因真不是个规矩的尼姑，今天被我亲眼撞见了，偏有我的姑母和那些老太太都相信伊是好人，罪过罪过。光明洁净的佛地被伊污秽了，不知伊见我识破伊的秘密要不要恨我，以后此地我还是少来为妙吧。（蕙仙虽有深虑，无如祸根已种，无可幸免，殆佛氏所谓孽欤。）

少停，静因又出来招呼大家用晚点，若无其事，蕙仙暗暗惊叹伊的面皮真老。（人而无耻，不知其可也。）吃罢点心，佛事已毕，众人陆续回去，蕙仙也随着陆太太坐轿回家，静因和众尼姑送至庵门前才退进去。蕙仙既到家中，陆太太又向蕙仙称赞静因的能干。蕙仙却说道：“我看静因人虽精明能干，但是恐怕伊未必能守清规吧。”陆太太听了，有些不悦，遂问道：“何以见得呢？”蕙仙不敢把自己所见的事直说，（此为蕙仙失着，然直言之，陆太太亦未必相信也。）只说静因奢华若此，难守清规。陆太太道：“你怎可胡乱料想的呢？得罪菩萨了，伊的生活虽是舒服，却是很能规规矩矩地修行。”

蕙仙见陆太太如此说，也不敢再说什么了，心中总是不爽快，忍不住遂把所见的告知陆游。陆游说：“奇了！那少年是何人呢？静因实是不守清规的尼姑，不错，你以后这种地方确乎还是少去为妙，母亲是说不信的。”蕙仙勉强笑了一笑，但伊对于自伊在庵中所窥的一幕却不易忘怀了。欲知后事如何，请看下回。

评：

　　畹兰曰，才写蕙仙，又写红珠，此是作者不肯避重处。

　　红珠小病，却显出陆游许多温存。

　　写红珠负气语，仍不脱娇憨本色。

　　蕙仙之事已为红珠略知，此时陆游颇难对付，不如举实相告。

　　盖以诚心待人，自无不悦服也。

　　红珠为蕙仙怜惜，自是出于至性，然语多悲哀，有类秋虫之鸣，读之使人徒唤奈何。

　　陆游慰藉红珠之言，句句动听，能打入心坎，足使红珠心头大慰。

　　写妙严庵十分热闹，迷信之风，古今皆然，但妇人女子尤多，此教育之不可不普及也。

　　先将静因云房轻轻一点，绝妙。

　　忽然出一少年，似乎突兀，文章因此生出波澜来，少年何人，读者试猜之。

第十二回

豆腐店私叙幽情
妙严庵暗藏春色

古今有许多尼庵，虽为修道之地，然而其中脂香粉腻，销魂荡魄，很多藏垢纳污的，妙严庵便是此中之一，包含着许多罪案。静因是妙严庵的住持，而妙严庵也是全书的一个紧要关键。所以作者在披露妙严庵的黑幕之前，先要把静因的来历叙述一个明白，好使读者知道静因是怎样一个人物了。（郑重言之，盖静因实操纵蕙仙祸福之一人也。）

在富春城里有一家豆腐店，生涯甚好，店主姓袁，因他性烈如火，大家唤他霹雳火。夫妇二人开了这爿豆腐店，操作辛勤，很积得一些钱，可是有一件憾事，就是膝下没有子女。霹雳火虽是性急也属无用，时常到庙宇里去烧香求子，希望早生麟儿。后来然他妻子肚腹彭亨有了身孕，霹雳火十分快活。等到临盆时期，却产下一个女孩，虽不是男，也是聊胜于无，夫妇二人珍爱得如掌上明珠一般。渐渐长大起来，生得面貌很是姣丽，取名秀金。

在七岁上，夫妇俩代秀金请了一个瞎子算命先生来算算伊的命运，因为本城开棺材店的裘老板有一个儿子，年方八岁，在塾中读书，天性聪颖。裘老板想早代他的儿子定亲，看见了秀金十分爱好，自己又和霹雳火是相识的，知道他们有些积蓄的，遂想两家结为秦晋之好，将来霹雳火夫妇故世以后，这一份财产当然

111

归于爱女，间接就是归了夫家。（心思卑鄙。）便托人去做撮合山，霹雳火很是愿意，要出庚帖，所以先算一个命。不料那个算命先生拨动三弦，细细将秀金的八字一算，便皱着眉头说道："此女命运十分不佳，说了你们不要动气，我是喜欢直说的。是则是，非则非，不喜欢说什么讨好的话。"霹雳火夫妇只好说道："先生，你说便了，这是各人的命，不关你的事。"那算命先生是富春地方有名的何铁嘴，算命准确非常，大小人家都要请教他。何铁嘴终日高谈阔论，着实多了几个钱，家中还有大小老婆呢。此时何铁嘴拈着胡须说道："说了出来，你们不要吃惊，（故甚其事，骇人动听，江湖术士大都如此。）我细算你家小姐的命运，白虎当头，不克父定死娘，终身犯的孤鸾，不宜和人家定亲，要克死丈夫的，最好送她到尼庵里去削发修行，才能无灾无厄。"（说得凶险。）霹雳火夫妇听了这话，面面相觑，秀金的母亲又问道："何先生，那么可有法儿祈禳的么?"何铁嘴把手摇摇说道："这是命里注定，无法可想，休说我何铁嘴，便是神仙来也没用的。"说罢，取过命金，立起身来去了。

霹雳火夫妇俩知道何铁嘴的说话十九灵验的，但是他们只有这心头一块肉，如何舍得让伊去做尼姑呢！心里犹豫不能解决。却被秀金的母舅听得这个消息，便反对道："算命先生的话岂可尽信，他是信口开河，不要上了他的当。你们都相信何铁嘴，但我确实知道何铁嘴曾代一个姓张的商人算命，说他在三年之内必遭横祸丧身。姓张的听了当然非常忧虑。在这三年里事事谨慎，不敢远出。光阴很快的，三年已过，姓张的依然无恙，没有什么飞来横祸，反而坐失了许多很好的机会，心里常常提心吊胆的，好似天天有祸殃将要临到他的身上，（可笑。）精神上又受了许多痛苦，遂去向何铁嘴诘责。何铁嘴不慌不忙地又代他算一算，便向姓张的作揖恭贺道：'天定固能胜人，人定亦能胜天，前三年我算足下命中要犯飞来横祸，这是千真万确的。但现在再一算

112

时，足下的晦气已完全消灭，此后当享大寿哩！大约足下在这三年之中一定修德行善，做过绝大的好事。你再想想看？'姓张的仔细想了一想，说道：'别的却没有做，只在前年春里，有一个农人因为被人盗去了一头黄牛，急得要寻死路，我资助了他十两银子。'何铁嘴道：'对了对了，救人一命胜造七级浮屠，足下所以没有横祸，便因为立下这个功德了。人有善愿，天必从之，这是人定胜天，我只算到天定，你不能怪我的。'（何铁嘴亦会说话，非铁嘴而为利口了。）姓张的也就无言而退，可知何铁嘴的说话未必都是灵验。即使有灵，只要你们多行些善事，也会逢凶化吉，何必听了他的话，便要把好好的女儿去做尼姑呢。"霹雳火夫妇听秀金的母舅说得未尝无理，也就不愿意真的把他们的爱女去出家。遂又请了一个算命的把伊的生辰八字改过，然后出庚帖，裘家一占便吉，两家遂择吉送盘，把亲事定下。

霹雳火夫妇遂留心做些好事，希望何铁嘴的说话不灵。谁知不到二年，霹雳火果然一病不起，魂归黄泉。秀金的母亲大哭一场，知道何铁嘴的话真有点意思了，事已至此，索性听天由命吧。母女俩把霹雳火的后事办妥，用心用力撑持这爿店。

秀金的母亲因为要省去一个伙计，看看秀金年纪渐大，遂教伊在店里照料一切，秀金十分伶俐，一切都肯动手，切豆腐咧，烘百叶咧，很能做事。伊的面貌既生得美丽态度又是妖韶，正在豆蔻年华，立在店堂里十分动人，引得许多游蜂浪蝶都来渴望颜色。店中生涯更加盛起来，大家都称呼伊为豆腐西施。秀金也很卖弄风骚，惠而好施，（四字在此用得别致。）一般狡童狂且因此更加高兴。（有女怀春，吉士诱之。）

裘家听得秀金已长成，遂拣选吉期，要迎娶过去。秀金的母亲也忙着预备送嫁的妆奁。哪里知道距离吉日不到十天了，裘老板的儿子忽然染着时症，施救无效，一命呜呼，婚事只好作为罢论。秀金变作了望门寡，于是伊的母亲佩服何铁嘴算的命果然一无错讹。早知如此，何必去害人家，都是伊的兄弟劝他们不要把秀金送入尼庵，现在悔之莫及了。便把何铁嘴说的话一齐告诉秀金，秀金自怨命薄，滴泪不已。可是伊情窦已开，风月撩人，春心勃发，自守不住。不多几时便和一个里中狎邪子弟王生有了啮臂之盟，勾搭得火一般的热烈。（秀金自此堕落，非无因也。）王生朝去夜来，是个偷香窃玉的能手。秀金的母亲明知伊的女儿不贞，却装聋作痴的不去干涉。秀金的胆益发大了，性情也日益淫荡，恣意欢乐。后来不知怎样的又和一个无赖姓孙的妍识。王生因去赴考一月不来，直到归来时知道这事，醋兴大发，责备秀金不该背着他又去和别人勾搭，说伊不贞。（对淫荡女子而欲责以守贞，王生亦太迂腐了。）秀金假意敷衍过去。姓孙的无赖知道了大怒，一定要秀金和王生脱离关系，秀金在中间倒变作了难人了。一面不忍舍弃王生，一面又不敢得罪姓孙的，只是左右敷衍，含糊答应。

谁知有一天夜里，王生正到秀金家中去寻欢，鸳鸯交颈，快度春宵，姓孙的无赖忽然不速而至，见了王生，妒火中烧。王生以为姓孙的不该惊人好梦，理当速退。姓孙的也恨王生独享艳福，夺乃公心爱之人，是可忍，孰不可忍。两边口角起来，姓孙的已喝得酒醉了，怒从心上起，恶向胆边生，陡地从靴筒子里掏出一把明晃晃的尖刀，高举着径奔王生。秀金要想上前解劝已是不及，只听王生喊了一声杀人哪，姓孙的尖刀已刺入王生胸窝，鲜血直流，跌倒在地，双脚在地板上乱跳，口里哼声不绝。姓孙的又向他的身上连砍数刀，王生才仰卧不动，已是死了。秀金吓得玉容失色，周身似簸糠般地战栗不已，只说："你杀死了人，教我如何办法，不是害我么？"姓孙的杀死王生，酒意也醒，知道自己闯下了滔天大祸。转了一个念头对秀金说道："人已被我杀了，大丈夫一身做事一身当，但不忍连累了你，不如你跟我一起逃走吧！我们到别地方去过日子。"（既欲逃走，何必说硬话。）

秀金想想，除此以外也无别法，不能顾到伊的母亲了。遂从箱中取了一些金银和衣服，打作一个包裹，跟着姓孙的乘夜悄悄开了门，一同逃走。

可怜伊的母亲还睡在梦中，没有知道这事。他们开豆腐店的起身很早，天没有亮时，便穿衣起来，监督着伙计们工作。等了一歇，不见秀金起身，暗骂一声贪睡的小娘，平日总起来了，怎么今天还不见起身，敢是伊昨夜又和什么人睡在一起哩！忍不住前去看看，见房门虚闭，推门入内，忽见床前血泊里躺着一个赤裸裸的男尸，不由心中大惊，喊将起来。店中人听伊呼声，赶忙奔进房来一看，知道出了命案，四处寻找秀金，哪里有伊的影踪！

乡邻人家都跑来观看，一传十，十传百，远近地方都知道豆腐西施家中有了人命案件了。地保过来察看后连忙报官相验，王生的家人闻信赶至，大哭不已，拉住秀金的母亲要伊赔偿人命，交出秀金来。秀金的母亲口喊冤枉不止，说这是我女儿的事，我全不知道。但是人家却都要问着伊脱不了这个干系。

等到县官前来审讯一过，才查明本地姓孙的无赖因为争风吃醋，杀死王生，串通秀金一同逃亡。一面着令王生家族候官中验过后，备棺成殓，一面出差行文，到四处去追捕凶手。且把秀金的母亲捕去，禁闭狱中，须待伊的女儿捕到后才行发放。秀金的母亲又气又羞又悲伤。年纪已老了，怎受得起狱中的苦楚！禁卒们知道伊手中有些钱的，遂向伊百般需索，可怜伊竟瘐死狱中。从此这爿豆腐店也关闭了，人人传说豆腐西施的丑史，何铁嘴知道了，益发自夸算命灵验，便把霹雳火夫妇算命的事报告出来，他的生涯益见兴盛，这是后话，不必多说。（秀金一女子耳，竟使一家家破人亡，谓为祸水，谁曰不宜。）

再讲那夜秀金跟着姓孙的无赖逃走出来，向严州走出，他们本没有目的地的，又恐官中追捕，急不择路。一天跑到乱山中去，突然遇见一伙强盗（杀人犯遇盗，妙极。）向他们行劫，姓孙的稍欲违抗，却被一盗一枪刺死，（报应不爽。）群盗从他们身上搜得银钱，杀了姓孙的。又见秀金容貌绝艳，遂要把伊掳去做压寨夫人，秀金只是跪在地上哀求饶命。这时山坡旁走来一个老尼见这情景，便合掌道："阿弥陀佛，罪过罪过，你们饶了这女子吧。"群盗怒叱道："不怕死的老尼，谁要你来乞情！敢是你活得不耐烦了，快快滚开！"说罢将手中兵器向老尼扬起，驱伊速走。老尼一声冷笑，上前伸手将秀金扶起说道："你莫慌，且随我来。"群盗见老尼夺人，大怒，一齐追来，刀枪齐举，把老尼和秀金围住。老尼不慌不忙，待群盗进击时，忽地腾身一跃，捷如猿猱，空着两手和群盗格斗。说也奇怪，群盗的兵器都刺不到伊的身上，反被老尼纷纷夺下，抛在地上。末后老尼抢着一根杆棒舞向前去，但见一团白影，滚来滚去，打得群盗落花流水，抱头鼠窜而去。（老尼有此好身手，当是奇人，不图于风尘中见之。）

老尼既把群盗击退，哈哈笑道："不中用的东西，不够我半顿打的。"回头见秀金立在一旁惊得呆了，便问伊从何处而来，死者是你的何人。秀金不好老实回答，只得说道："我们是富春人，死者是我的哥哥。只因在富春地方无以过活，所以出来投奔亲戚。不料中途遇盗，把我哥哥杀死，幸亏师父前来援助，真是不胜感激之至。"说罢呜咽欲泣。老尼看伊的情形十分可怜，便道："我名修贞，是严州城外寿光庵里的当家，适才从同道处归来，路见不平，挺身相助，也因我自幼精习武艺，所以不惧盗匪猖狂。现在你是一个零丁弱女，要想到什么地方去，我不妨保护你同行。"秀金自思我的命运真是不佳，闹出这种命案，以后不知如何结果，姓孙的又被盗害，教我一个人茕茕无依的到哪里去呢？何铁嘴的说话实在灵验，我已弄得家破人亡，天下再没有我安身的所在，难得遇见这位有道的老尼，不如便拜伊为师，遁踪空门去吧。遂向老尼拜倒道："弱女子无家可归，师父仁慈，请收我做了徒弟，我情愿跟从师父前去修行。"老尼说道："你果然真心么？出了家一切无挂无碍，四大皆空，须清静修道。"秀金道："弟子愿的。"老尼便握着伊的手道："那么跟我来吧。"又指着地下的死尸说道："这个臭皮囊只好不管了，由他去休。"秀金点点头，遂跟了老尼，一路前往严州，到得寿光庵。

庵中还有几个年纪较轻的尼姑，都是老尼的门徒，老尼遂介绍秀金和众尼相见。隔一天，当家在大殿上宣读戒文，剃度秀金，收伊为徒，赐名静因。（噫，青灯古佛之生活，秀金果能忍受乎。）静因凡事很能博得老尼的欢心，老尼天天教伊经文，待伊很好，众尼自不免有些嫉妒伊。老尼因伊年龄尚轻，不可不学些武术，为将来自卫计，遂把拳术和浅近的剑法朝夕教导伊。静因很喜学习，老尼又对伊说道："此道广深无涯，你也不过学会一二已足够了。我前次救护你的时候，赤手空拳和群盗对垒而能取胜，这是一种空手入白刃的武术，（在此处点出。）将来或可教授于你，有了这种本领，单身出外不带什么也绝无恐惧了。"

静因大喜，在庵中吃素念经，过了一二年，静极思动，有些不耐。凑巧老尼出外云游去了，庵中有一个种园地的小二，年纪很轻，皮肤也生得白皙。本来不住在庵内的，早上来，晚间去。但是静因忽然出主，要他留居庵中后园以防盗贼。其实伊已看中了小二，与小二眉来眼去，十分亲热。小二也是个见色心动的人，有静因向他逗引，如何肯不来吞这香饵，因此两人暗度陈仓已非一日。其他众尼知道了，也是奈何他们不得，只好让他们去参欢喜之禅。后来老尼回转庵中，有人把这事在背后报告伊知道。老尼长叹一声说道："孽哉孽哉，我深悔收伊为徒。"遂下令把小二驱逐出庵，永不许他再来。又唤过静因，向伊很严重地责备一番，说伊不该尘心未静，玷污佛地，坏寿光庵的名气。静因长跪泣求，愿从此忏悔。（无耻之极。）老尼道："我也知道少年出家不是容易的事，非像我那样地吃尽苦头，终未能古井不波，勘破尘缘。（老尼身世亦能为外人道乎。）现在你能忏悔，也是很

117

好，苦海无边，回头是岸，望你及早自拔。但是你既有此不端行为，此间不能再留，我有一个师妹慧贞在山阴妙严庵里当家，那边规矩也很好的，待我代你修书一封，使你亲自带往，投奔那里去吧。可是此后易地而居，一心苦修，不要故态复萌啊！"静因道："多谢师父恩德，弟子一时糊涂，以后不敢再犯了。"（此等语欺人乎，自欺乎，静因诚佛门之罪人也。）老尼当日写好一封书信，又取出一些盘缠交给静因，教伊快走。静因亦无面目再见众尼，独自拜别了老尼出得寿光庵，不胜怅惘迤逦望山阴走去。

一路打听问讯，乘舟到了山阴，寻到妙严庵见了当家慧贞，便把老尼的书信呈阅，慧贞见有老尼的来信，遂吩咐伊在庵中修道。那妙严庵是山阴有名的大庵，香火甚盛，护法的施主人家也最多。静因在妙严庵中做功课，接待宾客十分认真，慧贞因此很欢喜伊，自己有病时常教静因代伊干事。静因对于一般有钱人家的太太小姐极尽诌谀之能事，人人都喜悦伊，因此静因的名字响起来了。

某夜庵后有几个贼前来行窃，撬门而入，被庵中的佛婆听得，惊喊起来。那几个贼仗着人多，挟有凶器，又欺她们都是些女流，事已穿破，索性要想用强来抢取。静因知道了，取得两条扁担，跑到后面向他们舞去，左右上下呼呼地有风雨之声。（此处写静因所得本领亦自不弱，惜乎未竟所学也，虽然宅心不正，则愈精武术，愈足助其恶耳，奚足取焉。）一贼早被击伤头额，不防尼姑中有这样的本领，断乎不是对手，连忙大惊逃去。从此慧贞和众尼姑一齐对伊敬服，知道修贞的徒弟果然名下无虚，而妙严庵尼姑能武的风声外闻也传播开来了。后来慧贞圆寂，遗嘱命静因继续自己做妙严庵的当家，（曲折写来，静因之来历如此，则其为人也可知也。）静因不胜之喜。

自从伊做了当家以后，格外巴结一般官绅人家，募化许多金钱，添筑许多房屋，把自己的云房装饰得和富家闺阁一般穷奢极华。（果何心软?）庵中共有十二个尼姑，内有一个名叫素芳的，年方一十七岁，生得明眸皓齿，秀丽异常，也是死了父母被送入庵里落发修行的，静因很是宠爱伊。其时静因年纪已过三十，不减风流态度。既做了当家，庵中主权都由伊一人掌管，饱暖思淫逸，渐渐儿又要走入魔道，把老尼警戒的说话忘却了。（江山好改，本性难移。）

凑巧庵中有两个尼姑，一名悟妙，一名悟智，也是喜欢搔首弄姿，轻佻成性的。静因遂把她们二人引为知己，秘密勾引良家子弟在庵内干那风流的话儿。地方上人虽也有些知悉，但因静因敷衍得很好，而且伊又有一个很有势力的隐身符，足以回护伊的。究竟那隐身符是谁，原来便是那莲花虎罗书玉了。（罗书玉至此重见，倚势横行，真地方之蠹也。）

书玉自从在秦丞相府里私通秦桧的女儿香玉，被秦桧看破，讨了一场没趣，铩羽而归，但在家乡仍旧倚着他老子和秦丞相的势力任意胡为。因为家中玩得厌了，很想尝些异味。听人说妙严庵中的尼姑很是风流妖媚，艳迹很多，心中不觉跃跃而动，欲思染指，遂假着烧香为名，到妙严庵去随喜。静因听得罗公子前来进香，知道他是秦丞相的干儿，本地富绅的公子，势力很大。又见他翩翩风度貌似六郎，遂亲出款接，竭意献媚。书玉本是有意寻欢来的，见静因虽然徐娘半老，丰韵犹存，更兼伊柔妙的声音、妖媚的眼波、绰约的体态都使他靡靡如醉，不曾真个已销魂了。静因见书玉有意，格外放出勾搭的手段来，于是书玉遂为入幕之宾，秘密留居庵内，和静因效于飞之乐，入巫山之梦。静因在床笫之间百般狐媚，所以书玉好似处身温柔乡里安乐窝中，忘却家里的妻妾了。

但是书玉天性好淫，和静因爱好多日，见庵中群雌粥粥，更思染指。静因想把悟妙悟智二人侍奉他，谁知他不惬于心，别有所注。一夜他正和静因在云房里饮酒作乐，凑巧素芳走进来，有话通知静因。其时静因正和书玉偎抱着，不堪入目。素芳还是个处子，不觉红着脸立在一旁，局促不安。书玉却瞧着伊微笑，素芳益发羞得抬不起头来，听得静因的吩咐后忙匆匆退出室去。书玉便带笑对静因说道："娟娟此豸，我见犹怜，静因你若肯使伊陪伴我欢乐一宵，我就感谢不尽了。"静因微笑不答，似乎面上隐有踌躇之色。欲知后事如何，请看下回。

评：

　　畹兰曰，静因来历却从远处曲折写入，因静因亦书中主要人物之一也。

　　写霹雳火夫妇请何铁嘴算命一段，突梯滑稽，为状可哂。

　　写静因堕落有自，笔有寓意。

　　中冓之丑，虽不足为外人道，而子女荡检踰闲之处，为父母者不可不监察之，所谓人之多言亦可畏也。静因之母放任其女，而惨祸即肇，身被缧绁，不克自免于祸矣。

　　二人偕逃忽遇盗劫，天网恢恢，疏而不漏，借此忽写出一老尼相救，而静因遂落发为尼，文心巧妙。

　　写老尼姑有惊人绝技，而深自韬晦，与世无争，大足令人怀想，但其身世，作者仅于其告诫静因时略提一语外，绝不道及，未免为一缺憾。因问之作者，作者曰："写此老尼，不过为静因出家过渡之笔耳，故不必节外生枝，且与其全行写出，不如稍留未尽之有咀嚼耳，然乎否乎，还当质之读者。"

　　静因既为尼，又堕魔障，此等人殆不可救药，老尼驱往山阴，故宽一笔，遂归到妙严庵。彼静因真祸水也。

　　香火佛地变为风流艳薮，静因罪过不小，然古今岂仅一妙严庵哉，关心地方风化者，对于废止僧尼之说，乌可不重视之乎！写静因与书玉勾合，即为后文地步耳，岂真欲多写丑行哉，书玉得陇望蜀，其心可诛。

第十三回

得陇望蜀浪子宣淫
覆雨翻云恶尼进谗

　　书玉见静因不答，便道："莫不是你有醋意么，我可以当着你面起誓，我得到伊以后，仍不会忘掉你，一定报谢你撮合之功。"静因摇头道："不是这么讲的，我自信一些儿也没有醋意，否则何必要使悟妙等陪伴你作乐呢。"书玉道："既然不是，那么只要你能应许就容易办了。"（写书玉急色如见。）静因道："我老实说了吧，素芳这小尼，华如桃李，而凛若冰霜。伊的性情却和我等相反，圭璧自守，不懂风情。你若要求伊去干那件事，伊一定不肯答应的，伊见了人更腼腆，适才伊进来的时候，你没有瞧见伊那般局促的情景么，所以我虽肯应许你，然而这件事却很不是容易的。（素芳之为人于斯可见，但兰蕙与萧艾同处，其能免乎，哀哉。）书玉听了静因的话，哈哈笑道："原来如此，你说不易，我却总以为是很容易的，料伊区区一小女子，只要用手段去诱惑伊，包管伊春心动摇起来。"（写书玉居心叵测。）静因道："施于别人则可，但于素芳却是枉费心机，不中用的。"书玉冷笑道："你竟说得素芳如此高洁，可望而不可即了。除非伊是石女，决不会不知情的。还有一句话，伊若不受诱惑，我们岂不能用强力制服伊么，恐怕你不肯答应罢了。"静因道："孽哉孽哉。伊若肯时，我早教伊侍奉巾栉了，实在伊是淡漠不动心的。你若一定要得到手，我总代你想法，不要使你疑心我别有作用，故作难人。请你不必心急，明晚我准代你拉拢便了，但伊是年纪很轻的处女，你要慢慢地摆布伊。切不可鲁莽从事，反而决裂。"书玉点点头道："我都理会得，今晚要先谢你媒人了。"静因对着书玉横波一笑。

到了明天傍晚，书玉急得什么似的，催促静因速速拉拢。黄昏时，静因便把素芳唤到伊的房中。素芳见静因房里设着酒宴，书玉坐在一边，不明白静因有何意思。静因请伊坐下，素芳不得已坐着，两颊已有一层红晕，在灯光下更显妖媚。静因遂低低对伊说道："这位罗公子是当今秦丞相的干儿，有财有势，山阴地方要推他为第一，而且风流潇洒，这样美好的男子不可多得，我们能够侍奉他，也是三生有幸。（抑何言之丑也。）今晚我有些不适，所以请你代我陪伴伊一夜。我知道你性子怕见生客的，但望你不要胆怯，罗公子是风流场中人，很能体贴温存，他也很中意你的。你若能够使他快活，将来有许多说不出的好处，试想我们苦修行，有何出头日子，难得遇见这位贵人，岂可失之交臂，你不要辜负了公子的美意啊。我来代你们斟满两杯，你们各喝一个和合杯，今夜同圆好梦。"说罢，提着酒壶，把酒斟上。素芳听静因说出这些话来，心头不觉勃勃地乱跳，才想说话，静因早已回身走出房去，呀的一声把门带上了。

素芳在妙严庵中，容貌最是美丽，性情也最是清洁。平日伊见静因等干那无耻的事，心里很是厌恶，但因势力不敌，无可如何，只好自己坚守贞操，不去管他们的事。静因等有时用言语去引动伊，伊始终不肯同流合污，去做那种寡廉鲜耻的禽兽行为，今晚被静因赚到这里，见了书玉，心里已是忐忑不宁。现在听了静因的话，又丢下伊一人在房中而去，伊急得几乎要哭出来了。（写素芳情状可怜，愈显静因之罪恶。）书玉却很得意地对伊说道："素芳你不要惊慌，我和你且喝个和合美酒，少停包你快乐。

122

你若肯听从我的意思，我另有金银布帛赠送与你，可怜你年纪轻轻，做了尼姑，岂不可惜。我很爱你的，也可使你还俗，娶你回去做我的小妾，享受荣华富贵，岂不是好。"素芳咬紧牙齿答道："公子不要说这种话。小尼生来命苦，不合侍奉贵人，还是梵呗木鱼，终我一生的好，请公子恕宥，让我去吧。"立起身来，想望外走。书玉忙上前来将伊拦住，说道："既来之，则安之。你想到哪里去，快快听我的说话，我决不待亏你。"素芳发急，把手一摔道："我不愿的，我要去。"书玉见素芳果然如此倔强，不肯屈从，眼见好事多磨，不能偿他的淫欲，心中不觉勃然大怒，便道："你不愿么，今夜不愿也要你愿了，休得触怒了我。"素芳不顾他的说话，急向外走，书玉早把伊全身搂住，（书玉兽欲发作，令人可怕。）拖向床上，骂一声贱人，你这样不识好歹，也不肯让你便宜的，看你飞到哪里去。此时书玉面色已变得铁青，把素芳按倒床上，去剥伊的衣裤。素芳也破口大骂，竭力挣扎，啪的一掌竟打在书玉的颊上。（打得好。）书玉非但得不到快乐，反吃着一记耳光，心头火起，抢开五指，向伊的咽喉叉去，紧紧扼住，不让伊活动。这样地进了一刻，见素芳不动了，方才松开手指，见伊依然不动，再向伊细看时，原来素芳早被他无情的指头扼死了。（写书玉如此暴戾，真人头而畜鸣者。吾读至此，不禁为素芳悲矣。）

素芳已死，书玉的怒气亦已平息。知道弄了人命出来，急须设法，遂开了房门去找寻静因。静因跑来一看，不觉将足一顿道："公子，不是我怪你，我早已叮嘱你，请求你不要鲁莽从事，现在好好一个人竟被你扼死了，如何是好?"书玉冷笑一声道："有什么大不了的事呢。以前我家里的婢女也曾被我弄死几个的，打什么紧，谁教伊不肯听从我，反而骂我打我，我自然要发怒了。"静因道："不错，公子是有势力的，人家当然奈何公子不得，但是这事出在我的庵里，公子又不好出面的，岂不难了我

123

么?"书玉道:"依我主见,今夜把伊弄到伊房中去,明天佯言伊发急病死了,买一口棺材,把伊收殓了,便得啦,有谁人来多管闲事呢。庵中众尼姑以及佛婆等只要给她们一些好处,教她们不许走漏风声,她们也不肯多说什么话了。只要你去办,要钱问我来取,你家大爷有的金子银子,还怕什么呢。"(其语凶悍。)静因见他肯出钱,人死不能复生,乐得应允了,以后好教他大大出一笔钱。(心术卑鄙。)便依着书玉的说话,喊了两个尼姑前来,悄悄对她们说明了,一同把素芳死尸,舁回伊的卧室。到得明天,假说素芳小尼姑患心痛病故世,众尼环着死尸念经,一面立刻去买了棺木回来,草草成殓,搁向后边园中小屋里去。众尼姑和佛婆虽知素芳死得不明不白,然而静因早已应许她们各得好处,所以也装作不知。这样书玉一共用去一百多两银子,而素芳一条性命却断送在强暴手段下了。(语气悲痛,天下黑暗事抑何多耶。)

书玉自素芳死后,未免扫兴,因此足迹渐疏。静因岂肯放去他,极力想法博他的喜欢,所以书玉在寂寞无聊时,依旧踱到妙严庵里来和静因欢娱。年复一年,他对于妙严庵也用去好多钱了。

这一天恰逢佛会,陆太太带着蕙仙去进香。庵中莺莺燕燕,到了不少妇女。书玉隔夜闻得明天有佛会,庵中很是热闹,于是他在那天也将衣冠装饰一新,走到庵里来闲瞧。但见钗光鬓影,锦簇花团,有许多年纪轻的姑娘,而内中有一个又静娴又靓丽的少女,在众人里头宛如鹤立鸡群,足使众粉黛都无颜色。(补叙当时情形,拍合无间。)他见了,心中不禁怦怦而动,自思生平从来没有见过这种好女子,胡然而天也,胡然而帝也,若和素芳比较,尤觉娟美无伦,应是董双成再世了。便得间向静因探问,始知这是陆游的表妹蕙仙,是世家女,断不容妄思染指的。但他的淫心不死,目睹惊鸿,岂肯就此放过。所以隔得一天,便悄悄走到庵中来看静因。

静因见他前来，连忙端整了精美的酒肴，伴他畅饮。书玉喝了一些酒，醉醺醺地对静因说道："前天我到这里，瞧见了唐蕙仙，果然生得美貌，若能和她同睡一宵，死也愿意。你和陆家很接近的，可能代我想法么？"静因道："公子你又来了。前天公子到我房中，和我嬉戏，恰巧被蕙仙小姐撞见，令我不胜羞惭。伊是大家闺秀，不比素芳可以任意欺侮。伊也难得到我庵中来，和我感情很平淡。我到陆家去，是和陆太太敷衍，伊是风马牛不关的，况且我知道伊的性情也是十分贞洁，是第二个素芳，诱惑不来的。还有一个消息，也当报告给你听。前次我到陆家去，陆太太告诉我说，已把伊许配给陆游了。陆公子的为人，公子也知道很有面子，不好欺侮。所以此事好如海底捞月，劳而无功，劝公子取消这种念头么。"

书玉听了，不以为然，喝了一杯酒，又道："你总是阻当人家的，须知有志者事竟成，只要立定志向去做，必可达到。"（嗟夫！志不可不立，而趋向必求乎正，此不可不辨也。）静因微笑不语。书玉又道："静因你不能袖手旁观的，总须代我帮忙，玉成这件美事。"静因道："这事实在很棘手的，机会不多，如何可以想法。"说罢，沉吟着，好似转念头的样子。书玉又向静因连连作揖道："静因师太，你是足智多谋的女诸葛，平日听你很会安排妙计的。此事一定要请你代我想个良法，把唐蕙仙弄到手中，我一辈子感谢不尽的。"

静因道："公子，你必要蕙仙么，那么我有三个条件，请公子先答应我。"书玉道："好，静因，只要你助我成全美事，休说三个条件，三百个条件我都肯依的。"静因道："第一个条件，公子已知道此人不易得手。现在我答应你去干，还须相机行事，假以时日则可，所以公子千万不能心急。古语云，铁尺磨成针，这事只能慢慢儿地办到。"书玉道："可以遵命。但请你愈早愈妙，不要尽管慢慢儿地下去，使人盼杀。"静因笑道："当然我所说的慢慢儿，也有一定的时期，决不会使你长相思的。第二个条件，就是我若把伊交在你的手中，万一伊不肯顺服，你要好好使伊回心转意，软化下来，切莫再用强暴的手段，踏以前的覆辙，而连累小尼。"书玉点头道："可以可以。若是伊能够顺服，我何必用武力呢，前次扼死了素芳，虽然没有出事，而我的良心也很觉不安的。（噫，书玉尚有良心耶。然则此时之阴谋，岂良心所驱使乎。盖旦旦而伐，已如牛山之濯濯矣。）还有第三个条件呢。"静因道："此事若能成就，非得我用去许多心血不可，所以我要求公子应许我一些谢意，大概公子挥金如土，决不会吝惜的。"书玉笑道："当然我要重谢的，但不知你喜欢金钱呢，还是物件？"静因道："我不要金钱，也不要物件。明年庵中要添造一个送子观音殿和藏经楼，使规模比较来得宏大一些。建造送子观音殿的经费，我可以向众位施主募捐，且有把握。至于藏经楼的经费，却是无着，要请公子帮助了。"书玉听静因说要建筑藏经楼，不由想起自己和秦桧爱女香玉的一回丑事，暗暗好笑。（不愧而笑，是何心欤。）遂答道："这也可以的，不妨由我独力担任便了。"静因道："既然这三个条件，公子都能依我，那么我必设法，使这件事情成功。"（蕙仙命宫魔蝎，何觊觎者之多耶，天生美貌反为累，不禁感慨系之。）书玉又向伊一揖道："拜托拜托。"（丑态。）这夜书玉睡在庵里，明天一早回去，伫候静因的佳音。

　　静因自从答允了书玉的请求以后，寻思妙计，想了长久才定下进行的方针。唤过庵中一个老佛婆姓温的，密谈多时，温老佛婆诺诺连声，对静因说道："当家的你请放心，我都依你的话便了。"（人心鬼蜮，其静因之谓乎。）隔得几天，静因便端整几样素菜，教人挑了，一同到陆太太家中来，恰值陆太太微有小恙，睡在床上养息。蕙仙常常在旁奉侍，吟咏也没有闲暇了。

　　陆游也不大出外，只到过红珠家中去慰视。红珠的病早已好了，其时东篱黄菊将放，红珠送了几盆上好的菊花给陆游。陆游命人挑来，放在书房天井里，想乘菊花开时，可以和蕙仙持鳌赏菊。但因他的母亲有疾，心绪觉得有些不宁，幸有蕙仙朝夕服侍，不辞辛勤，陆太太发了几个寒热，渐渐好起来，没生大病，心头稍觉安慰，这天他也到老师家中去了。

蕙仙坐在陆太太房里做针线，忽见静因走来，面带笑容，向蕙仙叫声小姐，又问老太太安好么，怎的白天睡在床上。陆太太见静因到来，十分喜欢，便道："静因师太，好几天不见了，甚风吹得到此。"静因走到床前，对陆太太说道："小尼一直悬念太太身体可安好，想要到府上来问候，实在庵中事情太忙了，又出去拜了几天经忏，今天才能抽个空儿，向太太请安。并且我教厨房里烧了几样素菜，孝敬太太，尝尝味道可适口，不过恐怕不好吃的，请太太收了。我还不知道太太有贵恙呢。"陆太太道："多谢你的美意，又承你特地送菜来请我吃，感激之至，我怎好不收呢。"遂对蕙仙说道："你出去代我一一收下，多多开发些使力。难得静因师太想得到我，会送菜来，可惜我正在生病啊。"蕙仙答应一声，退出室去。

静因在床沿上坐下，摸摸陆太太的手，说道："太太你几时觉得不适的？"陆太太道："好几天了，今天已大为轻松，有你前来谈谈，很是快活。"静因道："阿弥陀佛，太太是相信菩萨的，菩萨一定在暗中保佑，所以吉人天相，病会就好。我也常在观音面前默祝太太身体康健，福禄绵绵，府上充满了祥瑞之气。"（静因真善于逢迎者，大抵尼姑都有此种手段也，不然更有何术而能使一般妇女颠倒不悟哉。）陆太太道："多谢你如此关怀，那个送子观音殿可曾造么？"静因道："明年一定要兴工的。藏经楼的建筑费，已有人担任，至于送子观音殿，全仗诸位慈善的太太乐意捐助了。"陆太太道："到时我必尽力捐助，你要我出若干，我总肯的。"静因道："阿弥陀佛，太太这样虔诚，观音菩萨保佑你太太长寿，活到一百岁，将来送个五子登科。"（从送子观音渐渐说入，文笔绝妙。方知前述建造送子观音殿，亦非闲笔矣。）陆太太微笑道："你真会善颂善祷，我家公子还没有成婚，你已先说下好话了。"

这时蕙仙回进房来，报告陆太太听，说自己如何开发庵中的下人回去了。陆太太点点头道："很好，你也辛苦了，不妨休息吧。"蕙仙本来不愿意去和静因说话，那天的丑态如在眼前，怎会看得起静因，现听伊的姑母教伊休息，伊便落得回房休坐一下去了。

静因见了蕙仙，怀着鬼胎，恐怕伊或要告诉陆太太，张扬出去，今见伊退回房中，稍觉放心，便道："不是我先说好话，实因公子年已长大，此事也很快的，太太不是说过要把这位蕙仙小姐做媳妇么？"陆太太点点头道："不错，我想明春待我家公子赴考归来，然后再预备代他们成婚，若能及第，岂非双喜临门。"静因听了不响。陆太太道："静因你以为如何？"静因假意问道："太太可曾代蕙仙小姐算过命么？"陆太太道："这却没有算过。"静因道："太太这倒不可不慎重。太太只有一位公子，万一有什么不利，岂不要悔之无及。"（其语犀利，深入陆太太心中。）

陆太太被静因一说，不觉很注意地问道："静因，你说这话可有什么意思？"静因嗫嚅着道："不敢说。"陆太太道："我和你宛如自家人一般，何言不可相说，请你不必避讳。"静因道："那么请太太恕我轻嘴薄舌的罪。（当入拔舌地狱。）我们庵里的温老佛婆，善于相人之术，太太可知道么。"陆太太道："这却不知，温老佛婆倒有这么本领。"静因道："可不是么，我以前也不晓得，只因有一次，伊瞧着已死的素芳面上，频频叹气。素芳问温老佛婆何故向伊叹气，温老佛婆说道：'我看你今年有很大的灾难，恐怕要见阎王，说了你不要动气。'那时素芳还怪伊无故咒诅，说伊老悖，不料素芳果然在那年急病逝世，于是我们都相信

128

伊的说话了。（信口捏造。）我遂问伊怎样会相面的，伊就告诉说，伊的亡夫生前是个相面先生，精于此道。所以伊从他那里学会的，屡次试验，百不失一。我们听了伊的话，大家都教伊相面，伊一一相过，说得都很对的。尤其是说我的命里如何如何，句句不错。前次庵中佛会，诸位太太小姐都到，过后伊忽然对我说，昨天来的许多小姐，要算陆太太的侄女蕙仙小姐最为美丽。可惜红颜薄命，瞧伊的面上满罩着晦气，一双眼睛也生得太好了，伊必定早丧父母的。尤其是配不得亲，第一妨碍丈夫，第二妨碍翁姑，还是到尼庵中来修行，可以免去一切灾难。（原来密谈者即为此乎，无异抄袭何铁嘴说自己之老文章也。）不知可曾许过人家？我答道，人家虽没许过，我听陆太太说要留作媳妇了。温老佛婆又道，哎哟！陆太太若然要把伊和陆公子成婚，那么害了陆公子了。蕙仙小姐一辈子不能嫁人的，我从伊的眼睛上额角上，看得出伊必要早岁守寡，此事动也动不得，但怎样好去和陆太太说呢。我想确乎很难说的，但我是很爱重太太的。不知道此事也罢，知道了不说，眼见你们将来发生不幸的事，我的良心难安。（静因果有良心乎，何言之不怍如是。）所以再三思维，还是直说为妙，情愿太太骂我怪我，太太你不要动气啊！"

陆太太听了静因的一席话，伊是十分迷信的，素来又很相信静因的说话，且不知静因暗中施行这种恶毒的计谋，不觉对于蕙仙怀疑起来。自思蕙仙早岁丧母，今又没了父亲，大约伊的命也不见得会好的，静因之话不可不信。便问道："温老佛婆如此说的么，那么这事有些尴尬了。"静因道："等候太太清恙痊愈后，请到庵中来，太太自去向伊查问一个明白可好。还有我们妙严庵邻近的地方，有个钟瞎子，算命很是灵验的，太太如若来时，我可以吩咐人去请他来代蕙仙小姐算个命，自然明白了。"陆太太道："很好，就是这样吧，此事却不可将就的。我病好时准到庵中来算命，若然蕙仙的命大坏，一定不能配与我家公子，那么我也没法的，还是让伊出家修行吧。"（陆太太已入静因彀中矣。）

静因又道："太太你不可在蕙仙小姐面前告诉这事是我说出来的，伊要恨我的啊。"陆太太道："当然不来害你的，你放心便了。"于是静因又坐了一刻工夫，才告辞而去。陆太太心上不觉添了一重心事，闷闷不乐，满拟把蕙仙做自己的媳妇，不料伊的命运如此不好，要妨碍我们母子的，非同小可，怎样可以使这事成就呢，只好使他们分离了。

少停陆游回来问过安，蕙仙也走进房来，照常侍奉。陆太太瞧着这一对儿，心中忐忑不宁，此时又不好对他们直说，一个人细细思量。晚饭后，蕙仙得间和陆游叙谈片刻，告诉他说，静因又来过的，送了几样菜来，在姑母房中讲了好久的话而去。陆游问道："她们谈些什么？"蕙仙道："我不在那边，所以不知道，多半是些诌谀之言。前次佛会时听说要建造送子观音殿，这里少不得又要捐去些钱了。不过他们欺天欺人，谁高兴去烧香念经呢。"陆游道："她们借此敛钱，偏有许多人情愿送钱给他们的，即如我的母亲，迷恋着她们，有谁说得伊醒悟呢。"蕙仙道："我自从那天回来以后，在姑母面前已说过几次。静因这人很歹的，伊非但不信，好似反怪我胡说呢，我也不敢再说了。"（补笔。）

陆游叹了一口气，也不再说下去，却和蕙仙闲谈别事，可怜他们两人还不知道静因的谗言已深入到陆太太的耳中，盘踞在陆太太的心里，足使大好姻缘无端摧折，以后陷入悲惨的境界呢。

隔了几天，陆太太病已痊愈，心中有事，亟待解决，遂托言出去烧香，坐了肩舆到妙严庵去了。欲知后事如何，请看下回。

评：

豌兰曰，素芳一好女子，而死于强暴之手。读至此令人堕泪，又令人愤怒。

素芳之死，虽死于书玉，而亦死于静因之手，静因罪不容辞矣。写庵中众尼得贿，遂致结舌无言，使我益信金钱万恶之说。蕙仙进香，偏遇书玉，遂致结成不可解之冤孽，此亦天意也。造物不仁，可叹之至。

写静因借故操纵书玉，提出三条件，非工心计者不办。然而以后蕙仙之免受玷污，亦赖有此耳。

静因视疾，借造送子观音殿事缓缓说到蕙仙，文心绝细。三姑六婆淫盗之媒，此古人所以不许入门也。

陆太太亲静因而中其谗，造成以后冤孽，佞神事佛者可以观矣。

静因之言皆凭空虚造，而说来丝丝入扣，陆太太安得不堕其术中哉。

第十四回

谈命说相疑多受愚
持螯赏菊乐极生悲

静因在那天从陆家回到庵里，心里很觉得意，知道这事已有四五分成功了，又和温老佛婆叮嘱了几句话。温老佛婆只是点头答道："我都理会得。"次日静因又亲自走到邻近钟瞎子家中，和钟瞎子说了长久的话，钟瞎子一一应允。（陆太太未到，早已安排下矣。）静因于是安心等候陆太太来了。

书玉又来探听佳音，静因带笑告诉他道："我已安排下妙计，专待陆太太来堕入彀中，你不要心急，早晚总是你口中的食了，你要不要谢谢我的功劳？"书玉拍着伊的香肩说道："当然是你的莫大功劳，我一准鞠躬尽瘁地报谢你。"静因笑道："那么藏经楼的建筑费，请公子预备好吧。"书玉道："戋戋之数，咄嗟可办，何用预备，待等玉人翩然来归后，我一定马上付给你是了。"

隔得几天，静因正在大殿上念经，忽见陆太太坐着轿子光临，连忙和众尼姑含笑相迎，请陆太太到方厅上坐茶，殷勤款接。静因又和陆太太说道："陆太太的清恙痊愈了么？我很是思念太太。今天不来时，我又要来望太太了。"陆太太道："谢谢你，我早已痊愈，承你这样关注，所以我特来回拜。"静因忙合掌谢道："阿弥陀佛，太太如此说法，要折杀小尼了。太太这是你相信菩萨所致，观世音菩萨常常保佑太太手轻脚健的。"静因

132

一连串说了许多恭谀的话。

　　陆太太心中有事，不欲多讲闲话，遂问温老佛婆何在。静因道："太太要看伊么，待我去唤伊前来。"说罢，走出方厅去。温老佛婆早已在厅后守候多时了，（妙。）遂跟着静因走进，向陆太太拜倒，说道："陆太太，佛婆谨祝太太多福多寿多子孙，一年四季开口常笑，身安心安，一家平安。"（温老佛婆真可谓善颂善祷者矣。）陆太太最喜欢听人向伊说好话，忙答道："佛婆请起，菩萨保佑你身体强健。"温老佛婆道："也是靠太太的洪福。"陆太太又叫伊坐在一旁，静因陪着，其余的尼姑都在大殿上做功课，所以这里很静。陆太太道："佛婆，你不是会相面的么，我听静因师太说起你的相面术很灵验的。"温老佛婆答道："太太，这是我向先夫学习得来的，但恐说得不对吧。"陆太太道："这倒不必客气的，你应当不论好歹一例直说。"佛婆点点头。陆太太又道："我听静因师太说，前天我同我的侄女蕙仙小姐来赴佛会时，你曾在无意中相过蕙仙小姐的面，说伊很多晦气，命宫不好，你再清清楚楚告诉我一遍。"

　　温老佛婆此时装作诚惶诚恐的样子，说道："啊呀，这是我信口胡言的，怎么静因师太竟和太太直说呢，还请太太海涵勿责。"（一味做作，老奸巨猾。）陆太太道："佛婆，你不要惊惶，这是不干你事的，各人的命运前生注定，无可勉强。你尽放胆直说，我决不怪你。"温老佛婆才道："那么先向太太告罪，然后能说。因为蕙仙小姐容貌虽然生得美丽，但从伊的一双眼睛上可以看得出伊的命运不好。据我佛婆观察，伊的年寿也很有限，而且不利婚嫁，要克丈夫的。（即此一语，毁坏有余矣。）非但要克丈夫，对于一切尊长也是冲犯的。所以我听静因师太说起太太要把蕙仙小姐嫁与公子，这是万万不可的事，太太只有这一位公郎，若有差池，如何是好。（信口胡言，诬蔑之罪，温老佛婆虽为他人主使，而罪不容诛矣。）现在太太既然下问，我只好直说，还请太太鉴谅。"

听佛婆的话为妙，静因在旁也插嘴道："不错，佛婆今天说的话和那天所说的无异，此事太太不可不慎重一些，免贻后悔。我等爱太太的，所以敢冒死罪直说，若被蕙仙小姐听得，反要说我们毁谤伊呢。其实我们和蕙仙小姐无恩无仇，为什么要毁谤伊，不怕罪过的么。"（怕罪过者，安得出此言乎。）陆太太听了点头不语。静因又道："太太可要唤钟瞎子来算算命？"陆太太道："好，你快去唤他前来。"静因遂吩咐一个小尼姑快到钟瞎子的家中，去把钟瞎子唤来算命。

不多时钟瞎子已带了弦子，扶着一个童子，走到妙严庵里。陆太太见钟瞎子约有四十岁光景，双目均已失明，身上穿一件敝袍，容貌憔悴得很。坐定后，静因先开口道："钟先生，你的算命神术，果然微妙，我们都很佩服的。今天有一位陆太太要请你算一位小姐的命，不论吉凶，你要直说的，太太自然多给你赏赐。"钟瞎子答应道："甚佳甚佳。我钟瞎子算命很直爽的，不会花言巧语，请太太先把小姐的生辰年庚详细告知，我可以就算了。"陆太太遂将蕙仙的生辰八字说给钟瞎子听。钟瞎子口里念着，指里掐着，喃喃地自言自语了一回，然后说道："太太不要动气，我要直说了。"陆太太道："请你直说不妨。"静因也道："钟先生，你尽放胆说话，是则是，非则非，这是各人的命，太太决不怪你。"钟瞎子道："这位小姐的命犯着孤鸾，不可许婚，一定要克死丈夫的。伊的流年也很歹，从小就要死掉父母，命里很苦，一世不得享受富贵，而且要受磨折，除非出家，才可免除祸难。"（别句是宾，此句是主）。说罢，遂把弦子紧一紧，用三指弹着，唱了几句，都是说蕙仙命运不佳。

陆太太叹气说道："蕙仙真是生就的苦命，我也无法可想了。"遂取钱赏给钟瞎子。钟瞎子接了银子，暗暗欢喜，扶着童子回去。陆太太此时心里很不快活，静因安慰伊道："太太听了他们的话，切不要生烦恼。蕙仙小姐生就此命，也是天意，非人力所可勉强。我们虽然代伊可惜，终属无用，不过太太总不能把伊许给公子了，公子人才出众，何忧不能雀屏中选，另娶一位才貌双全的名媛，太太不必忧虑。至于蕙仙小姐，请太太最好劝伊出家，避免祸患。我们庵里地方很大，尽可收拾一间精美的房屋，给蕙仙小姐下榻，好好修行，来世可以富贵无穷了。"陆太太道："是的。我想蕙仙既然生就苦命，还是出家修行的好，待我回去告知伊，劝伊前来。"静因道："太太，我还有一句话要叮嘱你，千万不可说出今天的事，恐怕蕙仙小姐要怪我多嘴的。"陆太太道："当然不会告诉的，师太你放心便了。"温老佛婆又陪着陆太太胡乱谈了一回，看看天色近晚，陆太太遂坐着轿子回转家门。

这时陆游正和蕙仙预备持螯赏菊哩。（兴尽悲来，识盈虚之有数，天既使此二人得以相逢，何又加之以困厄。碧翁翁其有知耶，其无知耶。）原来陆游在这天不曾出去，和蕙仙在书房中畅谈心曲。蕙仙又取出那本鹃声集来，说道："这是我在蜀中无聊时吟咏而成的，一向搁置箱中，现在请表兄给我删润一下。"陆游接过，欣然说道："我正要拜读佳著，蕙妹锦心绣口，吐凤生花，一定大有可观。"遂一首一首地细细详阅，觉得诗是固然作得好了，然而一片商音，凄人肺腑，此中大有泪痕。陆游忍不住对蕙仙说道："蕙妹在蜀时，受尽后母的虐待，控吁无门，哀怨莫诉，满怀忧郁，借此发泄。言为心声，无怪这样的酸辛凄楚，但忧能伤人，愁能成病，蕙妹正在如花之年，虽受挫折，仍宜多作乐观语，以前我也劝过你的。以现下而论，蕙妹到了我家，我们都如自己人一般，那天中秋晚上，我母又当面将蕙妹许婚于我，此后情天不老，明月长圆，我等都要抛弃闲愁，且寻欢乐，所以蕙妹的诗也要改变作风才是。但前天我又见蕙妹作的一首秋声诗，依然抱着悲感，和这鹃声集中的诗仿佛，大为不宜，蕙妹

135

你想如何?"蕙仙听了陆游的话,不觉面上微有红晕,答道:"表兄的话未尝不是,我亦并非故作无病之呻,心自凄动耳。"（嗟乎,蕙仙之不遇,天也。）

二人清谈娓娓,不觉日影已西。忽然陆游有一个朋友从临安回乡,送上两篓肥大的蟹来。陆游大喜道:"庭前菊花盛放,紫蟹初肥,此时正宜持螯赏菊。难得这位朋友知趣,送这应时的礼物前来,我等不要辜负他的美意,但是我母亲这几天偏偏吃观音素,不能一尝佳味,大是可惜。（陆太太当叹无口福也。）我和蕙妹又吃不下这许多,待我分去些做个人情吧。遂命书童陆贵将一篓大蟹送往沈逸云公子处,又在自己篓子中分出四雌四雄,送到红珠家里,让她们母女俩也可一尝紫蟹风味,（不忘红珠,足见陆游之情重也。）不过蕙仙却不知道。（交代明白。）剩下的足供自己大嚼,遂命下人拿到厨下去,停会儿洗净了,用紫苏同煮,并端整姜醋等物来和味。又命下人将几盆开放得最盛的菊花,搬入内室,放在一支圆台的旁边。蕙仙微笑道:"持螯赏菊,不过故事而已,何必胶柱鼓瑟,真的要放下这许多花盆呢。"陆游笑道:"我们不妨实事求是,对此黄花,缅想五柳遗风,岂非更增逸兴。"

陆游和蕙仙正在看下人将许多菊花一盆一盆地搬进室来,而陆太太回家了,两人连忙上前叫应。陆太太见他们搬移菊花,不知何故,便问陆游。陆游便把友人送来两篓紫蟹,以及分送沈家等事告知,且说自己要和蕙仙持螯赏菊,可惜母亲正在茹素之期,不能同乐。陆太太听了,点点头也不说什么话,走入房里去了。蕙仙默察陆太太面色有异,好似有极大的心事一般,便暗暗告诉陆游。陆游道:"今天伊又到妙严庵去烧香的,难道有什么事使伊不欢么?"（确是不欢事。）遂和蕙仙进房去问候。（写出二人孝心。惜乎陆太太听信谗言,无福消受也。）

陆太太正独坐在椅子里出神思想,见他们进来,便说道:

"我今天胸中微觉不适，夜间也只要喝些粥汤，你们快去吃蟹吧。"蕙仙道："姑母胸中不适，大概有了气嗝住，要服些通气的药才好。"陆太太道："我只是稍有不适罢了，不打紧的。"陆游道："今天母亲去烧香，可曾受风？"（不曾受风，所受者谗间之言耳。一笑。）陆太太道："坐着轿子去的，哪里有风，我究竟年老了，时常有些小恙，并无大碍。但愿菩萨有灵，保佑我们一家平安。"（菩萨何尝有灵，佞佛者可以悟矣。）

这时下人进来报告蟹已煮好，二人遂退出房去，在圆台上相对坐下，陆游早把竹叶青烫好，斟满两杯，放在各人面前。下人托上一盘煮熟的蟹来，二人擘开团脐细细咀嚼，金膏玉液，果然结实得很。陆游持着大蟹，对着菊花，对蕙仙说道："从前毕吏部持螯赏菊，至今传为韵事。我想今人之乐，未必不如古人之乐，愿此乐常得保存，与蕙仙妹永永相爱。"（嗟呼！乐幻境也，安得常存乎。）蕙仙低头不语，绛靥上似现浅笑状。（即此一笑，后将不复见矣，哀哉。）陆游且饮且嚼，坐对美人与名花，心头觉有无限温馨，一口气吃了两个团脐两个尖，再要吃时，蕙仙劝住道："蟹的风味虽佳，然其性寒而有毒，还是少进为妙。"陆游听伊的话便不吃了，但是为喝了些竹叶青，略有醉意。蕙仙只吃得一对蟹，便去冲了白糖汤，奉给陆游喝。二人喝过糖汤，略用晚饭，便回到陆太太房里。

此时陆太太已啜过粥，上床安睡。可是伊并不是有什么真病，只因在妙严庵里听了温老佛婆和钟瞎子的荒唐胡言，信以为真，心中很不安宁，回来又见陆游和蕙仙如此亲密的样子，心里更是难过。托言不适，一个人独自睡着，细细思量，隐隐又听得他们俩谈笑之声，自思他们二人如此亲爱，若不是蕙仙命运破败，本来是很好的一对儿。无奈温老佛婆和钟瞎子都说蕙仙命里犯的孤鸾星，若把伊配与游儿，不是害了他么。况且蕙仙自幼没有母亲，今又死去严父，飘零在外，伊的命运确乎是不好的了。

静因说他们二人的相面和算命很为灵验，我倒不可不信。（陆太太受人之愚，未知此中有作用也。）然而前天在中秋节的夜里，我已当着他们的面允许此事，现在难以启齿。（狐埋而狐撮之，陆太太何以取信于子女乎。）而且蕙仙又是我们迎接来的，口血未干，遽而背盟，不明底细的反以为我们不知存着什么心肠呢，假使取消了他们的婚约，怎生安置蕙仙？静因说蕙仙如能出家为尼，妙严庵中可以收留，但不知蕙仙可肯死心塌地去做尼姑。这许多问题，一一在陆太太心里头颠来倒去地盘算。后来一想，我也顾不得许多了，蕙仙虽是可怜，然而伊的命里如此，无可挽救，断不能因伊一人之故，连累我们姓陆的一家。我自己的儿子岂非更较伊重要么，只好牺牲蕙仙了。（读至此间，当废卷而叹。）但此事若和游儿商量，他日前正深恋着蕙仙，一定不肯相信，而听从我的吩咐。不如乘个空暇，先把这层意思告诉蕙仙，劝伊到妙严庵中去出家为尼，免除一切祸殃。若然蕙仙做了尼姑，游儿也不能强要伊成婚了。蕙仙倘明白遵理的，该知道自己命宫魔蝎，非他人之过，（非他人之过而谁欤？吾为蕙仙呼冤。）非但不怨恨我，反要感谢我呢。（天下宁有是理，其愚真不可及也。）万一伊不能答应，我也只好强行解除婚约，不使他们二人成为夫妇，好在这个婚约也是口头的，又无媒妁，我不承认便完了，谁能干预我家的事呢。

伊想定主意，恰巧陆游和蕙仙吃罢蟹走进房来，二人又问陆太太胸中觉得怎样。陆太太道："略觉好些。（心定矣。）你们持螯赏菊，雅兴何如？"（当答曰雅兴甚高，但将被汝大扫兴矣。）陆游道："这蟹的风味果然不错，母亲却是吃了素，不好一尝，我说以后母亲不如开了荤吧。"陆太太怒道："胡说，敢是你吃醉了酒，胡言乱语，不知得罪菩萨，罪过罪过。"蕙仙忙说道："姑母，表兄多喝了些竹叶青，有些醉意，所以出言不能审慎，请姑母不要动怒。"陆太太说："哦，今晚他乐得发狂了么，态度也大变了。"陆游心里也明白自己出言不慎。他的母亲素性佞佛，如何对伊说出这种话来，也有些懊悔，遂向陆太太道："我说错了，请母亲不要见怪。"二人坐在两旁，伴着不去。陆太太道："你们大概也多喝了酒，不必在此伺候，可各自回房去睡吧。"二人听陆太太如此吩咐，也就立起身来，告辞出房，陆游自回房中安寝。

蕙仙走到自己房里，觉得今天伊的姑母面色很不好看，对伊也冷淡得很。方才表兄说错了一句话，伊的姑母立即发怒，不知心里有何不乐，或者伊看见我们持螯赏菊，肆意寻欢，事前不曾先通过伊，所以心中有些不满。然而伊平日也很宽容的，常教我和表兄亲近一些，况且亲自允许我们的婚姻，断不会因此触怒，否则气量太小了。或者伊到妙严庵中去，可有什么使伊不快活的事情吧。静因这人十分狡猾的，但又想静因对于伊的姑母，非常献媚，也不见得有什么不欢的事。左思右想，得不到一个解决，但觉得伊姑母总有事情的，不过此时不能明白罢了。（写女孩儿家心思，文笔甚细。）

明天陆太太起身，照常念佛，没有表示。蕙仙见了陆游，把自己悬测的事告诉他听，陆游道："我母亲的脾气，本来很古怪的，但我看伊自从你来后，对于你完全真心怜爱，在我面前没有说过一句坏话。老人家或者别有心思，你不要自起猜疑，况且我母亲当面允许我们二人的婚姻，又有什么疑虑呢？只要我们二人的爱情巩固便了。（此时二人如置身鼓中，不知鹣鲽良缘已为静因打破矣。）"蕙仙听了，也就不语。陆游因为要到他的老师处去缴课卷，所以就整整衣冠，出门而去。蕙仙自去庭中浇了一回花，见陆太太念经已毕，遂过去陪伴，觉得伊姑母对待伊，比较往日冷淡一些，心中个疑团，终不能解释。

陆太太要想将这事和蕙仙直说，因见蕙仙这样温顺婉变，也觉得不忍开口。（陆太太良心未泯灭乎，然而亦仅矣。）隔了数天，静因因见陆太太那里不见动静，而书玉又来催迫，遂又跑到陆家来假作探望，得间进言道："太太前日的事可忘怀么？难道不相信他们两人所说的话么？我想太太既已知道蕙仙小姐的命运不好，断不肯将伊配给公子的了。我很是悬念，所以特来探问。"（陆太太苟思此乃陆家事，何静因不惮烦乃尔，此中当有作用，则可以恍然悟矣。惜其见不及此也。）陆太太道："我岂有不信他们所说之理，但因蕙仙这小妮子很可怜的，所以因循未言。"静因道："此事断不能因为感情关系，遂致缄默不言。太太当忍痛出之，譬如人家身上生了疖或烂肉，必须把它剜去，然后可得痊愈，若不忍剜去，便要全身溃烂了。"（小人偏会譬解，可恨。）陆太太点头道："不错，我就要说了。"静因道："阿弥陀佛，但愿菩萨保佑太太母子二人，早日脱离这位晦气星。"又坐谈了一歇，告辞而去。

蕙仙见静因又来，在伊姑母房中不知密谈些什么，等伊走了，便到陆太太房里来。陆太太教伊坐了，对伊说道："蕙仙，今天我有几句很重要的话和你一谈。"蕙仙骤然听伊的姑母说有很重要的话，不知有何关系，心里不由得突地一跳，便答道："姑母有何吩咐？"陆太太道："你的身世很是可怜，自幼便没有了母亲，又受后母的虐待，只剩一个老父，又抛弃你长辞人世，茕茕弱质，绝无荫庇，所以我接你到此居住。待你如亲生女儿一般，你总明白我的爱心的。"蕙仙听陆太太说出这种话来，触起伊心中埋藏着的悲哀，不觉眼泪如断线珍珠般夺眶而出，下滴襟袖。陆太太眼中也含有泪珠，勉强忍住，接着说道："我因见你很是幽娴贞静，将来能守妇道，所以愿意将你许与游儿为妇，一重亲做两重亲，未尝不是美事。谁知我前天到妙严庵去烧香，曾请钟瞎子代你算算命，方知你的命宫不好，将来也要克死丈夫，你的父母都是被你克死的，（凭空加上如此重大罪名，真是奇谈。）最好终身不嫁。又有温老佛婆也曾相过你的面，说你的命运很苦，不可勉强，亦说命犯孤鸾，不可与人论婚。他们二人的相面和算命都是灵验如神的，我很信他们的说话。他们谈你过去的事，也是很合符的。所以我只得把你二人的婚约取消了。"

蕙仙听到这一句，玉容顿时变为惨白，如有一支利箭射进伊的心窝，心头奇痛非常，几乎晕去。欲知后来如何，请看下回。

评：

畹兰曰：三姑六婆淫盗之媒，故圣贤禁之入门也，陆太太佞佛求福，遂为静因所卖，堕其彀中而不觉。独惜蕙仙甫登衽席，复遭此极大之打击，其何以堪乎。

写钟瞎子与温老佛婆等狼狈为奸，都是一丘之貉。此等小人只贪小利，宁复知有道德耶。

婚姻大事乃取决于瞽者之一言，甚矣迷信之害也。此风至今仍存而弗灭，打倒迷信，诚不可缓之事矣。

持螯赏菊，雅人韵事，不知绝大风波接踵而起，毕生悲哀，为期不远。造物多忌，于此可以益信。

形容陆太太心事如绘。

蕙仙慧眼已烛其微，然亦见不及此。写其私心忖度一端，文心绝细。

陆太太对于蕙仙心中本爱之，但因命犯孤鸾一语，触其大忌，故不得不忍痛绝之，然犹徘徊而不忍发，又经静因一语，遂不恤其他而言矣，蕙仙岂料有此耶。读至此当废卷三叹。

第十五回

荫失椿萱更逢姑恶
味甘冰蘖幸得郎怜

蕙仙迟了良久，才答道："姑母，我的命运竟这样苦么？"（如闻巫峡猿啼。）只说得一句话，掩着面几乎要哭出来。陆太太道："你也不必伤悲，命中注定，无可设想。但是你知道我膝下只有你的表兄一人，你也很爱重他的，当然不愿意使他受什么损害，彼此都没得益处，所以我只好向你直说了。"蕙仙颤声道："姑母既如此说，我又何敢以不祥之身害及表兄，悉凭姑母之意如何解决。此身都是姑母和表兄援拔前来，有生之日，皆戴德之年，一任姑母处置，我终不怨。但想我自幼即失慈闱，跟着亡父飘零在外，受过不少苦痛，亡父又弃我而逝，耽耽者日伺其旁，幸灾乐祸，施行鬼蜮伎俩，幸有姑母和表兄驰函来迎，中间又蒙卢将军亲冒白刃，挺身相助，从虎口中脱险前来，得依姑母膝下，使我无母而有母，无兄而有兄，以为从此可以得所，感激无穷。谁料我的命运恶劣，有加无已，此后弱女子寄托无门，不知终身如何归宿，怎么不令人肝肠摧裂呢？"说罢，呜咽欲绝。（其声哀，其心碎矣。）

陆太太见蕙仙如此光景，心里也觉得有些不忍，然一想到静因所说的话，这块溃烂之肉不得不忍痛割去。便又对伊说道："蕙仙，你的身世固然可怜，你既不能做我家的媳妇，自然将来不能长在我家，必须得个归宿的地方，免得漂泊天涯。我想你不如出家为尼，青灯黄卷，了此一生，多修功德，好使来生可享幸福。如此既不累人，自己也有了一个着落之地，不知你的尘心可能洗静么？妙严庵地方很好，当家静因又和我十分相熟，只要你愿意，我可送你前去。以后我可以常来探望，你也可以到我家里来走动，好似在一起模样。我看她们出了家，一心念佛，倒也清净得很的，那么你可免去一切灾殃了。因为钟瞎子算你的命，也说你最好去出家，并非是我无情，劝你走这一条路。"（陆太太竟与蕙仙言此，尚不觉惭怍，抑何忍欤。）

蕙仙先听伊的姑母说伊命恶，要把婚约取消，自悲身世，心里正难过得很。又听陆太太劝伊去做尼姑，一颗孱弱的心，禁不起迭连强烈的刺激，只觉得头晕目眩，支持不住，仰后而倒。（呜呼惨矣。）陆太太见蕙仙晕去，也有些惊慌，忙唤佣妇及小婢银菊将蕙仙扶起，向伊呼唤。隔了一刻，蕙仙才悠悠醒转，涕泪交流，颓然无语。陆太太便命银菊扶伊回房去安睡，也知自己今天的话说得太厉害一些，出于蕙仙所不料，无怪伊要晕倒了。但我已抱定主见，无论如何，只好牺牲伊一人。我家后嗣是重要的，游儿一生幸福也不能损失的，谁教伊生就命苦呢。（可恶可恶。）

蕙仙回到房里，中心震荡不已，也不知自己是悲是哀，好似一叶小舟，在着万顷汪洋里头，巨浪滔天，不辨方向，不知要到哪里去。又如此身从九天之上，下坠深渊，飘飘然知泊何所。欲哭无泪，欲泣无声，倒在床上，昏昏然的好像死去一般。银菊问伊也不说什么话，遂代伊脱了衣服，盖上一条薄被，悄然掩出室去。陆太太也不去管伊，自顾点了晚香，静坐念佛。（人心善变，如天上之云，无定形焉。陆太太以前深爱蕙仙，今乃一变而至此，是谁之过欤）。

晚上陆游回来，不见蕙仙，便问他母亲。陆太太此时不愿使陆游知晓，恐有阻挠，遂托辞道："蕙仙方才有些不适意，所以早去房里睡了。"陆游却不明白个中真相，听得蕙仙有恙，很是放心不下。（愚哉陆母，此言安能拒却陆游耶？）夜餐时，陆太太命银菊进去问蕙仙可要吃。银菊进房去，见蕙仙正卧在床上流泪，问伊可要吃晚饭，蕙仙摇摇头，银菊回身出去，说道："小姐吃不下。"陆太太也就罢了，自进房去休睡。

陆游在他母亲房里坐了一歇，回到外边书房中，又看了一刻书，心里很是悬念蕙仙。走进里面，见陆太太已入睡乡，银菊方从陆太太房里轻轻走出，掩上房门，陆游便向银菊问道："你可知蕙仙小姐究竟怎样不适？"银菊回顾左右无人，遂低声对陆游说道："公子，你不知小姐并非患恙。方才太太在房中和小姐说了许多的话，小姐忽然晕去，经我扶起，还到小姐自己房里去睡的，可怜小姐哭得和泪人儿一般了。我又不敢动问她们为了什么事情，太太不肯告诉你，我却忍不住要报告公子知道，公子快去看看小姐吧。"（好银菊。）

陆游听说，更摸不着头脑，十分奇异，连忙蹑足走到蕙仙房门前，见双户虚掩，一灯如豆。（惨淡景象如见。）推门进去一看，见罗帐半下，蕙仙正朝里睡着，双肩耸动，像是哭泣的样子，遂走到床前唤道："蕙妹蕙妹。"蕙仙听陆游呼唤，回过脸来，对陆游长叹一声。陆游见伊面上泪痕纵横，枕边都已湿透，双目红肿凄楚万状，遂问道："蕙妹，究竟为了何事如此哭泣？我母亲可曾责备你什么？我听银菊说，我母亲和你谈了长久，你忽然晕倒，谅有重大的事使你忍受不住，蕙妹你快快告诉我。"蕙仙道："姑母并不曾有什么事责备我，即使有话责备，我万万不敢抱怨，何至于此，实在因为伊对我说的言语，无一不触动我的悲哀。唉，表兄，我和你从此不复相见了。"说罢，泪如雨下。（即此一语，哀怨万分。）

陆游依然不知什么事，急得他搔头摸耳，不知所可。又说：

"蕙妹何出此言，我母亲到底说的什么话？"蕙仙便把陆太太说伊命犯孤鸾，要解除二人婚约，并劝伊到妙严庵出家等缘由，断断续续地告诉一遍。说罢，已泣不成声。陆游听了，不由心中大吃一惊。自思我们二人的婚姻，我母亲早有此意了。自从迎接蕙仙来后，我母待伊也很好的。中秋节的夜里，又当面许婚，如何一旦变卦起来。若论蕙仙命运不好，应当早早算过，何以不算命于未订婚之前，而反在事后突然而起呢。又劝伊去出家，如此无情，究属何意？必然轻信了人家的谗言，才有此议，那么一定和静因有关。静因这人很狡猾的，我母亲十分相信伊的说话，况且算命之事又在庵中，恐怕受伊的唆使呢。但蕙仙和静因又无仇隙，风马牛不相关，静因良心虽歹，也何至于此。（陆游虽能测其原因，而不能知其底细。若使陆游知书玉觊觎蕙仙之色，即起于佛会之日，则恍然悟矣。）这事不得不问我母亲了。遂安慰蕙仙道："我母迷信瞽者之言，全不想他们为了几个钱胡言乱道，岂可轻信。我素来不信此等事的，我和蕙妹两心相契，两情相合，生死不渝，祸福无悔，算什么命，谈什么相呢。待我去禀告母亲，把理由解释伊听，我自己情愿和蕙妹结成夫妇，设有不讳，死而无怨，况且星相之言，渺茫难稽，岂足凭信。倘使他所说的一派胡言，那么我们很好的姻缘，竟被他一句话毁坏么？"

蕙仙把纤手微摇道："表兄不必到姑母那里去禀告。我自知命苦，所以颠沛流离，受过不少苦痛，直至今日，我到了表兄家中，自以为脱火坑而登衽席，弱女子终身可以有个归宿，私心非常庆幸，非常感激。哪里知道半途中变，又有这样伤心的恨事，姑母所以要解除我们的婚约，也是爱护表兄起见，况且陆氏宗祧，承祀的唯表兄一人，姑母的思虑也未尝不是。总之我自怨生就这种苦命，非他人之咎，薄命人不祥之身，岂敢重累表兄。此后飘零在外，生死之念，置之度外，即有不幸，常从父母于地下，还我清白之身……"说到这里，呜咽不能成语。（凄凄切切，如凉蛩哀鸣。读至此当为泪下。）

陆游止不住眼泪簌簌地落下，一边把袍袖去拭泪，一边顿足叹道："好好的事，偏会生此岔儿，我母亲如何忽然想到代你算命，一定有人唆使。"蕙仙被陆游一说，想起静因来，使道："表兄，别人是不会唆使的，除非是静因。今天伊又来过，谈了好久。我等伊走后，到姑母房中去伺候，姑母遂和我说这话了。"陆游道："对了，一定是静因的阴谋，我母亲不是又劝你去妙严庵中出家么，何其巧也，但想即使是静因的算计，伊要你去出家做什么呢。"（陆游当知妙严庵是何地，即不难知静因之用心也。）蕙仙道："静因和我无怨无仇，伊为什么要来害我，此事却不明白。"陆游道："无论如何，我总不放你去出家的。我的爱心已完全献奉给你，偕老之愿终不能忘，岂可与你分离，岂忍坐视你再去过这凄凉生涯。你以前受着的许多苦痛，我都知道，何忍再加痛苦到你的身上呢。并且我自从蕙妹来此以后，精神上得到不少安慰，一朝失去，教我又将如何，所以我是万万舍不下蕙妹的。（至情之语，蕙仙闻此九曲回肠，寸寸断矣。）我母亲一时懵懂，日后或能醒悟，我劝蕙妹暂时稍忍，不要过自悲伤，蕙妹玉体素来软弱的，多愁多病，怎能担当得住这绝大的忧愁呢。待我明天细细向母亲诉说，求伊不要解除我们的婚约。凡事三思而后行，也须为蕙妹顾虑，况强欲蕙妹出家为尼，怎生对得住我舅舅的一番遗嘱和卢英的一腔热忱。"（使人回忆卢英临去时嘱托陆太太语及陆太太之答辞，息壤在彼，遽尔寒盟，惜卢将军一去不返，否则匣中宝刀又将跃然鸣矣。）

蕙仙听陆游提起卢英，更是使伊悲感，不觉一幅鲛绡，早已渍湿，不知是血是泪。又对陆游说道："表兄如此爱我，使我感切肺腑，但薄命人无福容受表兄的爱，只好辜负表兄的深情了。今生不能图报，来世当衔环结草，以答大恩。因为我的命苦，也不敢有累表兄，只要他日薄命人死后，表兄不会相忘，为我葬于

146

山巅水涯，岁岁一来祭扫，呼我的名字数声，我死而有知，魂魄必翩然来归，长佑表兄福禄无穷。"

陆游顿足道："蕙妹，你偏要说这些伤心话，教我如何忍受得住。蕙妹，你千万不要这样的悲伤了，有福同享，有难同当，我断不肯抛弃你的。皇天后土，实鉴我心。"蕙仙低着头不响，陆游坐在旁边，灯光惨淡，庭中墙隅一二蟋蟀，还在那里唧唧地叫，像是哭诉身世似的。蕙仙抬起头来，见陆游正对着伊紧瞧，正是流泪眼观流泪眼，断肠人看断肠人。二人心里各自有无限悽惨，无限彷徨，想起以前的窗下论文，灯边填词，举杯邀月，持螯赏菊，许多逸兴雅致，都如过眼烟云，消灭于无何有之乡，只落得满怀悲感，万斛愁绪，和庭外秋虫一样可怜了。（描写凄惨，令人徒唤奈何。）

坐了一歇，听远远击柝之声，更锣已报三下。陆游又安慰了几句话，才退出房去，代伊带上了房门。听屋中人都已睡熟了，自己回到房中，只是唉声叹气，不胜烦恼，勉强脱衣安睡。但是睡在床上，代蕙仙思前想后，辗转反侧，哪里睡得着，一夜没有合眼。直到天明，穿衣起身，洗面漱口，盥栉过后，坐在书桌前，写一页小楷，要想镇定这颗已乱的心，但是哪里能够宁静呢。书童搬上早饭，胡乱吃些，随即走到里面来，见他母亲正坐在佛堂边念经，不敢去惊动伊，只上前请了一个早安，便走开去。又见蕙仙虽然照常起来，但伊的面色甚不好看，颊上泪痕尚没有干哩。二人彼此叫了一声，也不说什么。（千言万语不知从何说起。）

少停陆太太已念完佛经，回到房里，陆游走进去对伊说道："母亲，昨天母亲究竟和蕙妹说了什么？伊竟会晕去的。"陆太太知道此事瞒不过她的儿子，大概蕙仙已把这事告诉他听了，他倒还要假作痴呆来问我，大不该应，全不想我所以毅然决然地和蕙仙说那些话，都是为了他啊。遂道："嗯，你要来问我么。不过

147

为你罢了。"便把自己到妙严庵进香，听温老佛婆和钟瞎子相面算命的经过，一齐告诉，却把静因对伊说的话略去。又说道："我也并非厌恶蕙仙，实在因为我只有你一个儿子，既知道蕙仙命中要克丈夫，岂肯使你受这祸殃，所以不得已而解除你们的婚约。昨天便和蕙仙说起，要伊明白我的苦心，并且我为伊的终身打算。因伊若不嫁你，他日势必难以久居于此，遂劝伊不如到妙严庵中去出家，像静因师太一样，也很适意地度日，不知伊如何忽然晕去。"

陆游听了他母亲说话，又气又怒，只因他平日克尽孝道，陆太太是伊的生身之母，不能得罪伊的。便说道："母亲的话突然而来，犹似晴天霹雳，蕙妹盈盈弱质，骤闻此言，怎不使伊晕倒呢。（是则陆太太之罪也。）我想那些算命的人无非要赚几个钱，妄言妄语，不可轻信。假使他算命果然灵验，自己应该知道趋避吉凶，为什么自己却不能算得出呢。温老佛婆有什么相面的本领，都是哄骗母亲，母亲还宜审慎，不要听了人家的话，自伤骨肉之亲。蕙妹幽娴贞静，不愧为一好女儿，伊以前的处境很是可怜，母亲都知道的。接了伊来，也宜善始全终，尽爱护之责，不应使伊抱怨，而我们也对得住已死的舅父舅母。况且母亲已当面订下婚姻，言犹在耳，岂能忘却。蕙仙若没有七出之罪，不能因算命的一句话，便把婚约解除。至于教伊出家，尤其是不应该的。伊方当如花之年，前途幸福正多，若去做尼姑，不是埋没了伊的一生么。请母亲还是打消此意，维持前约，我和蕙妹都感激的。"

陆太太听陆游的话，反有些埋怨自己多事的不是，伊的性情很是执拗，人家愈说伊不是，伊愈要说是，遂说道："如此说来，是我的不是了，你不要将好意当作歹意。我所以解除蕙仙和你的婚约，也因伊的命里要克死丈夫的，这样一个苦命的女子，岂可娶在家中为妇。术者之言，也不可不信。（陆游言不可轻信，陆

148

太太却说不可不信，奈之何哉。）他们和蕙仙又没有仇隙，为什么都要说伊的命运不好呢？并且我们试看蕙仙以前所遭的景况，也可知道伊的命运确乎不好的了。我一时为了怜爱之心，没有审慎一过，便和你们当面订下了婚约。现在既已知道，岂能将就过去，解除婚约也是出于不得已。你该体谅我为母的苦心，反说我不该听信算命之言，难道你不怕祸患临门么。哦，我也知道你已着魔似的，一意迷恋在伊的身上，所以连自己切身的利害也不顾了。须知天下多美妇人，蕙仙虽然容貌美丽，不见得山阴地方没有第二个人。你若情愿和蕙仙解除了婚约，我总想法代你另订一重好亲，况你才名甚广，人家没有不愿意的。你须三思，不要执迷。"

陆游哪里听得进这些话，遂又道："我也明白母亲并无恶意，但对于蕙仙太觉无情，伊是一个零丁孤苦的女子，我们当始终爱护伊的，岂忍断送伊一生的幸福。况且我已说过，此等术者之言大都虚妄无稽，不可因为他们一言，便有这个动议。我和蕙仙的婚约，不愿就此解除，即有祸福，我愿身当。"（此数语也可以泣鬼神、信天地，孰意陆母心如铁石，竟不能感格乎。）

陆太太见陆游态度如此坚决，伊从来没有见过伊儿子这样和伊反抗的，想不到我爱他之心，反以为恶，不觉有些愤怒，悻悻然现于面色，遂说道："这种口头婚约，又无正式的媒妁，自我成之，自我毁之，这又何妨。（陆太太此言悍然不顾理矣。）你虽不愿解除，我也不能徇你的意思，有关陆氏全家祸福，我不得不忍痛割爱，决定这事。至于我劝伊为尼，也是顾到伊将来的生活，倘然伊不肯出家，我也不要勉强，但教伊自己早些代伊的终身设想一下，免得以后怨人。你是我生下的儿子，总不能袒护着你的表妹，反抗我的好意。"陆游听陆太太语气坚决，知道再也劝不醒的了，心中无限悲伤，嗒然退出，自觉无话去安慰蕙仙，万念俱灰，走出家门去看松月上人，想个两全的办法。

陆太太见伊儿子走后，心里余怒未息，满拟瞒过陆游，先把蕙仙劝说一番，送伊到了庵中，然后再把此事宣布，那么陆游虽然不愿意，也是无及了。谁知昨晚和蕙仙一说，今天陆游已知道消息，蕙仙非但不允，必又在暗中告诉了他，所以他来向我说情，忽地中梗。伊还没有真的嫁给表兄，已会向他哭诉，要他出来说情，他日成为夫妇，我的儿子尽在伊的掌握中了。别看伊可怜，伊却很可恶的，遂又走到蕙仙房中。

蕙仙正一人独坐如痴，见伊姑母走来，便立起叫应。陆太太坐了，便向蕙仙说道："蕙仙，我并不是对你无情，（明明无情，偏说不是，抑何言之不怍耶。）实在你只好自怨命薄，不能连累人家的。我劝你去妙严庵出家，也为的你命中如此。你若不愿意的，我也不能勉强，但此间不可久居，你自己早想一个安身之地。"（竟下逐客令矣。）蕙仙向陆太太跪倒道："姑母知道我是孑然一身，无家可归的。以前多蒙姑母和表兄相怜，使我得以脱离陷阱，到此安居，天高地厚之恩终身感激，以为此生当长侍姑母膝下，尽我一点孝心。现在姑母忽然教我另觅安身之地，弱女子除掉姑母和表兄以外，举目无亲，天地虽大，何处可以容身，难道可以再回到蜀中去向后母乞怜么。请姑母始终哀怜我的穷厄，仍旧收留我在此间。至于我和表兄的婚约，既然我的命运如此，姑母定欲解除，我也并无异言，遵从姑母的吩咐，断不敢有害表兄，否则我亦只得追随亡父亡母于地下了。"（哀音弥漫，不忍重闻。）说罢，眼泪又如泉涌不已。

陆太太自思伊的话虽说得可怜，但我若留伊在家，陆游当然不能忘情于伊，是婚约虽已解除，而和未经解除无异。他们二人恋爱着，形影不离，难免不发生他种事情，我又怎样对付呢。又想起静因的说话，自己不能不严厉了，遂又对蕙仙说道："你不要向我乞怜，我已向你说得明明白白，从我的话也好，不从我的话也好，我家里不能久居了。"说罢，立起身来走出房去。

蕙仙见伊姑母如此冷酷不情，知道此事已成绝望，不想自己命苦到这样地步，不要算命的话果真灵验么。伶仃弱质，形单影只，前途茫茫，如何过活，不如自尽一死，以了残生。遂从地上立起，取一条三尺罗巾，套在床头，打一个结，低低哭道："表兄，我唐蕙仙生来命苦，只好辜负你的深情了。"又暗自祝告道："我亲爱的父母，你们很早地抛下了苦命的女儿到黄泉去，阴魂有灵，可知道女儿在世所受的苦痛么。现在我的末日已到，不能再活在人世，情愿到地下来奉侍父母，望父母来接引我去吧。"祝罢已泪湿襟袖，遂伸出粉颈，向绳内一套，三魂渺渺，七魄悠悠，行将和这个残酷的世界长辞。欲知后事如何，请看下回。

评：

　　畹兰曰，此回写蕙仙悲哀处，令人泪下。

　　陆太太惑于术者之言，竟置蕙仙于不顾，而劝其出家，抑何忍欤，无怪蕙仙之晕去也。

　　陆游与蕙仙诉哀情一段，凄凄切切，是赚人眼泪文字。作者写此，一领青衫，殆亦将湿透矣。

　　陆游之言，一片至诚。惜事已至此，补天乏术耳。

　　命运之吉凶，苦无凭证。陆太太迷信术者之言，虽经其子反复解说，泣涕陈请，终不觉悟。一幕专制家庭之万恶景象，跃然现于纸上。

　　陆太太经陆游恳商，不特不肯原谅其子，反迁怒于蕙仙而欲逐之，是诚何心哉。惜卢将军已披发入山，不在此间，否则快人快事，必有豪爽之处置也。书中虽偶提一笔，已令读者想慕无穷。

　　篇末一结，令人急杀。

第十六回

避香溪憔悴女贞花
授锦囊绸缪赚人策

　　陆游惘惘然走到禹迹寺里，松月上人正在禅床上打坐，一见陆游前来，连忙起身欢迎，请他坐定后问道："今天公子有暇前来清谈么？"但又细察陆游眉峰紧蹙，面上有一种忧伤憔悴的样子，遂道："贫僧默观公子有不豫之色，可有甚事？"陆游叹一口气道："事变之来，实在不可测度的。我心纷乱如麻，特地到此，求上人指教。"便把自己和蕙仙的事详细奉告一遍。

　　松月上人也叹道："孽哉孽哉。这位蕙仙小姐端的可怜，出家是自愿的事，别人岂可强迫，况且妙严庵不是好地方，内中的静因师太，声名狼藉，玷污佛门，只因伊善于逢迎，结交一辈富绅之家，托庇着恶势力，遂得侥幸图存。（此土豪劣绅所以在打倒之列也。）若将蕙仙小姐送去，无异将一块羊脂白玉丢入茅厕中去，如何使得。老太太不明白这个道理，听信人言，不怕倒行逆施，违反前盟，这真是很可惜的事。公子又是母子关系，也不能奈何老太太怎样，此事非得老太太自己醒悟不可，但其势已将趋于极端，一时不能挽回。老太太早晚必将蕙仙小姐送入庵中，因为不是老太太一人的主谋，或者静因有什么阴谋，也未可知。不然老太太何以不早些代蕙仙小姐算命，而迟迟待至在许婚以后呢，即使要想算命，何以不在家中而在庵里请人算呢，这是一个很大的疑点。恐怕静因故意串成这个圈套，愚弄老太太的，老太太上了伊的当了。"（松月上人料事如神。）

陆游道："上人的说话不错。我也疑心我的母亲必定受人唆使而然，这个嫌疑人当然是静因。我也和家母说过，且详细解释伊听，劝伊不要迷信。"松月上人道："老太太这时正被静因包围，岂能听从公子之言，况且迷信的人听人说伊迷信，一定不服，而这命运的事是看不出的。老太太惴惴顾虑，中了迷信的毒，虽有仪秦之舌，也难说得醒伊的，非得公子能把静因的阴谋揭穿，事实俱在，伊或者能够醒悟。"陆游点点头道："我想也只好如此。"松月上人又道："此刻公子为爱护蕙仙小姐计，须要代伊想个安身之处，恐怕老太太要用强迫手段呢。一面也须赶紧把这事实调查明白，究竟是不是静因的阴谋，其间有何作用。"陆游道："但我的表妹是一个青年闺女，一时把伊安放到什么所在，才算稳安呢。将来卢英有日到此，教我有何面目去和他相见？出乎尔，反乎尔，我陆游堂堂丈夫是做不出的。"松月上人听陆游说话，也觉得踌躇无计。唯嘱陆游回去，最好用缓兵之计，把陆太太缓住再说。（此时陆太太对于逐唐之事，已如箭在弦上，不得不发，无可复缓矣。）

陆游又坐了一刻，挂念蕙仙，遂和松月上人告别。出得寺门，走不多路，却见前面有一个老妪，携着一篮，缓步走来，正和陆游照面。陆游无心闲观，低着头匆匆向前而行。老妪忽然向他招呼道："陆公子，你到哪里去？近日有什么事忙，好几天不到我们家里来了。"陆游听得声音很熟，抬头一看，正是红珠的母亲，（文情开展。）遂立住脚步说道："我近来家中有些事情，所以没有前来盘桓，近日红珠身体好么？"红珠的母亲答道："多谢公子下念，伊在这几天中，身子很是安好，今天也出去卖花的。伊对我说，作得几首诗在那里，要请公子改削，盼望公子不至，十分悬念，方才我街上去购物，恰巧归来，遇见公子，公子

153

可要到我家里去坐坐么?"陆游道:"天已不早,改日再来吧。回去在红珠面前代我道念。"红珠的母亲见陆游不肯去,只得说道:"那么明天请公子早些前来。"遂携着篮走去。

陆游一路走,一路想,忽然好似想着什么的,自言自语道:"蕙仙既不容于我母,何不设法使伊到红珠家里暂住呢,那里倒是一个很好的地方。红珠对蕙仙很能怜爱,以前伊不是说过愿意和蕙仙一见面么。伊的心地十分纯洁,决不会嫉妒的,将来我可效法娥皇女英的故事,便算报答红珠了。(古人心理如是,不足为陆游病也。)只不知蕙仙可肯前去,须得先和伊商量一下。"

匆匆走回家门,见陆太太坐在中堂,面色十分难看,和仆妇说话。见了陆游回来,便说道:"你到哪里去了?晦气临门,我真弄不下去。适才蕙仙忽然投缳自尽,幸被小婢银菊窥见,将伊救下。我要将婚约解除,伊便要寻短见,如何得了,留在家中,终是祸根,我却想不到伊会如此的。你快去对伊说,教伊早早离开我家,死也罢,活也罢,由伊去休。伊若不走,我也要把伊送到妙严庵中去,方才安心。"

原来蕙仙在房中自尽的当儿,恰巧小婢银菊目见蕙仙这种可怜的景状,心中很不放心,常来窥伺蕙仙的动静。伊见陆太太到蕙仙房中说了一刻话,回身出来面有怒色,估量事情不妙,遂悄悄掩来看蕙仙怎样,不料在门缝中窥见蕙仙正在投缳,连忙推开房门,跑进去把蕙仙救下,一面把蕙仙扶到床上,一面高声呼唤。早有仆妇进来,目睹情状,也是惊慌,忙去报告与陆太太知道。

蕙仙自知死不成了,将足一顿,对银菊说道:"唉,我已拼一死,谁要你来援救呢,看来我受的苦痛还不够么。"银菊道:"小姐不要一时悲伤,自寻短见。如有什么过不去的事,且待公子回来,从长计较。小姐这般多才多貌,世间难得,自己不可惜,别人却是非常可惜的。"(知己之语,不图出之银菊口中也。)

154

蕙仙只是掩面痛泣，银菊不敢走开，在房中伴着蕙仙。陆太太得知这个消息，非但不生哀怜，反恨蕙仙不听自己的话，以死要挟，愈想把伊逐去，也不去看蕙仙，坐在客堂里等候陆游回来，把这事告诉他听。

陆游听了，心中大惊。自思情势紧迫，蕙仙哀哀无告，必要走这条末路。我母亲又要逼伊离去，非得我来把伊安置不可了。遂对他母亲说道："母亲并非仇恨蕙妹，不过因为蕙妹命运不佳，要代我们取消婚约，不欲伊为妇罢了。亲戚之情犹在，一时要使伊离去我家，伊又无别家亲戚，伶仃一身，往哪里去安居……"陆游话没说完，陆太太早抢着道："不错，我也并不仇恨伊。但伊如此情形，对我大有恶感，况且你既和伊取消婚约，伊不宜再留在此，（说来说去，总是无情之语。）所以我劝伊到妙严庵出家。伊既然不肯出家，又何必寻死，现在我只要伊离开我家便了，我也不要做什么好人。"陆游道："母亲一定要伊离去，我想伊既然不肯出家，别地方又无去处，除了死的一条路也无别法，不如待儿把蕙妹送到一处去暂住，慢慢劝伊。若然伊明白母亲为伊设想的用心，自愿出家，这是最好的事；万一伊依然不愿的，我们当然不能强迫伊。既是以前我等好意把伊接到此间，何忍半途中变，抛弃伊而不顾，那么我等也不得不担任抚养之责，供给伊的一生，断不能视为陌路之人。"（陆游所说，入情入理，陆太太尚有何言。）陆太太听了，沉吟良久，然后说道："你既有地方可以想法，我也不管，只要伊离开这里，并且不许你以后再和伊往来，你能答应么？"陆游想若要不许我和蕙仙往来，那是不可能的事，此时我姑且答允，将来我另想别法便了，遂道："母亲吩咐，自当遵命。"便走到蕙仙房中去。

银菊见陆游进来，欣喜道："公子来了，快快安慰小姐吧。小姐方才寻过短见，是我把小姐救下来的，好危险呀。"陆游一摆手道："我已知道咧。"见蕙仙依旧睡着，便拍着伊的香肩道：

155

"蕙妹，你何必自苦如此。"说罢眼泪已滴下来。蕙仙呜咽着答道："姑母要我即刻离去，但我一向不出深闺的，教我走到哪里去呢。自怨命苦，还不如一死干净，免得贻累别人。"陆游道："蕙妹，你是我们迎接前来的，现在要逼得你自尽，更有何颜去见戚邦邻里。我今想得一个两全的办法，不知你可赞同？"蕙仙道："表兄既有办法，我也乐闻的，还请见教。"陆游道："城外香溪边有一杨姓人家，母女二人，女名红珠，是个卖花女郎，为人很是婉娈美好。我们常常买伊的花，红珠的母亲我也熟识，她那里地方幽静，可以居住，想把蕙妹送到杨家，暂且住下。然后我再将母亲此次突然悔婚的原由，调查明白，徐图对付之策。总之我陆游一天生在世上，一天不会忘记蕙妹的，这时不过缓和母亲的怒气罢了。"

蕙仙听着陆游的话，微点蝤首道："不祥之身，重累表兄，代我设法，铭感入骨。表兄教我住到那里，我就住到那里便了，世间也只有表兄一人能够顾念我的苦痛。"（此伤心之言也，然事实上亦是如此。）陆游又安慰了许多话，命银菊好好侍奉小姐，将来我另行重谢。银菊笑道："我要什么谢呢，小姐如此可怜，我心里也悲伤得很，情愿伴着小姐，不使伊有三长两短，请公子放心。"陆游听银菊的话，勉强一笑，退出房去。

明天早上，陆游走到红珠家中。红珠携着花篮，正在摘取花朵，要到街上去卖，一见陆游，连忙放下花篮说道："公子，昨天你到哪儿去的？怎的路过这里也不来啊。"陆游握着红珠的手，一同走进屋子，答道："昨天我有事到禹迹寺去，因为归来时天色将晚，所以没有来看你，听你母亲说你身体安好，我很快慰。"红珠的母亲也走出来招呼，请陆游坐定，捧上一杯香茗，又谢谢他前天送来的蟹。（一笔不漏。）陆游要紧把这事谈妥，请红珠的母亲坐了，向她们母女俩说道："我有一件事情要和你们相商，不知你们心里如何？可能同意？"红珠见陆游面上虽做欢容，说话时蹙额不安，不知他有什么尴尬的事。

　　红珠的母亲听了，却误会陆游的意思，以为陆游常和伊的女儿很是投契，或者他有意于红珠，要想娶伊前去，所以特来要求，问她们可否同意。（红珠母亲不及其女之聪明矣。）便道："公子有何事相商，我们无不赞同的。红珠年纪也渐渐长大了，我本想代伊择配一头好亲，使伊终身有靠，可惜高来低不就，蹉跎至今。若得如公子这般人才出众的美少年，红珠能得侍奉巾栉，心满意足了。"红珠听伊母亲说出这种话，不觉十分羞惭，梨窝上泛起两朵红云，不便说什么，低倒头拈弄衣角，默默无语。（一路写来无非窘迫之笔，偏有此段婉媚文字，从中插入，见得作者从容舒写，涉笔成趣，恢恢乎游刃有余也。）

　　陆游听红珠的母亲误解其意，知道这事须得直截痛快地一齐告诉出来了，遂把自己和表妹蕙仙的婚事被母亲如何中梗，从头至尾细细叙述一下。所以现在想个临时缓和的方法，想将蕙仙送到这里来暂住，要求你们母女同意。红珠听陆游讲到蕙仙自尽时，珠泪早已在眼眶里盘旋而出，抢着说道："原来蕙仙小姐和公子有这一段姻缘，太太既然当面允许订下婚约，怎么现在忽然借口命运的问题，要将婚约取消呢。况且蕙仙小姐是公子等迎取来的，岂可突然逼伊他去，天下无此不平之事，我听了也是愤懑不止，蕙仙小姐的身世，公子以前也约略告诉过我，今又逢这不幸的灾难，教伊一人怎样过去，不想天下竟有这种畸零哀苦的女子，大是可怜。太太和伊谊属至亲骨肉，忍心出此，岂不可叹。公子既有意把蕙仙小姐送至此间暂住，这也很好的，我们十分欢迎。不要说蕙仙小姐是公子的心上人，便是和我们不认识的，我们听到这样可怜的状况，没有不愿意招接的，请公子即将蕙仙小姐送来，也好使伊心里稍安，我们当竭诚款待，决无异言。不过公子仍要想法，挽还太太固执的心，使太太觉悟这事是不应当的。"（红珠数语又爽快，又松脆，且有侠气，不图红妆季布，出之卖花女郎中也。）

红珠的母亲也说道："原来公子为着这件事情，蕙仙小姐真是可怜得很，伊不嫌寒舍简陋，便请过来小住，我家红珠也是很喜欢有伴侣的，不过有屈蕙仙小姐了。"陆游道："红珠，你的说话很是使我们钦佩。承蒙你们母女惠允，我心里很觉感幸，将来若得平安无取，我与蕙仙表妹同圆好梦，也决不敢忘记这里功劳的，红珠聪慧可爱，我爱伊的心也不自今日始，我必有以报红珠。"（呜呼，此游之痴心耳。好事多磨，美人香销，徒留得重重恨事，不堪回顾，此《钗头凤》之所由作也。）说罢对红珠瞧了一眼，红珠桃腮微笑，似乎灵犀一点，已深感陆游的情意了。红珠的母亲又和红珠说道："蕙仙小姐来后，你可和伊同居一室，以慰寂寥，只要多设一榻便够了。"

陆游见事已谈妥，不敢怠慢，遂别了红珠母女，奔回家中，向陆太太禀白，只说在城外一个乡妇家里，却没有说出红珠母女。陆太太道："你为了蕙仙竟有这般热诚，足见关心得很。但是我已说过，从伊去后，不许你的足迹踏到那个地方。如违我言，你也不要来见我，便算没有我这个生身娘了。"陆游勉强点点头，（勉强二字妙。）答应一声是。遂又到里面蕙仙房中，见蕙仙托着香腮，坐在窗前，泪珠莹然。（写蕙仙如雨后海棠，益发可怜。）银菊正在折叠衾裯。陆游遂把杨家应许的情形告诉蕙仙，且言红珠为人很是伉爽可亲，教蕙仙收拾随身的一切衣饰，今天便要送去。

蕙仙很感谢陆游代伊调排，遂揩干眼泪，收拾细软物件，放在一只大皮箱里，临镜梳洗，将就挽了个凤髻。陆游吩咐书童陆贵去呼来一肩小轿，亲自送蕙仙前去。银菊把皮箱搬出去，伺候蕙仙上轿，蕙仙又到陆太太房中去叩别，只说得"姑母保重，侄女去了"两句，眼泪早又如断线珍珠般滴下。（苦哉蕙仙，何见新于人如是之甚耶。）陆太太佯作不闻不见，只说道："阿弥陀

158

佛，你好好去吧。"也不说什么别的话。蕙仙拜别陆太太，坐进小轿中去。银菊眼看着两个轿夫，抬了蕙仙走出大门，不觉流下两滴眼泪。（非写银菊多情，实反映陆太太之无情耳。）陆游将地点向轿夫说明了，随后自己去雇了一只花驴，坐着追去。

等到陆游赶到红珠家中，蕙仙早到了一刻，由红珠母女招接进去，坐在客堂里谈话了。陆游道："你们一见如故，再好也没有了，无庸我来介绍。"红珠睇视蕙仙，真个美丽动人，举止稳重，自有大家风范，不过因伊遇着悲伤的事，所以蛾眉紧锁，眼圈微红。蕙仙也细察红珠，虽是小家碧玉，而别有一种秀丽之致，与寻常女郎不同。两人惺惺相惜，各具怜爱之心。

此时忙了红珠的母亲，烹茶进点，殷勤款接。陆游对红珠说道："蕙仙表妹擅长诗词，你此后可多得一个女教师了。"又告诉蕙仙说："红珠非常喜欢吟咏，你们二人没事时，不妨借此消遣，不愁寂寞，你也可随时教导伊。"蕙仙连称不敢，且称赞红珠好学。红珠十分欢喜，对于蕙仙非常敬爱。陆游伴着蕙仙在红珠家中吃了午饭，不敢多耽搁，便对蕙仙说道："蕙妹今后便在此间暂居，红珠母女很能照应的，你不要过于自伤哭泣，此事我必在我母亲面前婉转陈说，极力想法，使伊醒悟。伊虽然性子执拗，我想也不过一时的，日后总能回心转意。且我也要留心调查这事的原因，究竟是不是静因的唆使，如能得到端倪，一定便来报告与蕙妹知道。平常日子我得间必来探望，蕙妹的苦处我全明白，只恨一时无能为力，但此心耿耿，中秋夜的一席话永远不忘。望蕙妹珍重玉体，达观为怀，以待云破月来的一天，这是我所望于蕙妹的。蕙妹如爱我，还请听我之言。"（其语温其心苦。）蕙仙听了，点头不语，眼中又隐隐有泪珠了。

陆游又叮嘱红珠几句话，红珠道："公子放心，你把蕙仙小姐交给我，以后我好好还你一个蕙仙小姐便了。"（红珠吐语爽快，然乌知后来之事耶。）陆游笑笑，临行时又从身边取出十两银子，暗暗交给红珠的母亲道："这一些钱，请你先收了，以后如不够时，我再补奉。"红珠的母亲推辞不取，陆游务必要伊收下，且摇摇手，教伊不要声张，使红珠知道，红珠的母亲只得受了。

陆游遂和她们告辞，走回家里，见陆太太面上依然罩着严霜般的戚然不悦。因为伊的心中也很是烦闷，伊所以逐走蕙仙，也是出于不得已。且见陆游绝不赞成伊这个举动，更是不快。（自取之耳，其又何尤。然主动者静因也，静因之罪，其足恕乎。）见陆游回来，又向他告诫几句，无非教他远绝蕙仙，不可与伊亲近。陆游含糊答应，他心中充满着悲哀和烦恼，一时不得安宁，对此一幕家庭惨变，想不出善后良策，只是书空咄咄，抑郁寡欢。

次日他便到妙严庵中去看静因。静因见陆游走来，心里已瞧科几分，装作无事，十二分的殷勤招待，问他府上可皆安好。（可恶。）陆游忍不住向静因询问陆太太怎样来此，教钟瞎子算命和温老佛婆相面的事。静因直认不讳，说道："那天老太太到了庵中，谈起命相，老太太忽然要代蕙仙小姐算命。遂去把钟瞎子请来，教他细算，谁知他算出蕙仙小姐命运恶劣，老太太因此有些不乐。小尼姑也向老太太解劝过的，或者他算的命未必准确，不可全信。但太太又听了温老佛婆相面的话，更信以为真了，我总劝太太不必全信的。"（一味狡猾，陆游安能问出真相，其计左矣。）陆游问了一番，不得要领。静因反而来问他，他也不答，离开妙严庵，又寻到钟瞎子家中，向钟瞎子查问。谁知钟瞎子早已受了静因的贿，他又何等老奸巨猾，应答如流，毫无破绽漏出。陆游废然而回。

次日静因却假作来望太太，到陆太太房中密谈。陆太太把这事的经过，详细告诉静因。静因冷笑道："太太可知蕙仙小姐究竟在哪一家，恐怕公子未能忘情于伊，所以别谋安乐之窝，太太又哪里能够知道呢。这样反成全了他们，只不过不在太太面前而已，又有什么分别呢。太太徒然多做了一个冤家，对于公子丝毫无益，因他们两人藕断丝不断呢。"陆太太道："我不许他前去便了。"静因道："太太是一个女流，深居家中，又不能禁止公子一步也不出门。公子若要前往，瞒过太太，很容易的，太太又何能知道呢？"陆太太点头道："如此说来，我逐走了蕙仙，仍是无益于事，未免太拙了，师太你有何妙策，能使我儿不能和伊亲近。"静因道："要使公子和伊断绝，是一件很难的事。除非强逼蕙仙小姐出家，做了尼姑，方才好使公子死心。（静因希望者如是而已，盖蕙仙不入妙严庵，静因之计划仍未成功也。）太太前天不曾立刻便将蕙仙小姐强行送到我庵里来，这是太太的失计。（确是失计，但陆太太良心未全泯灭，何忍出此，得静因一语，足以济其恶矣。）但现在公子已将蕙仙小姐安置稳妥，再要伊入庵，一时难说这语，并且他们都坚决不肯的。不如太太目前暂取缓和态度，似乎有些转圜的光景，先将蕙仙小姐所居之处探听明白，以便对付。我料陆公子一定还要向太太恳求斡旋，那时太太可以相机行事了。"遂附着陆太太耳朵道："如此如此，包他们堕入彀中。"陆太太点点头道："师太，你真足智多谋，我准照你的说话办吧。"（写静因诡计多端，令人愤恨。）静因又和陆太太谈了良久，方才别去。

这时陆游正瞒着他母亲到红珠家中来探望蕙仙，见蕙仙比较在家安宁得多，十分安慰。因为红珠伶俐聪慧，伴着蕙仙有说有笑，使伊减去不少悲伤，又把自己作的诗词和陆游以前所改的，请蕙仙披阅，求伊指教。蕙仙觉得红珠果然可爱，表兄先前有此腻友，却没有在我面前说起，他恐我或要生出妒忌的心。其实像红珠这样的人，在女娃中也很难得的，岂可因伊出身低微，而生轻视之心呢。将来我若侥幸能和表兄成为夫妇，决不可忘记了伊，也要使伊一同侍奉巾栉，终身同居。（蕙仙不可无此心，作者亦不可不补写出之。）陆游伴着她们谈了一个下午才回去，从此陆游常间日一去慰问。天气渐寒，红珠也不出去卖花，在家中陪伴蕙仙，两人的感情非常契合。

陆太太已向书童陆贵探知蕙仙安居的地方，伊也不露声色，有时反去问陆游，蕙仙近日可安好，颜色渐温，陆游以为他母亲有些回心转意了。红珠的母亲也劝陆游早日去和陆太太恳商，能否重许蕙仙来家，不要相信算命的话。

陆游有一个从兄名逵，年事稍长，一向宦游在外，方从金华解职回里。遂去把这事情的颠末，告知陆逵，请他在陆太太面前极力解释，劝陆太太打消以前的意思，重迎蕙仙同居。陆逵也不直陆太太的所为，便慨然允许。隔一天，亲自驾临，径向陆太太陈情。陆太太遂说道："蕙仙固然德容俱美，我对于伊并不仇视。只因算出伊的命宫甚坏，将来若和伊表兄成婚，定要妨碍丈夫的。我只有这一个儿子，岂可害他，所以一意要把婚约取消，又恐蕙仙若仍居我家，游儿终不能忘情于伊，因此想劝伊出家。不料伊反要寻短见，闹出人命来，我自然不得不逼伊离去了。现在游儿始终不肯将伊忘却，我也不能勉强。今天既有你来代伊缓颊，那么我想得一件事情在此，他能依我去做，我也依他的请求。"陆逵道："很好，但不知婶母所说的何事？游弟可能遵命，请先告我，当为转达。"欲知后事如何，请看下回。

评：

畹兰曰，松月上人所言，洞奸烛微，惜游之不得其法，无从明真相。然陆太太此时深为静因迷惑，颇难唤醒之也。

银菊虽一小婢，令人可爱。蕙仙此时不死，皆银菊之力。当蕙仙离去之时，银菊泫然下泪，可知人非草木，孰能无情。陆太太心有所蔽，情亦不得其正，一变而冷酷残忍之人矣。

陆游送蕙仙至红珠家中暂住，好似于山穷水尽中觅得一条生

162

路。不知作者于第一回中已伏下此着矣。

百忙中添入诙谐有味之笔，妙妙。

写红珠吐语伉爽，宅心仁侠，浊世中好女儿也，乌得以其为小家碧玉而轻视之哉。作者写来亦用全力，弥觉可喜。

陆游痴心如绘，然而蕙折兰摧，终不能如其愿者，天也。艳福岂易享哉。

蕙仙与红珠一见如故，两心欢洽，是真难得。陆游其可稍慰乎。陆太太无静因不能成恶，既逐蕙仙，尚存生路。于是静因必欲摧残之，不遗余力，以达到一己之目的。其心苛酷残毒，一至于此。诗云，投畀豺虎，豺虎不食。其静因之谓欤。

陆逵请求似有斡旋余地，而陆太太忽又提出一事来，此殆静因锦囊中物耶，斯时静因正钩心斗角，利用陆太太以谋之也。

第十七回

誓掇巍科思成美眷
暗伺间隙计遣娇娥

陆太太不慌不忙地说道:"明正春闱,游儿不是要去赴考的么。他若一举而中,我可以打消我的意思,不解除他们二人的婚约,因为即此一端,我便可以觇知蕙仙的命运如何。万一不售,我就无论如何不能答应了。"(绝妙一个条件,陆游安得不堕彀中。)陆逵听陆太太的说话,要把陆游春试中不中的问题来解决此事,似乎也不为无理,便答道:"婶母既有这个意思,我去告知游弟,再行奉禀。"遂告退出来。

次日陆游前来,等候回音。(母子之间,偏要有中间人出来说话,难乎其为母子矣。)陆逵便把陆太太的条件告诉他听。陆游听了,觉得这事虽也很困难的,然而尚有希望。只要自己笔下争气,一鸣惊人,及第而归,我母亲也没有话说了。屈指计算,距离春闱之期,不过有两个月的光阴。自己本来朝夕苦读,预备去考试的,况老师和诸同窗都夸美我的文章,说此次考试一定可中。我也只有应许了再说。遂对陆逵说道:"费神从兄代我说项,母亲如此说法,无非勖励我春试用心,我就谨遵母命。如能中试,也是美事。"陆逵道:"很好,全在吾弟用心了。"遂又去陆太太那里复命。

陆游也即赶到红珠家里,把这个消息告知二人。蕙仙默然无

164

言，红珠却说道："太太怎样想得出这个条件，我真佩服。（却不知其中有作用也）。那么蕙仙小姐的终身休咎，全在公子春闱一举了。但愿公子效苏秦的悬梁刺股，在此冬夜，加倍用心勤读，只要文章做得好，及第归来，太太也没有话说了，我等都是快活的。嗯，书中自有黄金屋，书中自有颜如玉，古人的话说得不错。公子公子，我望你努力前途，他日可以扬眉吐气也。"（红珠真是可人。）陆游听红珠一连串的说话，莺声呖呖，入耳动听，强笑着答道："红珠，我也愿意如此，自信所做的文章还不输于人，但若逢了盲主司，也是无能为力的，我只有格外勤勉，以尽人事罢了。"

蕙仙叹道："为了我的缘故，连累表兄和姑母，母子之间陡然生了隔阂，感情淡薄起来，我的罪孽深重，真是天生命苦，还有什么说头呢。表兄待我这样深厚，我真受之有愧。"说罢，眼圈儿又红了。陆游道："天定固能胜人，人定亦能胜天。我等须战胜一切忧患，跻于光明之域，我和表妹骨肉至亲，祸福所共，何必说这种话呢。"红珠也道："蕙仙小姐处处抱着悲感，近来玉容日渐消瘦。忧能伤人，因此我常劝伊要把悲哀忘却，保重玉体要紧。"陆游道："不错，蕙妹你快听红珠的话。你看伊活泼泼的好似林中的小鸟，岂不快乐。"

蕙仙道："这是各人所处的地位不同，伊若换了我，恐怕也不能像林中的小鸟一样活泼了。（人之哀乐悉为环境支配。自古以来，能打破环境者，有几人哉？）但我到了此间，已减去不少悲哀，且很感谢伊对于我能够十分照顾，给我许多安慰。我今有一个请求，便是愿伊以后再不要将小姐两字称呼我，因为我和伊是平等的，何必如此客气，我万万不敢当啊。"红珠笑道："你当然是小姐，为什么到了我家，要将小姐二字取消呢。"陆游道："你们的说话都对的。不过红珠并非下人，蕙妹自然不敢受此尊称了，以后你等不妨姊妹称呼也好。"蕙仙道："这样最好，我叮长伊一岁，我就做了姊姊，有屈红珠妹做了妹妹。"红珠道："我怎样能和蕙仙小姐称姊妹呢。"陆游道："教你不要称呼小姐，又要说小姐了，你不是好好一个人么，为什么不可以呢。"红珠笑笑，说道："那么我就听你们的话吧。"陆游和她们谈到天晚而去。

从此陆游埋首攻书，希望春闱考得及第，一切疑难问题都可解决，况且蕙仙的命运全系在自己身上，岂可懈惰。暇时便背着他母亲来探望蕙仙，清谈片刻，聊慰相思。松月上人和沈逸云那里也难得前去谈谈，松月上人听得陆游有这一个最后的希望，也勖励他成功。陆太太却早和静因商议定当，专候时机发动，还有那个罗书玉垂涎已久，也在暗中伸长了脖子盼望。（写得可怕，如有一群饿虎饥狼，耽耽伺于旁也。）

冬天的日子很短，转瞬腊尽春回，爆竹声中，已到了新年。春闱之期将近，山阴地方一般士子，都是跃跃欲试，预备入京应考。陆游早预备齐全，他的希望也格外热烈，破釜沉舟，成败在此一举。临行之前，松月上人和逸云公子，以及他老师和许多朋友，一一为他设宴饯行，预祝他文场奏凯，衣锦归乡。红珠和蕙仙也预备一些酒菜，在陆游动身的隔日，约定陆游前来一聚。其时红珠园中所栽的梅花正在盛开，暗香浮动，疏影横斜，很饶幽趣。红珠便设宴在梅树之下，又忙了红珠的母亲，代他们精制肴馔，三人丁字式坐定。红珠先代他们斟满了两杯酒，说道："岁月重新，否极泰来。我愿公子此去，独占鳌头，一试及第，归来之日，再接蕙仙姊姊，（改称呼矣，红珠姑娘毕竟爽快。）一同回府。此时太太必然老颜生花，欢迎你们归去，那么我更要手舞足蹈地狂喜了，（写红珠妩媚可爱。）请你们各尽此一杯。"陆游说声好，连忙拿起酒杯一饮而尽。蕙仙也勉强把樱唇凑到酒杯边，喝了一口，说道："红珠妹妹真会说话，我心里非常敬爱。"陆游也代红珠斟满了一杯，双手奉与红珠，说道："我们感谢你的美意。但将来我们的幸福愿和你共同享受，誓不相忘。请你也干了这一杯。"红珠接过杯去，将酒喝下，颊上微有红晕。

三人敬过酒，各自拣欢喜吃的菜肴下口。陆游又叮嘱蕙仙善自珍卫，不要悲戚。蕙仙和红珠也请陆游旅途当心，早日回转。三人絮絮地谈了许多话。看看日已西斜，陆游不胜酒力，便出席辞谢。蕙仙和红珠因为都喝了一些酒，一对儿玉颜微醺，娇艳如玫瑰乍放。（好看杀人。）陆游暗中又送给红珠的母亲二十两银子，遂和蕙仙红珠告别。蕙仙不忍陆游远离，不觉无限彷徨，止不住滴下几点眼泪。陆游也觉此去时日甚多，抛下蕙仙一人，未免有些牵挂，幸和红珠同居，她们母女可以照顾伊的，只望一试而中，便是莫大幸事了。走出门时，一步一回头地依依不舍，看蕙仙和红珠并肩立在门槛，目送他归去，他几乎没有勇气离开她们。一阵春风吹来，头脑稍觉清醒，于是强自把脚步加快，向前疾行。走了一段路，再回头看时，已被一带树林把红珠的家门遮蔽不见了。想这一带树林太是无情，可恶之至，非把它砍去不可，（痴情如绘。）遂叹口气走了。

回到家中，歇宿一夜。次日拜别他的母亲，束装登程。陆太太也叮嘱了几句话，（写得平淡。）望他夺得锦标，早回家门。陆游遂和同行的伴侣，离别家乡，入京赴考去了。

自从陆游去后，不到几天，静因便到陆家来望陆太太。（紧接静因，蕙仙之祸至矣。）陆太太告诉伊说，陆游已处京应试去了。静因道："太太现在可知蕙仙小姐被公子藏在何处？"陆太太道："我已探得在城外香溪那里一个姓杨的卖花女子家中。原来以前我家游儿常到那里去玩的，想不到他有这个好地方。"静因点头道："很好，事不宜迟，请太太可以照我以前所预定的计划行事了，（咄咄可畏。）只要太太不露出马脚来，他们必然堕入彀中。"陆太太道："我理会得。明后天我因戚家有事，须得前往应酬。今天是初八，我到十一早上去，可以预先报告你知道，以后

167

你也要好好劝伊，一心在你处出家，他日伊能有一个寄托，也不致怨我了。"（已受人愚而不觉，此真梦想。）静因道："太太，你请放心交给我是了。"这天静因又夹七夹八地讲些菩萨灵异的事，陆太太听了，很觉有味，特地命仆妇烧了素面，请静因吃点心。静因千恩万谢地吃罢素面，告辞而去。陆太太又独自坐着，转了好多的念头。

到得十一那天，正在早晨，陆太太忽然吩咐陆贵前去唤了一肩小轿，自己坐着，要到香溪杨家去探望蕙仙，命陆贵引导。陆贵不知陆太太有何意思，却不敢违背，只得去唤了轿子前来。陆太太换了一身衣裳，坐上小轿，陆贵在前引导，赶到杨家去。到得红珠家门前，轿子停下，陆贵扶陆太太出轿，上前叩门。红珠的母亲出来开了，初见陆太太，不知是哪一家的太太光临，后见陆贵，料是陆太太了。陆贵便上前说道："今天我家老太太来探望蕙仙小姐的。"又对陆太太说道："这便是红珠的母亲。"陆太太道："很好，我侄女蕙仙在你家借住了好久，我很思念伊，所以特来探问，烦你引我进去相见。"红珠的母亲便道："原来是老太太来看蕙仙小姐的，那么请进来吧。"遂扶着陆太太走到里面，陆贵和两个轿夫都在门口立候。

红珠的母亲一边把陆太太引进，一边口里喊道："蕙仙小姐，太太来了。"蕙仙正和红珠坐在房里，研究一首古诗，忽听呼唤声，不知道哪里的太太，心中一个忐忑，忙和红珠走出房来，看见陆太太，正立在客堂里，对伊含笑招呼道："蕙仙，你近来好么？"蕙仙不防伊的姑母会到此的，不觉十分骇异。（突如其来，出人不料，无怪蕙仙之惊奇也。）然而既已见面，不能回避，便勉强上前拜见道："姑母一向福体健康么？"陆太太带笑握着伊的手，说道："我却很好，但自你去后，我时时思念你。"蕙仙道："多谢姑母下念。"遂又介绍红珠相见。

陆太太细瞧红珠秀外慧中，十分可爱，便啧啧称美道："红

168

珠姑娘生得美丽，使我一见，便生爱心。"红珠的母亲早送上香茗，说道："太太请坐，用茶，我家红珠是粗蠢不堪的。"陆太太坐下说道："你不要客气，你有这个女儿，真好福气。似我膝下便缺少这样一个女儿，不知红珠可肯寄名给我？"（有一蕙仙尚不能相容，又欲假惺惺作态耶。）红珠的母亲道："太太看得起我的女儿，这是红珠交好运了，恐怕我们小户人家命穷福薄（带一命字妙），当不住吧。"陆太太道："缓日我再请你们到我家中去盘桓，便收红珠做我的寄女。"红珠的母亲道："多谢太太美意，当命红珠造府请安。"

红珠心中自思，倒是你这位寄母不大好认的，停会儿命好命坏，怕还不要把我撵出来么。蕙仙暗想姑母何以如此会说会话起来，伊有了我一个人，尚且不能相容，却要收红珠做寄女，未免可笑。陆太太肚中却在转念，红珠果然美好，他日陆游回来，若知蕙仙出家，一定不肯死心，恐怕还要向我缠绕不清的，何不应许他，先将红珠定为侧室，以安其心。他既然认识红珠，必有爱伊之心，他得了红珠，也可以把蕙仙渐渐淡忘了。（写各人心事，用笔分明。）

此时陆太太说了许多话，蕙仙还不明白伊的来意。陆太太喝过香茗，才慢慢儿地对蕙仙说道："你在此间有红珠姑娘为伴，颇不寂寞。但家中自从你去了，便觉寂寥得很。现在你表兄又赴京投考，家中只剩我和几个下人，非常悽凉，更使我思念你。当初你离家时候，也是彼此误会了意思，须知我是始终爱你的。以前因为算命的说你命运不好，不得已而出此，却并没有害你的心。（未必见得。）后来我也有些觉悟，那些走江湖的算命先生所说的，未必全真，万一他的说话虚妄，不是上他的当么。因此我又请教一个算命先生，代你复算一下，却说你的命在十六岁以前确是坏的，但过后却不坏了。（此是诳言，殆出于静因所教者，然陆太太何不真一复算耶。）可知也是各人说各人的话，不能断定你的命运一定大坏，因此，我的主张也不如以前那般坚固了。游儿动身赴考之前，他曾托他的从兄到我面前说情，我说他若能考得及第归来，便可重迎侄女回家，其实我也不过借此勖励他罢了，我已预备接你回家去住了，今天特来告知你，望你收拾收拾，我在明天上午，便打发轿子来接，我和你仍是一家人，以前的事休再提起。我知道你很能孝顺的，必肯听我的话，是不是？"（陆太太之言，抑何甘也。）

蕙仙听伊姑母说出这种体贴的话来，又是出于不料，觉得非常感激，止不住眼中滴下泪来。继而一想，伊姑母的迷信很深的，怎么一时自己会得觉悟起来，莫非其中有诈。（蕙仙未尝不料及此，然卒中计者，天也。）但是伊要骗我回去做什么，我怎样回答伊呢？不觉露出嗫嚅的样子。红珠的母亲和红珠听陆太太要接蕙仙回去，以为陆太太究竟骨肉情深，或者回心转意，故有此举，心中大喜，齐劝蕙仙听陆太太的说话，回转陆府，侍奉陆太太晨昏。蕙仙勉强答道（两用勉强妙）："多谢姑母的美意。我终听从姑母的，姑母要我回去，自当遵命。只恐我侍奉不周，不能尽孝道，博姑母的欢心罢了。"（言之似有余憾，盖受创深矣。）陆太太道："你不要说这种话。此次你出外，也不是你的过处。（然则谁之过欤？）你若回来，我很欢喜，别的话不必去说他了。"蕙仙见陆太太如此诚恳，遂点头答应。

陆太太见蕙仙已表示允意，便欣然道："我准明天上午打轿来接了。"又问问红珠的家世，以及花园的状况。红珠的母亲要留陆太太用午饭，陆太太推说家中有事，便要告辞，又对红珠的母亲说道："舍侄女在你家借宿了好久，深感盛情。待游儿回里后，当来报谢。"红珠的母亲说道："太太不必客气，我家蓬门荜户，难得蕙仙小姐肯来下榻，真是蓬荜生辉。以后请太太和小姐常来盘桓，那么我们觉得非常光荣了。"（红珠母亲亦善辞令。）陆太太道："要的。"立起身来，又向她们告别。红珠母女知道留不住的，遂扶着陆太太，一起送到门外。陆贵过来，叫应了蕙仙，侍候陆太太上轿。陆太太又回头说声再会，教她们进去，不必相送，坐进轿中。两个轿夫一声邪许，抬着陆太太走出香溪去了。

　　红珠等回到里面，红珠的母亲对蕙仙说道："蕙仙小姐，你的好运来了。（不是好运，乃是霉运。）太太现在自己已有觉悟，要接你回府，这是难得的事。你们到底是自家人，一时误会，终能彼此宽容。"蕙仙眉峰颦蹙道："我姑母以前逐我出门的时候，非常严厉，非常坚决。表兄向伊反复劝解，伊终不醒悟，反而火上加油，益发盛怒。现在表兄出门之后，伊忽然来要迎接我回去，未免使我有些疑惑，（陆太太不迎蕙仙于陆游在家之时，而迎蕙仙于陆游出门之际，自不能令人无疑也。）伊怎会觉悟得如此快呢？"红珠忍不住说道："蕙仙姊姊凡事不可多疑。我看太太如此诚恳态度，决没有别的心思。若说伊仍和姊姊不对，那应何不一任姊姊在外，不许回家，何必要来接你呢。况且公子出门时的请求，伊也应许的。当然伊在事后追想，也有些翻悔了。（红珠究竟为天真未凿之女儿，不知人心鬼蜮，处处以真诚待人也。）此番姊姊若然不去，将来公子回里时，也要偕同姊姊回去的，那么何不在此时回去，反有体面呢。万一太太仍旧待姊姊不好，姊姊已识得此处，依然可以到这里来避居的，但我想也决没有这种事了。姊姊此次离家，是太太听信了术者所致，姊姊又有何罪。是非之心，人皆有之。太太的觉悟，谅是真心，姊姊不要多疑。"蕙仙听红珠的说话也很有理，我早晚总想回去的，此时不回，更待何时，何必鳃鳃过虑。遂不多说，自去收拾一切，预备明天回去了。

　　谁知陆太太的轿子出得香溪，陆太太吩咐陆贵先行返家，我还要到妙严庵去进香。陆贵答应一声，拔步先走。轿夫抬着太太，取道向妙严庵而去。不多时已到庵门，轿子直到里面庭中歇下，早有温老佛婆在那里守候着，扶陆太太出轿，走到方庭上。静因含笑相迎，请陆太太到伊的云房里谈话，谈了一歇方才出来。（此中语殆不足为外人道耶。）静因要留陆太太在庵中用午饭，陆太太要紧回去，不肯多留，回身走到方厅上，忽见一个美貌少年正坐在方厅上和悟妙谈话，有说有笑，十分轻薄的样子。见了陆太太，其容忽敛，却又装出庄重的模样。（此何人耶，谅读者已知之矣。）悟妙也立起来相送，陆太太悄悄向静因道："这是谁啊？"静因道："是本地的罗公子，来此还愿的。"送到庭中，看陆太太坐上轿子去了。静因和悟妙回身进来，对那人说道："你耐心吧，鱼儿要入网了。"那人笑道："我实在等得不耐烦咧，多么烦难啊。"静因道："你也知道难么，自然不比我们容易被你得手的，你平日得了便宜，还没有知道呢。"说着话，笑挽着那人的手，走进去了。（丑态。）

陆太太回到家中，心里觉得非常轻松，独自用过午饭，坐着念佛。银菊起先见陆太太特地坐着轿子去看蕙仙，不知为了什么事体，心里很代蕙仙担忧。后来陆贵回家，银菊便向他探听。陆贵道："我也听不到详细，约略知道太太不日要接蕙仙小姐回来。"银菊道："真的么？"陆贵道："谁来骗你，她们到底是自己人，去年太太一时糊涂，把蕙仙小姐逼着逐出，现在自己觉悟，所以要把伊接回来哩。"银菊听了十分欣喜，说道："谢天谢地，蕙仙小姐有光明的一日了。"

到得次日早上，陆太太又唤陆贵去唤昨天的轿夫，打一肩小轿前来，背着人和两个轿夫唧哝了几句话，把两个红纸小包递给他们，轿夫面上立刻露出欢容。（可叹。）说道："太太放心，我们谨遵太太之命，决不误事。"两个轿夫遂抬着一肩空轿，向香溪而去。他们是到过的，来到红珠家前，歇下轿子，上前叩门。红珠的母亲出来开门，知道陆太太打发小轿来接蕙仙了，便欣然入报。蕙仙早已收拾好了，吩咐轿夫把随身衣箱搬出去，自己遂

172

和红珠母女分别，相聚日久，难免有些恋恋不舍。蕙仙又对红珠说道："我回家以后，不便出门，望妹妹时常有屈玉趾，到舍间来谈谈，以慰渴念。况且我姑母也欢迎你来的，望妹妹不要见外。"红珠道："多蒙姊姊不弃，自当遵命。我也舍不得和姊姊分开，隔得数天，我便要过来请安的。"红珠的母亲也道："蕙仙小姐，你放心回去，隔两天我教红珠前来拜望，好在公子不久也要回家了，此时老太太必然待你很好的，望你保重玉体。"蕙仙又向她们致谢照顾之恩，遂回头走出去，和红珠握别，坐进小轿，眼眶中不觉又滚出几点眼泪来。

两个轿夫抬着便走，曲曲折折地走了许多路。蕙仙是不认识路途的，尽他们抬着走，看看走到一处，小桥流水，绿杨楮垣，似乎到过的，心中正在默想，妙严庵的庵门早已映在眼帘。门外有一个老佛婆，立着盼望，（大约是温老佛婆矣。）一见轿子便道："来了，你们快抬进去吧。"蕙仙不觉大疑，想姑母既然接我回家，怎么抬到庵里来了。（可怜蕙仙已为所卖，尚不知耶。）这时轿夫已抬到里面歇下，温老佛婆来扶蕙仙出轿。蕙仙出得轿来，便问道："你们弄错了，怎的送我到妙严庵里来呢？"两个轿夫白瞪着眼不答，自顾打着轿子退出去。

温老佛婆含笑说道："蕙仙小姐，他们并没有弄错，太太是吩咐他们抬到这里来的。"蕙仙道："佛婆此话怎讲？"温老佛婆道："请小姐入内，见了当家的，自会知晓。"蕙仙没奈何，只得走去。静因早和悟妙悟智出来迎接，把蕙仙招接到一间很精美的云房里坐定。蕙仙急问道："当家的究竟是什么一回事？我姑母昨天亲自和我说，今天打发轿子来接我回家，怎么他们把我送到庵里。大概其中有误，请当家的差人到我姑母处通知一声。"静因道："不用通知的，老太太昨天也到过这里来的，说小姐情愿在此出家，为佛门弟子，皈依佛法，所以特地今天送到此间，难道小姐没有知道么？"（至此始将阴谋说破，盖蕙仙已如小鸟之投

173

樊笼，不愁飞去矣。）蕙仙一听静因的说话，好似一个晴天霹雳，心中又惊又急，又悲又恨，万不料伊的姑母竟有这种恶毒心肠，用着甜言蜜语把伊骗到此间，堕入陷阱，不觉大叫一声，晕倒在地。欲知后事如何，请看下回。

评：

　　畹兰曰，陆太太提出之条件，表面上观之，似乎尚合情理，此陆游与蕙仙所以中其计也。谁为之，孰令致之，静因之罪恶，其可恕乎。

　　红珠勖励陆游之言，娓娓动听，慧心妙舌，令人爱杀。

　　蕙仙自动取消小姐名称，与红珠认为姊妹，此举殊不可少也。

　　花下饯行，本是雅事，然阳关三叠中，更饶劳燕之悲，其何以自慰自解乎。

　　陆游一去，静因即来，文笔紧接。

　　陆太太突然亲访蕙仙，接其回家。以迷信之头脑，厌恶之心肠，忽在陆游既去之后，便有是举，自不能令蕙仙无疑也。然而疑之而复信之，卒堕术中，此非天乎？

　　红珠人人爱之。陆太太一见面，即有为陆游纳作簉室之意。岂料红颜薄命，有后来悲惨之结果哉。

　　陆太太辞令非常婉转，此静因锦囊中物也。

　　庵中见美少年，故逗一笔，面面顾到。

　　写银菊，所以反衬陆太太之不仁不信也。

　　蕙仙既至妙严庵，如鱼入网鸟投笼，既悔且悲，一明真相，痛切肺腑，安得不晕倒呼。呜呼哀哉，何厄运之方兴未已也。

第十八回

得惊耗红珠奔波
成孽缘书玉作恶

　　这一天正是百花生日，红珠隔夜和伊的母亲剪了许多纸幡，预备代百花挂红，所以清早起来梳洗毕，便取了许多纸幡，走到园里一代许多花悬树上，阳光很和煦地照在大地，春风微微吹动着，那些小幡飘飘地满园子里都见得红色。那些花木也欣欣然的，似乎受着许多光荣，含苞欲放，嫩叶呈绿，欢迎春光来了。红珠看着群花拍手道："花啊花啊，残冬已过，你们都有了生气，此时你们的生命何等宝贵呢。"（写红珠痴得可爱。）忽听红珠的母亲在内高声唤道："红珠蕙仙小姐已回去四天了，你答应要去看伊的，今天还不想去么？你在园子里痴痴地做什么呢？"红珠答道："不错，我一定要去了，昨天本想去，早晨忽有微雨，因此没有出门。今天天气很好，我在上午便去，可好么？"红珠的母亲道："很好，你代我向太太小姐请安，也要请蕙仙小姐前来盘桓。"（嗟乎，蕙仙一去终不复至矣。）红珠遂走进房去，坐在菱花镜前，重又妆饰一过，换上一件新制的春衣，揽镜自照，觉得体态轻盈，容光焕发，顾影自怜，痴视了多时，（古今美貌妇女未有不自惜其容者，冯小青临终时，请画师至，代其留真，又其绝命诗中有"瘦影自临秋水照，卿须怜我我怜卿"句。盖女子之视容貌，不啻第二生命也。惜人美于花，命薄于纸，每不能安

175

享幸福，使情天长圆也。）才走出房来，辞别了伊母亲出门，一路走到陆游府上问讯。

凑巧银菊有事走到外边，瞥见一个很美丽的小姑娘要见蕙仙小姐，伊心里早猜定是红珠，便答道："贵姓是杨么？"红珠点点头。银菊顿足道："姐姐要来看蕙仙小姐么？可怜我也没有见伊的面，我家太太在那天从府上接出来后，一直便送到妙严庵里去了。"红珠一听这话心中大惊，说道："这个消息真的么？为什么送到妙严庵去呢？"银菊叹口气道："唉，这真是小姐的厄运，你可要见见我家太太？"红珠道："好的。"银菊遂领着红珠走进。

陆太太正坐在客堂里，见红珠前来，很觉惭愧，同时又有些欢喜。（写陆太太心理与人不同。）红珠便称一声："太太可安好？我自从蕙仙小姐被太太接去之后常常思念，今天抽个空特来探望。"陆太太道："红珠姑娘，你且请坐。"又命银菊去送茶来。红珠心中不宁，勉强坐下。陆太太道："蕙仙小姐不在此地，伊很好的，在妙严庵里出家了。"红珠道："太太这话怎讲，前天太太到舍间来迎接蕙仙小姐，明明说要把伊接回家中同住，蕙仙小姐所以很愿意地归来，怎么太太又把伊送到庵中去，那么太太不是哄骗伊么，我不知道太太究有何意？"（红珠心直口快，责问得妙。）陆太太道："红珠姑娘，我和你老实说了吧，蕙仙的命运实在不好，要妨碍公子的，以前我深悔代他们订下婚约，以致公子恋恋不舍于伊，寄居在姑娘家中终非久计。伊的命既然生得很歹，何必要害什么人，所以我乘公子出门时候，不得不用计将伊送入尼庵，使伊出了家，公子也无可如何了。这是我完全为公子着想，对于蕙仙小姐似乎无情一些，却也顾不得了。"红珠听陆太太说出这些话来，暗想陆太太的面貌虽很慈善，而心里却如此刻毒，真是若要黑心人，吃素淘里寻，不觉又气又愤，对陆太太说道："原来太太如此用意，我等却都没有知道，都上了太太的当了，（骂得好。）不过蕙仙小姐是公子心爱的人，他回来时若知

176

这个消息不要发急么？"陆太太道："这却不能管哩，我总是爱他的，且知道他心爱的人不仅蕙仙小姐一个，他若有相爱的人，我一定答应他们的好事。譬如你红珠姑娘，非常美好，比较蕙仙小姐远胜得多，若肯跟随我家公子，我是很中意的。他若有了你，自然不想蕙仙小姐了。"红珠听了勃然变色，立起身来说道："太太何必说这些话，我是小家女子，下贱之辈，和蕙仙小姐相去有天渊之别，像蕙仙小姐这样的人，太太尚要说伊命苦，那么我的命尤其苦了。我实在没生就这种福气来侍奉太太，惭愧得很。还有太太既然答应公子春试得中归来后可以打消前议，现在忽然施行这个迅雷不及掩耳的方法，是既欺其子，复欺侄女，怎样对得住人家呢。太太的信用已失，还要来欺骗我么，从今以后我认识太太了。"（此一席话，足当得《渔阳三挝》，陆太太闻之，不知何以为情也。嗟乎，亦自取辱耳。）说罢回身便走，等到银菊送茶出来时，红珠已走到门外了。

陆太太料不到红珠能言能语，被伊抢白了几句话，恼羞成怒，大骂红珠贱婢不识抬举，以后不许伊再上我的门来，气得连午饭都吃不下，这也是自取其咎，无足顾惜。

红珠离开了陆家，自思往哪里去好，回家去呢，还是到妙严庵去，又想此时蕙仙不知怎样了，（不独红珠悬念，即读者亦急欲得知也。）伊若知道自己受了陆太太的欺骗，不知要怎样的悲伤愤恨，到今朝已有四天，这四天的光阴如何过去，总不成就此死心塌地去出家啊。伊和我非常亲爱，伊既受此困厄，我必要去探视一遭，以观究竟，若有方法也该代伊想想。（好红珠义不容辞，大有古任者之风。）打定主意，径向妙严庵走去，伊是熟识途径的。（卖花女郎当然识途。）不多时已到了，走进庵门，遇见一个尼姑，问伊来此找谁，红珠道："我要看当家师太。"尼姑道："可是静因师太么？请你跟我来。"红珠跟着那尼姑转弯抹角地绕过大殿走去，走到一个禅堂里，见有两个尼姑正陪着一个俊美少年坐在那里谈话。红珠一见，心中很是疑异，那尼姑指着左面一个很风骚的中年尼姑说道："这位就是静因师太。"

　　静因和红珠不相识的，便立起迎迓道："小姐从哪里来的，要见谁？"红珠道："你就是静因师太么？我姓杨，是到此探望蕙仙小姐。因陆太太说蕙仙小姐在这里出家，可真的么？我要看看伊。"静因听了，便冷笑一声道："大概你就是陆太太所说的卖花女子了，（先称小姐，后竟直称卖花女子，足见静因势利。）蕙仙小姐确已在此间出家，但曾奉太太吩咐，无论何人一概不许见面，只好对不起你了。"红珠陡地一怔，急和静因分辩道："我和伊是很要好的，特地前来望伊，便是伊出了家，我也可以和伊相见，怎样可以不许呢？"（急杀红珠。）静因道："不许不许，任你一等要人前来，不许见面，休说你是个卖花女子，难道你又想接伊去住么，休想休想。"（写静因凶狠可畏。）红珠见静因如此蛮不讲理，无可如何，知道伊是很有势力的。自己又不知道蕙仙在庵中什么地方，孤掌难鸣，只得回去再作计较。遂说道："师太你不必如此倚势欺人，天下事都要讲道理的。蕙仙小姐不愿出家，你们怎么可以强逼伊出家的呢？但等公子回来，他决不和你们干休的。"静因道："这件事你要去问陆太太了，公子回来不回来，干我们甚事。"红珠气得面色都变了，回身往外便走，只听那少年叽咕着道："碧玉年华，绿珠容貌，莫小觑伊是个卖花女子，我见犹怜，和蕙仙相较真是一对姐妹花一样艳丽呢。"（闻其口吻即知其人矣，隐约得妙。）红珠心中气愤愤地也不去管他，走出庵门仰天长叹一声，嗒然废然地回家去。一路走，一路寻思，可怜蕙仙竟中了伊姑母的诡计，把伊送到庵中，强逼伊出家，天下竟有这种不仁不义的姑母，真是人面兽心。我想蕙仙决不肯屈服而出家的，必被她们软禁在那里，所以静因不许她去和伊相见，这都是静因怂恿陆太太而成的，否则陆太太也想不出这种方法来。然而静因所以助纣为虐，必有别种念头，伊的相貌很

178

是轻佻而妖冶，庵中又有少年男子，一定有暧昧的勾当。蕙仙到了他手掌之中，危险得很，想至此不觉代蕙仙发急万分。可恨陆公子又远在京都，消息不通，不能回来拯救他的表妹，若等到他春闱试罢归来，恐怕蕙仙小姐或有变故发生也未可知，非得此时把伊救出不可。这里除了我更有何人怜惜伊，而想援救伊脱离这个火坑呢。但我又是一个弱女子，无力相助，怎得有第二个卢将军出来搭救伊才好。（虚喝一笔，令人回想前文。）思来想去忽然想起公子在家里时常要到禹迹寺去看松月上人叙谈的，且知他们感情很好，不如待我到寺中去报个信息，或者上人有什么法儿想，遂又取道望禹迹寺而来。（写红珠一片热心，可敬可爱。）

这时日已过午，红珠腹中觉得有些饥饿但也顾不得了，跑到禹迹寺，凑巧松月上人饭后无事，在庭中散步。小沙弥入报外有一小姑娘求见。松月上人很觉奇异，便命请到禅堂中相见，红珠见了松月上人，便叫声："师父，我姓杨，是香溪的卖花女子，因为陆公子的事情，特来拜访师父。"松月上人听红珠说了，才知便是陆游口中所称的红珠了。蕙仙被逐，寄宿在红珠家中的事，前次陆游已告诉他，所以全知道的。他也希望陆游文场奏凯归来，可以鸳盟重谐呢。现在见红珠突然而来，面有惊色，疑心伊必有什么重要之事，遂诸伊坐定了问道："原来你就是红珠姑娘，陆公子业已远行，他的表妹寄居尊处可安好么？有何要事下访。"红珠颤声说道："师父，蕙仙小姐已不在我的家中，出了事了。"遂把陆太太到伊家里，用着甜言蜜语，如何哄骗她们相信，打发轿子前来，把蕙仙小姐接回家去，自己因为思念蕙仙小姐，所以今晨到陆府去问候，陆太太如何用话回绝伊，方知陆太太施用毒计，已将蕙仙小姐送入妙严庵强迫出家了。自己又赶到庵中去探望，以求得明真相，谁知静因刁恶，假托陆太太的命令，拒绝不见，不知蕙仙小姐被她们幽闭在何方，自己思来想去，无法可救，然知蕙仙小姐正在危险的当儿，不能不快快援助，陆公子又不在这里，所以特地赶来，请师父可有法想，因知上人和陆公子的交情是很好的，必不致袖手旁观。

松月上人听了红珠一番说话，不觉长叹一声道："孽哉孽哉，鬼蜮伎俩，果然要做到这个地步的。陆太太始终在宵小包围之中，悍然出此无情的举动，不过徒为人家傀儡罢了，妙严庵不是好地方，岂可使蕙仙小姐到那里去出家，即使蕙仙小姐命运不好，何关静因之事，要伊来越俎代庖，唆使一切做什么。此事明明静因别有野心，所以设法倾害蕙仙小姐，使得姑侄之间彼此不睦，将迷信的邪说愚弄无知的陆太太。第一次只做得一半，还没有成功，所以乘公子远行之时，又施行第二次的诡谋，可怜蕙仙小姐天性纯孝，竟上当了。计算伊离开府上，至今已有四天，这四天里头蕙仙小姐不知作何光景，（前回作者写到蕙仙晕去，遽尔搁置一边，今又故提及，使人代为杞忧不置矣。）莫怪姑娘发急，但贫僧也没有什么权力可以有为，况且此事终是陆家家庭之事，教我怎么办呢？"红珠道："无论如何，要请师父想个妙法才好。"松月上人沉吟良久说道："有了，陆公子和沈逸云公子也是至交，且待我到那边去商量一下再作计较何如？"（千折百转，文章缓缓写入，非有成竹者不办。）红珠点头道："好的，我今拜托师父了。"遂别了松月上人回家去。

禹迹寺距离香溪不远，红珠走回家中，伊母亲正在盼望，一见红珠归来，便问道："你看见蕙仙小姐么？"红珠不答，跑得足酸了，向椅子里一坐，双手掩面，嘤嘤啜泣起来。（红珠姑娘宜有此一哭矣。）红珠的母亲变作丈二长的和尚，一时摸不着头脑，遂又问道："红珠，你不是欣欣然地去拜访蕙仙小姐，为何哭将起来？有谁人欺侮你，快告诉我。"红珠把脚一顿道："没有人欺侮我。"红珠的母亲道："那么你为何哭泣？"红珠且泣且言，把自己经过的事一齐奉告。红珠的母亲也不觉代蕙仙发急，骂一声没良心的陆太太、恶毒的尼姑，她们这样欺侮蕙仙小姐，日后也

180

没有好结果的，一面安慰红珠，教伊不要哭，且待松月上人和沈公子那里可有什么佳音。（谁知事变之来有不及闻者乎，呜呼红珠。）红珠为了蕙仙终是怏怏不乐，肚里虽饿，饭也吃不下去，想不出什么方法可以援救蕙仙。

这天夜里，红珠睡在床前，有了心事，休想睡得着，勉强合上眼睛，似乎见蕙仙在一间小屋里，正被一个大汉缚住伊的身体，把伊悬在梁上，将皮鞭向蕙仙身上乱抽，血淋淋下滴，不觉惊极而号，醒来乃是一梦，以为怪梦不祥，更是悬念，直到天明才睡了一刻，见日影上窗，鸟声在树，时候已是不早。伊的母亲在窗外洗衣服了，连忙起来梳洗毕，忽听外面叩门声，不知是谁前来，红珠的母亲去开门，只见一个年轻的下人向红珠的母亲开口问道："这是杨红珠家里么？"（奇峰突起。）红珠的母亲答道："正是，你们是哪里？"那下人大声答道："我们是城里罗御史家。今天因为我家太太、小姐要选购大批兰花，闻得你家种得兰花甚多，请你家的小姑娘多采些上好的兰花带去，如看得中的，以后要来选买盆花呢。"红珠的母亲听得是大主顾，不敢怠慢，便喊红珠道："红珠，你快采些兰花到罗御史家走一遭吧。"红珠早已听见，但心里很不高兴，为了蕙仙的事，什么都没有趣味去做了，便答道："母亲，我今天懒得出去，改日去吧。"红珠的母亲道："人家因为急需，特地来谢你的，怎好回绝不去，你就去去吧。"红珠无奈，只得取了一只花篮，到园子里去摘下许多兰花，芳香扑鼻，放在篮中，换了一件衣服，把云鬓略一梳理，挽着篮儿对伊母亲说道："我就去了，母亲看守门儿不要出去，瞧禹迹寺中可有人来。"遂出得家门，跟那个下人走去。

那下人一路走，一路时时回头睥睨着红珠。红珠被他看得不好意思，两颊微红，暗想这厮不是好人，我面上又没有画图，瞧我做什么。不多时已走到一个很大的墙门，下人回头说道："到了，快随我进去。"红珠也不响，跟着他走进大门，见两旁门凳上坐着几个下人，见了红珠便问那下人道："来了么，恐怕里面等得不耐烦了。"说着话，挤眉弄眼的好似嘲笑红珠。（情形不佳。）红珠随着，曲折走进里面去，走到一个精雅的书房门前，下人一掀门帘，进去说道："小的已唤来。"接着听有男子的声音说道："命伊进来。"下人遂回身掀开帘子，对红珠说道："命你进来。"红珠踏进书房，见内中椅子上坐着一个美少年，正是昨天在妙严庵里遇见的人，心里不由十分狐疑。因为那下人说过太太、小姐要花，怎么引我到这个地方来呢，遂娇声问道："可是府上太太、小姐要买兰花？"这对那下人已垂手退立到书房门外去了。那少年哈哈笑道："不是太太小姐要买兰花，乃是公子要买，我便是罗书玉公子，你可认识我么？"（自己通名道姓，绝倒。）红珠方才知道这便是秦桧的干儿子罗书玉了，那么他是不好惹的，他唤我来买兰花必有别的作用，凑巧昨天我在庵中遇见他，今天便唤我前来，情形不对，我倒不可不防，想至此不由打一个寒噤，又不能立时退出去，勉强装作镇定的样子，含笑说道："原来是罗公子，我带得许多很好的兰花，请公子挑选吧。"便把臂上挽着的花篮放在一只大理石面的红木桌子上。书玉拣了几剪，说道："都不见得佳妙啊。"红珠道："这都是最好的了，公子如再要好时，我们香溪有一家姓蒋的老翁，他家的兰花种类甚多，而且都很名贵，公子也可到那边去选取。"书玉笑道："不瞒你说，这些死的花不足为奇，我要活的花。"（奇语。）红珠道："花都活的。"书玉道："不是这么说法，活的花便是人，我就中意你，昨天我在妙严庵中见你一面，便使我心旌摇摇，魂灵儿跟你走了，你就是活的花，所以我今天请你前来，与你同成好事。"（是何言欤，书玉又不怀好意。）红珠不待他说完，早颤声说道："公子是金枝玉叶的人，请尊重一些，我、我虽小家女，不能背着母亲私自在外失节的，我要回去了。"说罢回身便走。书玉抢前几步把伊拦住说道："红珠你既到此，便没有你走的路了，（其

182

语可骇，红珠身入虎狼之手，危矣殆哉。）你若听从我的，我必不抛弃你，锦衣玉食尽你一世享受，当贮之金屋，宠之专房，决不亏待于你，请你不要失此机会。你试想想，你也不过一个卖花女，我是御史大夫的公郎、丞相的义子，有财有势，富甲一郡，你随了我，也不辱没你啊。"红珠急得眼眶中隐隐有泪珠盘旋欲出，又说道："公子虽然好意，但不得父母之命媒妁之言，我总是不能同意的。公子如真心辱爱，可向我母亲去说，今天让我回去的好。"红珠口虽如此说，心里暗暗愤恨，一辈子情愿终身不嫁，谁肯跟从这种恶霸呢，深悔今天没有细心查察，以致自投罗网。

书玉见伊不肯，出于不料，他的性情是倔强的，不管你肯不肯，一定要想成功，便伸手去握伊柔荑，说道："你不要害羞，回去告知你的母亲也不会怪你的，你到了这里，我也不肯轻易放你回去了。"红珠心中发急，把手摔脱，退到书桌边说道："公子请你尊重，若要相犯，我杨红珠誓死不辱的。"书玉见伊如此坚固不动，想用强力对付，遂跑过来双手要把伊拦腰抱起。红珠一时没法想，见桌上有一方端砚，连忙抢在手中，高高举起，柳眉倒竖，杏眼圆睁，对着书玉怒叱道："畜生，（骂得好。）谁敢近我！"（宁为玉碎，毋为瓦全，大有相如持璧睨柱之概，勇哉红珠。）书玉以为弱女子可欺，依旧想扑上来，红珠急把端砚向书玉头上飞去。书玉说声不好，将头一偏，那端砚恰在左额角上擦过去，掷中背后几上一个白瓷大花瓶，哗啷一声击得粉碎。（惜乎一击之不中也。）书玉额角皮已擦破，流血被颊。

外面的下人闻声奔入，书玉啊呀呀地喊道："反了反了，小小女子胆敢行凶，（轻轻加一个罪名。）你们快与我把伊乱棒打死，以泄我恨。"（怨毒甚矣！读至此为红珠急杀，恨不能手提三尺龙泉，以救此好女子也。哀哉！）一声令下，外面早跑进几个下人来，手里各执棍棒把红珠拽倒，向伊身上一阵乱打，打得红珠满地乱滚，皮开肉破，满身是血，已是奄奄一息，横在地上不动了。（如此惨状，令人泪下，呜呼红珠，汝何罪而受此至毒之极刑乎，世岂有国法哉？）书玉长叹一声，吩咐下人把伊弄回家去，带五十两银子给伊的母亲，好去买棺收殓，只说红珠无端行刺公子，所以把伊打死，识时务的休得多言。下人们答应一声，搬过一块木板，把红珠抬着到香溪去了。欲知后事如何，请看下回。

评：

　　畹兰曰，前回才写到蕙仙陷身庵内，紧要关节处，忽搁置不写，此回专注重叙述红珠之事，文能错综变化，不落呆板。

　　红珠探望蕙仙，出于至诚，不意其中忽生剧变，此红珠所不及料者也。陆太太与红珠所谈之语，其阴谋诡计一齐暴露，红珠方深恶之，复闻不入耳之言，奈何不愤而一走乎！

　　庵中遇俊美少年，先为一点，作者惯藏针线于暗密处，读者切不可忽过。

　　静因矫称陆太太之命，拒绝红珠，不使与蕙仙相见，已隔四日，不知蕙仙作何光景。不独红珠急杀，读者亦苦念之矣。

　　红珠连走两处，俱遭摈斥，然救拯蕙仙之心更切，大仁大勇，可敬可爱，岂可以小女子而轻视之哉。

　　于无可想法之中，忽然想起松月上人，文章渐次写入，亦为后文伏笔。作者匠心独连，有手挥五弦，日送飞鸿之概。

　　红珠回家一哭，此泪可以值钱。

　　罗府送花，笔法突然而起，不落凡庸。

　　写红珠见厄于罗贼之手，惨毒之状，不忍卒读，嗟乎红珠，一聪明伶俐热心侠肠之女子，乃死于乱棒之下乎，不亦哀哉。

　　写红珠飞砚击贼时之勇气，可为钦佩，所谓宁死不辱是也，噫亦烈矣。

第十九回

蜂轻蝶狂利诱势逼
冰清玉洁心苦志坚

红珠是一个又活泼又娇憨的美人儿，为了蕙仙之故，东跑西走，非常发急。现在不幸遇到这种飞来横祸，遂使香消玉殒，含冤而死。想不独在下痛惜，便是一般读者看到此处，也要临风殒涕，为红珠悼惜呢。然而红珠的惨祸，其起原仍因蕙仙关系，且待在下慢慢地表白清楚。

当蕙仙在妙严庵中听了静因说话晕过去的时候，（一笔回到前文。）静因连忙和悟妙等把伊掐人中，灌姜汤，用法施救，不多一回儿，蕙仙悠悠醒转，掩面痛哭起来。静因安慰伊道："蕙仙小姐，你哭也无益的，既来之，则安之，不如便在这里出了家，反比较在府上要逍遥快乐。须知妙严庵中的尼姑，不比寻常庵中的一样，一切享用和大家闺房无异，只要你福至心灵，以后便有快活的日子。陆太太既然这样厌恶你，何必又要回去，不如在这里安乐度日，和我们一同欢娱，岂不是好?"（静音虽有甘言，安能哄得动蕙仙耶。）蕙仙道："我姑母对我无情，但我的一颗心终系向陆家，况且表兄临行之时，我姑母曾有许约给表兄，此时忽然背约失信，用着诈欺的手段将我送到庵中。他日表兄回来，一定自有理论，我岂肯贸然出家，你们不放我出去，意欲何为?"（理正词严。）静因道："你既然不肯出家，我们也不敢相强，但是既有陆太太的吩咐，我们当然不能放你走的，只好有屈你暂居一下吧。"遂留着悟妙一同在房里陪伴蕙仙，恐怕伊万一要寻短见，自己回身出去。

蕙仙独自坐着，心中非常悲伤，想伊的姑母心肠狠毒如此，听了算命的胡言乱道，便对我前后如出两人，苦苦逼我出家，用尽巧计把我送到这里，好似不把我推堕入陷坑里不止，全不原谅伊爱子的苦衷，甜言蜜语，哄骗他去赴考，好乘机会下手，全不想我表兄回来如何对付。但这等计划，恐我姑母一人也想不出的，自然是受了静因的唆使，想我和静因，往日无冤，昔日无仇，何以昧尽天良，要设计害我呢？莫不是前次佛会，我到伊房中去，遇见伊和一个少年在那里私语，因此衔恨于我么？（蕙仙只猜到一半。）然而何必要使我出家呢，恐怕其中或尚有他种阴谋，不可不防，想到这里不寒而栗。

悟妙复用话来安慰伊，蕙仙总是愁眉不展，泪眼无干，不知自己如何出此牢笼。少停，温老佛婆搬进饭来，悟妙劝蕙仙同食，蕙仙哪里吃得下，只吃了一口饭便放下。静因又来劝解一番，蕙仙只求出庵，别无他念。静因回到外面，思想如何将蕙仙诱动芳心，忽见书玉穿上一身淡蓝缎子的新袍，元缎粉底快靴，越显得丰神俊拔，翩翩而来。一见静因便道："静因静因，你许我的事如何了，今天可曾把伊送来么?"静因请他坐下，点头说道："已在上午送到了。"书玉喜得直跳起来道："妙啊妙啊，此刻伊在哪里，待我快去一睹芳容，兀的不想杀人也么哥。"（丑语丑态。）静因摇头道："且慢。"书玉道："慢什么，我也知道了，藏经楼的经费我完全担认是了，以后床第之间，还要报答你的大德呢。你快快领我去见伊。"静因不觉笑道："公子不要这样心急，此事成功，藏经楼的经费当然要在公子身上出账，不消说得，（一句敲定。）此时我何必在夹忙中要求呢。难道怕公子要少钱么，不过我前次已和公子说起的，蕙仙小姐究属大家闺女，不

186

比寻常女子，不能急促以求成功的，急则生变，大事休矣，况且我以前也向公子订有条件，公子大概不会忘记吧。"书玉听静因说出这些话来，瞪着眼说道："你何以这样说法，难道这事还不能成功么？"静因道："不错，现在还不能算成功，须得我再想法儿。"书玉道："那么快些想来。"静因沉吟不语，看书玉面似傅粉，唇若涂朱，眉清目秀，端的美好。（又将书玉美貌一点，正见得蕙仙贞烈不易犯也。）遂道："公子请耐心稍待，今天晚上我和公子前去相机行事。如能诱惑，那是最好的事，万一不能，请公子也不可鲁莽行事，反坏大局，只得容我慢慢想个妙计，管教伊早晚供给公子欢娱。"书玉无奈，只好说道："我一切听你吩咐，成不成全仗你了。"静因笑笑。

两人鬼混了一番，见天色已晚，静因吩咐温老佛婆去厨房里端整一桌荤菜，都要上好的，送到云房里，再添二斤绍酒，今夜公子要和蕙仙小姐成就良缘呢。（痴人梦想。）温老佛婆笑着答应，且插嘴道："公子福气真好。这位蕙仙小姐美如天仙，怕不是月里嫦娥化身转世么。今天又是个好日子，公子明年可以添一位官宫了，佛婆要吃红蛋的。"（惯会拍马，真是老虔婆。）静因笑道："你倒会说好话，好个知趣的佛婆，这事你也有一份功劳的，将来公子决不薄待于你。"温老佛婆道："多谢公子和师太了，到底是师太功劳大啊。"说罢返身走入厨房去了。隔得一刻时候，庵中早已点灯，温老佛婆走来说道："菜已全备，送到云房里去了，请公子去吧。"书玉等得心焦，立起身来就走，静因伴着一同走到云房里去。

蕙仙闷坐房中，心里非常抑郁，又见悟妙一直坐在身旁，知道这是静因教伊监视我的。等到天黑时，点上灯来，又见温老佛婆和厨房里的下人端进不少菜肴来，放在桌上，又放下三副杯箸，不知是何用意。因知温老佛婆老奸巨滑，自己命相如何不好，都是这万恶的佛婆，在姑母面前捏造是非的，遂问道："你就是温老佛婆么？"佛婆含笑答道："正是。"蕙仙道："你不是会相面的么，你在我姑母面前说我的相十分不好，可是真的？你不要胡说乱道，害人不浅。"佛婆道："啊呀，我佛婆活了这点点年纪，从来不敢妄言妄语，我本不敢在太太面前说小姐的坏话，无奈太太苦苦逼我，我只得直说了。小姐不要见怪，小姐的相，别的都好，唯有这一双眼睛，美中不足。"蕙仙道："我的眼睛没有瞎，没有坏，怎么不好？"佛婆道："不是这么讲的，相书上说女子目上晦纹多者，命运不吉，我是据相书说的。"（佛婆偏能说出根据，其实仍是信口胡说，犹今之时髦学者，撷拾一二奇异学说，凭空杜撰，大言以欺人耳。）蕙仙道："那么我的命实在不好了？"佛婆又道："小姐的正命虽然不好，而小姐偏有一番奇遇，碰见大富大贵的人，可使小姐的命运逢凶化吉，只要小姐能随遇而安是了。"（佛婆利口，借此以动蕙仙之心，然蕙仙岂其人哉。）蕙仙冷笑道："命能改变的么，只有你佛婆想得出了。"温老佛婆道："小姐不信，日后自然知晓。"遂走出房去。（遁词知其所穷。）蕙仙又问悟妙道："你们把我留在这里，一直养么？须知出家的事须自愿的，何苦把我软禁在此呢？"悟妙道："我们也不能知道，我们只听陆太太的吩咐是了，陆太太不教小姐出去，我等也不能擅自放小姐出去的。"

　　蕙仙默然无语，忽听房门外足声和笑语声，早见门帘启处，静因引着一个美少年走进房来，背后还跟着温老佛婆。静因回头吩咐佛婆道："佛婆，你快去取酒来。"佛婆答应一声，立刻退出。静因又对悟妙说道："你也出去吃晚饭吧。"悟妙点头微笑，也走出去了。房中只剩静因、蕙仙和美少年三个人了。（写得分明。）蕙仙此时好似堕入五里雾中，不知所可，心里有些发急，又有些怀怒。立在室隅，细瞧那美少年的面貌，便是以前赴佛会的那天无心闯见的人，知道此来必然没有什么好意了。

　　静因含笑指着书玉对蕙仙说道："蕙仙小姐，我来介绍一位大名鼎鼎的罗书玉公子和你相见，罗公子是钟鸣鼎食之家，大富大贵，乃是罗御史的公郎、秦丞相的义子，声势赫奕，在这里山阴地方，首屈一指，人又生得风流潇洒，卓尔不群，前次和小姐邂逅以后，心中时常思慕。难得天缘巧合，小姐适在此间，小尼安敢不竭诚绍介。"静因说罢，书玉便对蕙仙深深一揖道："久慕丰仪，今日一见，三生有幸。"（丑语丑态，蕙仙岂堪对比。）蕙仙别转着脸，也不还礼，也不答语。（不睬不理，当自惭而退矣。）

　　静因见这情形，便道："蕙仙小姐怕见生客，所以羞答答地不开口，但这位罗公子是个怜香惜玉，（读此四字，令人想及以前香玉一段秽史，不禁失笑。噫，书玉之无耻甚矣。）十分温存体贴的人，以后熟了，小姐自会知道好处。我们请坐吧。"书玉遂先坐下，蕙仙退到床上一坐，依旧不开口，面色惨白，心中突突地跳个不住。温老佛婆早执着两把酒壶进来，放在桌上，说道："酒来了。"便仍退出房去，见他们这种光景，舌头向外一伸，明知蕙仙不易得手，今夜难以成就好事了。静因也知道这事有些尴尬，蕙仙意志很坚，难动春心，便走过去强拉蕙仙的衣袖道："蕙仙小姐，你怎么总是不响，罗公子并非歹人，（明明歹人，偏说不是歹人。）何不一同饮酒为乐？"蕙仙忍不住将衣袖一拂，对静因说道："我究竟不知你们怀的什么意思，妙严庵究竟是什么地方，（问得严厉。）既然我姑母送我到这里来出家，无论我愿意不愿意，你们万万不可勾引外边人，贸然到我房中来见面！礼教安在，道德何存？我不认识什么罗公子，不管什么富贵不富贵，我唐蕙仙岂是淫邪女子，轻易失足！你们这种情景，未免太欺侮我、轻蔑我了！君子自重，你们若是个人，快快退出去，否则我也不肯屈志辱身的，今日之事，有死而已。"（贞烈可敬，静因之为此，多见其不识时务而已。）说罢，满面怒容，凛然若不可侵犯。

189

书玉见蕙仙傲慢，不肯服从，心中不觉勃然大怒，但因静因有言在先，不好发作恐防偾事。静因也有些惭愧，便道："很好，蕙仙小姐，你如此贞洁，我们亦不敢冒犯，但是你不怕得罪罗公子么？以后如吃苦头，我也不能保护你了。"（是恫吓语。）蕙仙答道："我到了这个地步，已拼一死，死了倒也干净。但我表兄归来，若知这事，决不饶恕你们的！"书玉立起说道："区区陆游，何足道哉！你既被弃于姑母，陆游焉能庇你？我在此间的名声，谅你也该知道，谁敢来捋虎须。（且漫说夸口话，将来自有人来也。）为你终身打算，不如跟了我去，一世富贵，永远安乐，何必在此受苦？我非薄幸郎，白头偕老，永不相弃，只要你能够真心，从我便了。"说罢，徐徐走进蕙仙身前。蕙仙倏地从内衣里掏出一把三寸小剪刀，拟着自己的咽喉，说道："若要相逼，我愿死此剪刀之下，保全我白璧无瑕。"（其势险极。）原来蕙仙自从离开陆家时，身边常常藏着这把利剪，以防万一时可以引刃自到，连红珠和伊相处长久也不知道。这时静因防有意外之虞，便将书玉一把拖住，说道："一时说不醒的，日后伊休要懊悔！公子请到我房中去吧，让伊吃些苦头再说。"遂喊悟妙进房，仍旧请伊陪伴蕙仙，自己和书玉回到房内，将酒筵搬过来，陪着书玉对饮。

书玉希望落空，宛如雀见砻糠空欢喜，心中说不出的懊恼。依他的性子，立刻要用强硬手段，把蕙仙强行奸污，以遂他的兽欲。无如静因恐怕在陆太太的面前尚未妥洽，将来陆游回家，也须交代得出这个人，非把伊引诱得自己堕落不可，遂用许多好话向书玉劝慰，且允许在数天之内一定要想个法儿使伊上钩，今晚如蒙不弃，只好我来伺候公子吧。书玉勉强答允，举杯而饮。静因百般献媚，逗引得书玉转忧为喜，情不自禁，到酒阑灯尽时，便拥着静因同入罗帐，效于飞之乐，寻高唐之梦。至于蕙仙却愁眉泪眼的，晚饭也没有吃，心中惝惝然，十分恐惧，坐到更深，

190

经悟妙劝解，才藏好利剪，勉强和衣而卧，（可怜。）梦寐也不安稳了。

次日书玉回去，凑巧他的父亲汝禹自京归来，有事和他家人谈论。书玉侍奉在侧，不能分身，心中却盼望静因能够想法赚得蕙仙上钩。然而静因也想不出良法，把蕙仙软看守着，只用粗粝的茶饭给伊吃。蕙仙如坐牢狱，顿失自由，终日以泪痕洗面，自知处境危险，本拟一死以全贞节，但心中尚存一线希望，就是等候陆游回来，可以救助伊出庵，现在若然自己死了，伊表兄归家时，不要使他心伤肠断，至于绝望么，所以忍辱偷活，不到山穷水尽之境，还要保存这不祥之身，和伊表兄一见，然后虽死无憾。（嗟乎，蕙仙之处境困，蕙仙之用心哭矣。）

到得第四天，书玉的父亲出门去了，书玉偷个空，跑来探问佳音。静因正和他商量妙计，恰巧红珠前来探望蕙仙，（至此方才补清，如山脉回环合拢，颇见自然。）静因很坚决地回绝，不许相见，红珠气愤愤地走了。书玉是色中魔王，一见红珠这般姣丽，赞不绝口。他本来觊觎不到蕙仙，几乎要发色情狂，静因玩得厌了，年龄又大，不甚稀罕，最好有个新鲜美人来，（新鲜两字好不奇怪。）解解他的相如渴疾，现在遇见了红珠，心里又不觉十分相爱，要想失之东隅，收之桑榆，把这个美人儿弄到手里来玩玩。（蹂躏女性，可恶可杀。）遂向静因打听得红珠的住址，又和静因商议下这个诓骗计划，回到家中，全副精神注意在红珠身上，明天便吩咐下人寻到香溪红珠家中，诡言此间太太小姐要买兰花，命红珠自己送来，引到书房里，以为小家碧玉，容易到手，利诱势逼，不怕伊不从。谁料红珠生就烈性，不为强暴所屈，竟用端砚飞掷，把他额角擦破，相差一发险些儿丧失性命，不由大怒。遂喝令家人把红珠拖下一顿乱棒，眼见得不能活了，又命家人把伊抬回去，送了五十两银子，安安红珠母亲的心，好在自己声势赫奕，人命也闹过数次，本地官吏也装聋作哑，奈何他不得，一般苦主又没有什么势力，怕到那里去呼吁呢，所以并不恐惧，不过心中很不快活。蕙仙既不能轻易到手，红珠也不能顺利成功，为什么她们都是这般反对我，想我家财富有，又生就得俊美的面貌，赛过子都再世，卫玠化身，秦丞相的女儿尚且一见倾心，她们都这样不识抬举么。（书玉尚无自知之明耶，蕙仙何人，红珠何人，肯失身于贼子乎。）最后的希望依旧在蕙仙了，可是头额已伤，用布扎着，见不得人，只好在家休养一二天再说，（妙，有此一笔，方得从容抒写下文也。）许多兰花一齐给下人取去。（兰花遭殃。）

那两个下人把红珠抬到家里，放在地下，一面把五十两银子放在桌上，一面对红珠的母亲说道："你家小姑娘得罪我家公子，胆敢将我家公子额角击破，所以我家公子把伊痛打一顿，送回家来，这一些银子是给你家买棺木的，好好把伊殓吧。大概便要死了，这都是伊自取其咎，不能怪我家公子的。好在我家公子在此地无人敢惹的，知县官见了，也要向他请安，你们这种小户人家休想告什么状、鸣什么冤，不要自己吃苦。"说罢回身走了。红珠的母亲眼见红珠满身是血，躺在板上，耳闻下人们说出这种话，心中又惊又急，又悲伤。俯身下去，对红珠说道："红珠我儿，你为什么弄到这样光景，教为娘的怎不伤心。"说罢泪如雨下。红珠此时只剩一口气，心中还有些明白，张开眼来，见了伊的母亲，不觉双目迸出两滴血泪来，喘着说道："母亲，我因罗贼把我骗去，想奸污我清白之身，我誓死不从，用砚击伤他的头额，他即把我乱棒打到如此地步，可怜我已不能活了，母亲我今……"说至此已不能出声，只把双目向伊的母亲看着。（凄惨之至，读者当为下泪。）红珠的母亲抱着伊大哭。在这哭声中，红珠一缕香魂早离去了这个残酷无情的世界，红珠的母亲哭得死去活来，对着红珠的陈尸说道："我们母女二人相依为命的，现在你惨遭横祸，抛我先去，教我年老的人怎样过活呢，不如跟你一同地下去吧。可怜的红珠，你年纪正轻，在世还没有享福，却被贼子平白地将你害死，我又无权无势，不能为你申冤雪恨，你死而有知，快去捉死这个贼子吧，可怜的红珠。"

这时乡邻人家闻信咸集，探听得这事底细，都说红珠姑娘死得可怜，人人痛惜，背地里把罗书玉咒骂，皇天有眼，不将他瘟死，便将他雷殛。（公道自在人心。）红珠的母亲哭哭啼啼，代红珠洗净身体，换了衣服，托人买了一口上等的棺木，代红珠收殓，搁在家中。便在这夜，不知什么时候，红珠的母亲竟缢死在室中，追随伊的爱女一起去了。（书玉罪恶滔天，安得侠士手提三尺剑以诛之。）明天邻人见杨家直到午时还没有开门，不免怀疑，唤了地保一同打门进去，才知红珠的母亲业已自尽，连忙报官相验。

这件事纷纷传说出去，县官前来验过死身，风闻和罗书玉有关系的，好在红珠家中没有什么苦主，罗家声势甚盛，谁敢去太岁头上动土，也就不敢闻问，查明自缢身死，着令杨家二人收尸。但红珠母女两人都死，家中没有第三人了。红珠的母亲只有一个远房伯伯，在乡下居住。经邻人去报信，请他上来料理丧事，接管花园，这是无关紧要的事，不必详细写个明白。

且说松月上人自从那天红珠前去报信后，很代蕙仙忧虑，便在下午径造沈园去见逸云公子，才知逸云有事外出，已有好多天了，约在这几天内要回乡的。次日下午，松月上人又走到沈家问讯，家人还报公子方于上午回家。松月上人道："烦你通报，说禹迹寺里的松月上人拜见公子。"家人进去不多时，回身出来，说一声请，松月上人跟着他走到里面一间书房里，见逸云正陪着一个相貌英俊的男子在那里谈话。松月上人上前合掌行礼，逸云含笑相迎道："上人请坐，我今天方从建康回来呢。"又指着那个英俊的男子，代为介绍道："这位便是宗简公泽的从子宗士程兄，一向在建康，今番经人介绍，入赘我家，与舍妹丽云成婚，和我

193

也曾有一面之交，所以我特地前往建康迎接来的。士程兄一向在他伯父宗简公麾下立功，自从汴京失守，宗简公为国战死，士程兄回建康暂居，也是当今侠义之士。"又指着松月上人对宗士程说道："这位是本地禹迹寺里当家松月上人，博学多能，常和我辈文人往来，是儒而隐于佛者。"两人闻言，各致敬意，分宾主坐定。

逸云已知昨天上人来过了，便问松月上人两次下访可有什么事情见委。松月上人遂把陆游赴试，陆太太乘机将蕙仙如何哄骗送到妙严庵中强逼出家，卖花女红珠往见被拒，此中恐有别的作用，陆太太受人之愚，不惜牺牲这位婉变温和的侄女，使入陷阱之中，这是何等使人愤怒不平的事。现在陆游远出未归，无人援救，红珠亲来报信，央求设法拯救蕙仙女子出险，但妙严庵的当家，结交当地官绅，虽然素有劣迹秽行，无人敢出而告发，贫僧自量心有余而力不足，故而登门奉访，请教于公子。逸云听了长叹道："陆游兄家庭中遭此剧变，真是不幸，其中情形复杂，教我一时也没有良好办法。"说罢唏嘘不已。宗士程在旁听着这话，即立起来大声说道："见义不为无勇也，那蕙仙女子如此贤德，不幸而陷于淫尼奸徒之手，我们不去救伊，还有谁呢？我愿前去一行。"说时义形于色，慷慨激昂。欲知后事如何，请看下回。

评：

婉兰曰，此回方叙蕙仙，令读者望眼欲穿矣，然在文章则倒插得妙。

静因欲以三寸不烂之舌诱惑蕙仙，多见其不知量也。

温老佛婆喋喋利口，然被蕙仙严诘，亦无语可答矣。

写书玉与静因，丑语丑态，不啻魑魅现形。

弱女子陷身绝境，危机当前，令人惊急万分，忽出三寸利剪，愿为玉碎，亦足拒贼子之觊觎，蕙仙幸有此耳。

铺叙红珠一段，亦简洁。

红珠飞砚，虽未击中书玉，然伤其头额，使之出相不得，亦大有造于蕙仙也。呜呼红珠，汝竟为蕙仙之故而牺牲也。

写红珠临死时惨状，一字一泪，不忍卒读。

忽出宗士程，此文章之转折也。

第二十回

贤公子窥探淫窟
侠丈夫援救美人

　　逸云见宗士程慨然以救援蕙仙自任，很敬佩他的义气。松月上人道："承蒙士程公子肯代出力，这是最好的事，但我们不知蕙仙藏在庵中何处，须先要探问明白。再有一层可虑的，我们究竟都是外人，并非蕙仙女公子的亲友，不能公然把伊接引出来，万一静因前往陆太太那里去唆使，陆太太反可以向我们责问不该擅夺人家闺女，意欲何为，到那时任伊信口诬蔑了，（松月上人所虑亦是，然则将若之何。）况且蕙仙在庵中身受虐待与否，我们也不知道，不过凭着理想，料伊定有危险的。我们一则为着陆公子的缘故，二则为了公道起见，所以要设法救伊，因此我想我们只好暗中救伊出来，藏在一处，专待陆公子回乡然后解决。这是最稳妥的方法，不知二位以为如何？"宗士程道："上人之言甚是，不如待我明天早上假作到庵进香，先觇一下虚实。然后再想如何腕助蕙仙的计划，我也要看看静因究竟何如人呢。"松月上人道："很好，士程公子先去一行，再定办法，贫僧准在明日下午再来奉访，伫候佳音。"说罢，立起身来，告辞而去。

　　逸云又把陆游和蕙仙二人经过的事详细讲给宗士程听，宗士程很代蕙仙扼腕，营救蕙仙之心更切。晚上，逸云端整丰盛酒筵，款请宗士程，并引见他的母亲和沈家的亲戚，择定吉期，预

196

备成礼。沈老太太见了这个佳婿，雀屏中选，十分喜悦，原来宗士程和沈家本也有葭莩之谊，宗士程早岁丧失父母，折节读书，又喜研究韬略。他的伯父宗泽很器重他的才识，常常指导他，提携他，因此宗士程便在宗泽帐下参赞戎机。宗泽困守汴京，几次要接高宗御驾北回，以拒金兵，无如高宗甘心偏安，建都临安，慕着西湖山水不去。（此间乐不思蜀，无如高宗无大志，其不亡国也幸矣。）宗泽气愤成病，渡河之志未遂。后来金兵南犯，宗泽陷阵而死，孤忠殉国，宗士程从乱军中逃出，便到建康居住，经戚郎说合，便入赘于沈家，也因他家中无人，故有此举，（将宗士程身世补述一过。）这夜宗士程便宿在沈家书室中。

次日宗士程一早起身，盥栉毕，用过早餐，便和逸云告别，坐了一匹骏马，带着香烛径奔妙严庵而来。他在沈家早已将妙严庵地址探问明白，所以不多时已到庵前，见四周风景很好，庵门口塑着一尊韦驮神像，手持降魔宝杵，颇见庄严，可惜内中藏垢纳污。佛而有知，何不降魔。便跳下马来，把马系在旁边一株树上。早有一个小尼姑，走出来见宗士程手里带有香烛，知是来进香的，忙含笑招待。宗士程跨进庵门，走到里面，见大殿上正有五个尼姑在那里拜忏。小尼姑引到方厅上，请他坐定，献上香茗。宗士程问道："当家的何在？"小尼姑答道："来了。"便见厅后走出一个三十多岁的尼姑来，眼波眉黛之间果然十分风骚，向宗士程合掌行礼，殷勤款接，叩问宗士程姓氏，宗士程诡言姓程，名士宗，（只将宗士程三字颠倒，很见自然。）建康人，迁居到此不久，因室人患病，故来进香，求菩萨呵护。他日若能痊愈，当来还愿。又问师太法名为何，静因微笑答道："静因。"宗士程道："此名很是雅驯。"静因笑笑："请程士宗用茶。"又说道，"此间的菩萨很是灵验不爽，许多大户人家的太太小姐都来还愿，代菩萨装塑金身的。夫人的病一定便会痊愈，将来敝处添建观音殿时，要请施主慷慨捐助。"宗士程点头道："当然要的。"

静因遂引着他去殿上烧香礼佛。进香毕，宗士程忽对静因说道："庵中地方很佳，可许我四处一游？"静因瞧着宗士程答道："可以的，不过此地肮脏得很，不值一观。"宗士程笑道："不要客气。"静因遂先引了宗士程去各殿随喜，又到后园中去游览一周。

宗士程正是翩翩佳公子，静因心里陡地生了妄念。宗士程见伊这般模样，乘机说些风月话去逗引伊。静因益发软醉了，（写得妙。）渐渐引到内里。宗士程见很大一个庭院，花木幽深，帘栊清静，东首一排三间云房。左边一间房中，窗帷密蔽，微闻一声长叹，无限幽怨，明明是女子的声音从里面发出。（此何声也？）宗士程遂问静因道："房里是谁？"（问得大有意思，想静因此时心中急杀，而读者却跃跃而动也。）静因答道："这里面正有一个小尼卧病，所以叹气。（静因亦有急智。）公子请到这里来。"宗士程心中明白，知道蕙仙在这个里头了。但因时机不到，未敢鲁莽从事，留神察看了一下，便跟着静因走去。早步入静因的云房，见房中陈设宛如官家闺阃，且有一种媚香扑鼻，便知这是销魂之地。尽多迷香寻芳的子弟，流连温柔乡中，乐不思蜀。静因请宗士程坐定，回眸浅笑，做出种种媚态想勾引宗士程动心，但不知宗士程是个见色不乱的大丈夫，况且此来专为探访蕙仙影踪，岂肯溺足其中，所以若有意若无意的，反弄得静因不知所可。（黔驴技穷。）宗士程想和伊问起陆家之事，诚恐静因非常机警，反易识破，遂坐了一歇，告辞出来，静因送到庵门外，叮嘱宗士程常来进香，夫人病好了，早来还愿，宗士程颔首佯允，跨上骏马，加得一鞭，泼剌剌地去了。

回到沈家，把庵中情形告诉逸云，二人商议如何前去见得蕙仙，把伊暗暗救出庵来。下午松月上人来了，逸云请入，却见在松月上人背后随着一位壮士，头戴兰巾，身披青袍，气宇轩昂，相貌雄奇，正是独孤策，（第三回中一去如黄鹤之杳，此处忽又出现，可惊可喜。）向逸云和宗士程长揖为礼，二人也忙回礼不迭。逸云大喜道："我等自从壮士行后，时深伊人之思，不想今日重睹英范，何幸如之!"独孤策答道："多蒙公子下念，愧不敢当，我们兄妹二人别后，浪迹天涯，毫无善状可告，只因我思念二位公子和松月上人，所以特地重来山阴拜访高轩，却不知陆公子入都考试去了。"逸云道："正是。"便请独孤策坐定，童儿献罢香茗，又代宗士程绍介一过。

逸云问道："今番壮士可是一人前来，令妹又在哪里?"（此一问也，却不可少。）独孤策道："舍妹彩鸾去年秋间在湘潭丁家庄和丁一明结缡了，其间也有一段趣闻咧。"逸云道："愿闻其详。"独孤策道："去秋我与舍妹行至湘潭，在丁家庄献技，庄中有一个豪侠公子，便是丁一明，家中拥有巨财，自幼便喜学武。曾从拳师霍某，练习数年，工技击，好任侠，团团数百里地方都知道他的英名，我等兄妹却偏偏不服，到那里去卖解三天，故意欲试试他的本领。第一天没有见面，第二天果然来了，年纪不过二十岁，状貌很是斯文，见了舍妹使过一路双刀，便入场要求比武，我就教舍妹和他比赛拳术，舍妹应诺。两人便在场中交手起来，来观看的人都高声呐喊，代丁一明助威。我在旁观看他的拳脚，非常猛锐，幸舍妹也有相当的本领，不致败在他的手里。斗了良久，不分胜负，他精神愈酣，没有半点懈怠，我遂走过去，向他拱手说道，足下身怀绝技，某等兄妹非常佩服，我们不过借此游戏，何必认真，请就此停止吧。他们二人听我说话，立刻收住。丁一明遂对我们说道，你们二位有很好的本领，绝非寻常江湖卖解者流，不才深喜结交朋友，四海之内皆兄弟也。请到庄中一谈何如，我们答允他，遂收拾收拾，随他前去。太公太母也很和蔼可亲，殷勤接待，他又设宴相请，询问我们来历。细谈衷肠，一连数天，留着我们不肯放走，后来太公忽然向我商恳，代他儿子提议婚事，要把舍妹许婚于丁一明。我觉得一明果是豪杰之士，一些儿没有伧俗之气，心里十分合意，遂转达舍妹，劝伊应允这头亲事，使终身有托，此后也可以不必奔走天涯了，舍妹也表示允意。我告知太公，他们都很欢喜，便择吉代二人成亲，婚后夫妇甚是和好，我也觉得放心。（彩鸾婚事用极简之笔，轻轻叙过，盖因非书中要角也。）在丁家庄住了一个多月，我是疏散惯的，安居不住。便辞别了舍妹和丁一明，离开湘潭，想往岭南去走一遭。忽在洞庭湖畔，无端邂逅卢英，见他已换成道家装束，飘然若仙，我很奇异，问他缘由。他遂把护送蕙仙女公子回山阴等事的经过一一告知我，又说他受着极大的刺激，已厌弃人世，曾遇黑熊山栖霞庙中的梦觉道人，即有出家思想，因此离去山阴，即寻到栖霞庙，拜梦觉道人为师。在深山中一心修道，今往蜀中采药去。我闻了，很佩服他能有这个决心，如我还是混在尘俗中呢。他问我可要到山阴，我说岭南游罢或要前去一走。他遂托我向公子等问候，立谈片刻，就翩然而逝了。"（卢英一生借此收来。）

　　逸云听了说道："原来卢英果已入山修道，从此难以再见，大好将才埋没于蓬蒿中，遁迹方外，可惜啊可惜。"独孤策接着说道："我到了岭南，四处遨游。在那里度过了年，想起这边几个人来，遂特地赶来，今天才到呢，先至禹迹寺遇见上人，问起陆公子近况，上人便把陆公子所遭逢的事，以及蕙仙女公子备受困厄等情景一齐告诉了我，不由令人愤懑不平。蕙仙女公子自蜀中归来，以为可脱火坑，孰知复堕陷阱，卢英一番辛苦不是白忙碌么？幸闻有宗公子慨然相助，深表同情，诸位如有用我之处，敢效微躯，赴汤蹈火所不辞也。"（先有卢英，复有宗士程，终得独孤策，义侠之风可以传矣。）逸云等一齐欣喜道："若得足下拔刀相助，大事成矣。"松月上人遂把自己的计划告诉独孤策听，独孤策点头称是，宗士程也将上午自己如何到妙严庵里观察的情形告诉他们，但不知淫尼静因幽闭着蕙仙有何作用，尚不明白。独孤策道："事不宜迟，待我今夜即到那里把蕙仙女公子救了出

200

来再说，好在我略擅飞行之术。区区尼庵任我出入，并非难事，包她们不会知道。"逸云和宗士程都道："美人未归沙吒利，义士今有古押衙，有足下前往，蕙仙自可安然出险了。敬烦清神。"独孤策道："说哪里话来，陆公子待我情谊深厚，我为了陆公子干这点小事，何足挂齿。但是救了出来，送到哪儿去？"逸云道："听说蕙仙女公子以前被伊姑母逐走时，务观兄曾把伊送到一个卖花女郎名红珠的家中去暂住，十分相得，现在不如照旧送伊到那里去也好。"

松月上人听逸云说了，不觉跌足喊起来道："我倒忘记一件事了，还没有告知公子呢。"（如此写入红珠惨死消息，可称天衣无缝。）逸云急问道："上人有何事见告？"松月上人道："红珠已在昨天惨死了。"逸云道："红珠死了么，因何惨死？"松月上人道："非但红珠死，红珠的母亲也死了。今天早晨，我听人传说香溪卖花女杨红珠惨死的新闻，十分惊讶，细细一打听才知伊死于莲花虎罗书玉之手。书玉觊觎伊的姿色，哄骗红珠到他家中，欲行非礼，红珠性情贞烈，竟将端砚掷伤书玉的额角，书玉遂喝令家人把伊一顿乱棒打死，扛回家中。伊母亲见爱女惨死，痛不欲生，便在这夜也自缢了。你想书玉那厮造的罪恶不很大么，平日他总倚仗着权势任意猎艳，专干些淫邪的事情。有人说他时常往妙严庵去的，与静因有染，最近曾见他有一次从庵中出来，因此我疑心蕙仙女公子的事也许和他有关系的呢。"（猜得正着。）独孤策道："莲花虎是何人，怎么可以如此横行无忌？"逸云遂将书玉的出身告诉他听。独孤策冷笑道："原来是乱臣贼子，人人得而诛之，我以后也不肯饶他。"（暗伏一笔。）宗士程也大为不平，想把书玉惩警一下。逸云道："红珠已死，那么蕙仙女公子不能送到那里去了，不如便在我家暂行藏匿，待务观兄回来，再商转圜之策。好在蕙仙女公子曾到此间来过一次，和舍妹丽云也有一面的感情呢。"松月上人道："很好，蕙仙女公子住在公子府上，决不会泄露了。"

四人谈谈说说，不觉天色已暮。逸云便命下人吩咐厨房里安排一桌上好筵席，设在园中，为独孤策接风洗尘。酒过三巡，松月上人忽然问独孤策道："我倒又想起一件事来问你。"独孤策道："又是何事？"（读者试猜之，果何事耶？）松月上人道："现在此间都是自己人，请壮士不妨直说。记得自从壮士走后，临安便出一件惊天动地的重案，可是壮士所做的么？"逸云听了，笑道："原来是这件事。怀疑久矣，我等都想此事除却令兄妹，更无别人敢去冒险。而且传闻的情形，又很似令兄妹的，只可惜一击不中，便宜了奸臣。"独孤策道："我也不敢隐瞒，此事是我们兄妹二人做的，只因秦桧那厮力主和议，阻挠军事，作奸作恶，其罪擢发难数，我们想把他除去了，大宋还有希望，所以此间别后，即赴京都，相机行事，好容易混进相府，乘隙进刺，不知奸贼设有秘密机关，竟被他逃免，而我反陷身于内，幸舍妹救应，才得出走，未免可惜。以后我们不能再在临安，便束装北上。自岳少保冤狱成后，虏氛愈张，志士气短，我们也灰心国事了。"说时嗟叹不已。宗士程听了，也很太息。

四人且饮且谈，不觉已将二更。独孤策道："可以行矣。"宗士程又把妙严庵的地址和蕙仙藏匿的所在详述一遍。逸云道："但愿壮士此去救得彼美，安然归来。我们谨在此间恭候，适才我已向舍妹说明一切了，伊也预备着蕙仙女公子前来呢。"松月上人道："不过有一层困难。此去妙严庵有城关阻隔，壮士此时进城，尚可通行，若救了蕙仙女公子出来，时候不早，城门已闭，不便出城了，如何是好？"逸云道："不如待我带同家人，预备一乘小轿，此时一齐进城，守候在僻静处，等到壮士救出蕙仙女公子来，便将伊坐在轿中，由我叫开城门，一同出去，便无妨碍。"独孤策笑道："你们不必忧虑，这样办法惊动众人，也是不好的。在我百宝囊中，有扒墙越城的东西，区区低矮的城墙，我视之若无物耳，包在我的身上，将蕙仙女公子安稳送上是了。"众人大喜，各敬一杯。独孤策立起身来，脱去外袍，短衣结束，腰悬宝剑，向三人拱拱手道："我去了。"耸身向屋上一跃，倏忽不见，杳无声息。（神乎其技，虽古之昆仑奴空空儿何以加哉。）三人莫不惊服，徐徐饮酒，专待佳音。

且说书玉在那天被红珠击伤额角以后，虽把红珠乱棒打死，以泄愤怒，然而心中甚不高兴。在家中闷坐了两天，和他的姬妾闹笑一回，总觉得无聊。次日下午遂走到庵中来看静因，把红珠的事告诉伊。静因也很惊异，说道："瞧不出伊竟如此贞烈，公子饱受虚惊了，但伊也是白死啊，这地方的人谁敢说公子不是呢。"（未必得见，恶报不远矣。）书玉道："前有素芳，后有红珠，都是讨得一场没趣，反伤了两条人命。昨夜梦见红珠满身浴血，向我讨命，以为不祥。"静因道："公子是大富大贵的人，自有神明保护，谅这小小阴魂怎敢缠扰公子，这是公子自己已心虚，梦寐之事不足凭信。"书玉道："我也不信，只是这几天好生无聊，托你的事究竟如何了？怎么迟迟不能成功，好不令人心焦。"（淫心不死。）静因道："请你不要烦恼，我今想得一计在此。"书玉急问道："你有什么妙计？"静因笑道："我想别的法儿是不行了，我有春药在此，这药不论怎样的贞女烈妇，只要使伊吃下，药性发作时，难过得比较死还要难受，无有不失身的。"书玉道："你有这种药么，很好，怎样使伊吃下去呢？"静因看看左右无人，走到书玉身畔附耳低言，如此如此。又说道："万一不能成功，我想也只有偷去伊的剪刀，把伊缚住手足，任凭你强污了。不过这是很危险的，也不开心，最好前计可以奏效。"书玉道："我们试试再说，停会儿你就照此行事，我在你的房里伫候好音。"

静因点头微笑，伴着书玉闲谈，不觉已至黄昏。静因先伴书玉用过晚饭，请书玉在伊房里等候，自己又教温老佛婆端整几样

203

精美的肴馔，送到蕙仙房中，监视蕙仙的悟妙立即避去。静因走进来对蕙仙说道："恭喜蕙仙小姐，今天我到府上去过的，听说公子将于日内回乡，太太经我再三请求，说小姐不肯出家，在庵中可怜情形，还不如让小姐出庵再说吧，太太答应明天来接你了，不是可贺可喜么。小尼在太太面前代小姐说了不少好话呢。"蕙仙听了，勉强说道："多谢你的美意。"心中暗想静因诡计多端，今天又在我的面前献起殷勤来，伊所说的话恐怕靠不住吧，不知又有什么计策来骗我了，我万不可上伊的当。（写蕙仙细心处，然静因如此做作，只能哄骗小儿，安能使蕙仙深信乎？）静因又道："蕙仙小姐到了庵里，我也没有工夫好好款接，明天小姐又要出去了，所以我今天夜里特地烧了几样素菜，和小姐一同畅饮一回，以前的事请小姐回府包瞒则个。"遂拉着蕙仙，两对面坐下。温老佛婆在门外探首进来问道："师太酒已烫好，可要喝么？"静因道："佛婆你拿来便了。"佛婆答应一声退去。

这时只听屋上格棱一声响，静因以为是猫，原来独孤策已光降了。独孤策离了沈园，走入城门，寻到妙严庵门口，明月一钩，照在黄墙头上，树影摇曳，很见幽静。独孤策跳上高墙，向里走去，越过大殿屋脊，见后面隐隐有灯光，遂悄悄飞步走到那里，一些儿没有声音，望下看时，乃是一间很大的厨房，只听有人窃窃私语，独孤策把头贴向檐边而听。闻一个小尼在那里问道："佛婆究竟这药厉害不厉害？"又听有年老的声音答道："你不相信么，只要给你喝了，包你难过得想寻老公，庵后挑水的阿二，和他同睡也情愿了，停会儿给蕙仙小姐喝后，任伊冰清玉洁，也克制不住的，今夜罗公子可以大乐而特乐，偿他相思之忧呢。"说罢呵呵而笑。（如闻其声。）独孤策使一个丁字式将足钩住屋檐，全身倒悬下，用舌头在纸窗上蘸湿，戳了一个小孔，向里窥探时，见靠墙一张桌子上放着两把酒壶，一把是玛瑙滴子的壶盖，一把是翡翠滴子的壶盖，一红一绿，相映成趣。有一个年老的佛婆，手里把着一小包细白的药粉，揭开红的壶盖把药粉抖在酒中，重行盖上，放在炉边，回头对旁边一个小尼姑说道："你且立在此间，我要到房里去方便一下呢。"说罢走出去了。

独孤策估料淫尼又在那里暗算蕙仙，好不危险，想用一个方法给她调换一下，见那尼姑年纪很小，遂在屋面上做起几声鬼叫，啾啾唧唧十分凄厉，小尼姑吓得便往外跑。独孤策很迅速地飞身而下，走到里面，从炉上将两把酒壶盖互换过，红的里面本来有春药，现在却戴上绿的壶盖了，遂又回上屋面，伏着不动。（读至此不禁呼一声妙。）不多时听得外面足声，佛婆和那小尼一齐走来。温老佛婆嘴里叽咕着道："刚才我离开一步，便有什么鬼叫，似你这般胆怯，恐怕难以活到我这年纪的。你怕鬼，我却不怕。"小尼姑道："清清爽爽是鬼叫，而且是雄鬼的声音。"独孤策暗骂一声："晦气。"温老佛婆道："呸！不要嚼蛆，被师太知道了，又要一顿打咧。"说着话，两人已踏进屋子。佛婆又吩咐道："你把盘子托着这两壶酒，跟我前去，酒已烫了，看师太要用不要用。"小尼姑答应一声，把木盘托着两壶酒，跟了佛婆一同走出，向西首廊下行去。

独孤策在屋上跟着，转了两三个弯已到云房后面了。独孤策照着宗士程的说话，跳到左首一间的屋面上，其时佛婆正在门口询问，独孤策稍一不留神，足底一响，幸亏下面没有觉察，遂伏着等候机会。（双管齐下，又分明，又简洁，绝不相混。）温老佛婆听了静因吩咐，遂回身从小尼姑手里接过盘儿走进云房，把两壶酒安放在桌上，自己又退出去了。静因看得分明，红的放在蕙仙面前，绿的放在自己手边，遂立起来，取着红的酒壶代蕙仙斟酒一杯，又把绿的酒壶在自己的杯中斟满，（静因万不料失败即在眼前也。）对蕙仙说道："请小姐喝一杯吧。"自己先把这杯酒喝下肚中。蕙仙哪里肯喝，推说道："师太你喝吧，我不会的。"静因道："小姐不会喝时赏小尼的脸，也喝个半杯可好？"说罢，又把绿的酒壶代自己斟满了，又喝一杯。蕙仙依旧不肯喝，只将箸略尝一些素菜，蛾眉深锁，愁容满面。静因暗暗发急，见此计不效，只好用强逼手段了。喝了三杯酒，觉得丹田里热烘烘地升上来，心头荡漾不定，两颊飞红，有些坐立不安。自思我今夜怎么有些异样，难道温老佛婆弄错了酒壶，反给我喝下去么？我千叮万嘱，教伊不要误置的，万万不至于此啊，接着浑身骨节都痒起来，春意满怀，顾不得一切了。好在有书玉在房中等候，何不和他共成好事，以消我渴？遂立起身来便往外走。

独孤策在屋上看得分明，暗中欢喜，轻轻跳下，跨进房门。蕙仙看见静因那种形状，心中有些奇异，忽然静因去了，门外走进一个短衣佩剑的壮士来，双目炯炯有光，不觉格外惊惧。独孤策向蕙仙一揖道："你是蕙仙女公子么？请不要害怕，我来救你出去。"蕙仙问道："壮士是谁？"独孤策道："我姓独孤名策，和陆公子认识的，此番因闻沈逸云公子和松月上人传说女公子陷身庵中无人援助，故黉夜到此相救，请女公子随我去吧，今天淫尼正设计害你哩。"蕙仙曾闻陆游说起独孤策的，所以十分相信，点头说道："多蒙壮士援救，终身衔感。"独孤策道："快快走吧，迟则有变。"便取出一根鸾带，将蕙仙驮在背上，用带前后系捆结实，回身走出房门向屋上一跃，疾如飞鸟而去。欲知后事如何，请看下回。

评：

婉兰曰，宗士程身世只用略叙，此是文章繁简得宜处。

宗士程游庵，读者以为蕙仙之得救由于此矣，然一读下文，便知尚是虚写，仍为正文之先驱耳。

静因一见宗士程，便献其狐媚手段，淫尼绝不知世间有廉耻二字。

写宗士程偶闻蕙仙嗟叹之声，令读者跃跃而动，恨不于此时救出彼美也。

忽来孤独策，令人可喜，交势一振，此书有三个侠士，即卢英、独孤策、宗士程是也，然三人写来，身份各个不同，而一样可敬。

插入独孤彩鸾与丁一明婚事，只从独孤策口中叙出，便不累赘。

卢英出家又借此点出，作一结束，绝不疏漏。呜呼山高水清，英雄往矣，徒令人思慕无穷耳。

孤独策慨然以救蕙仙自任，不失侠士本色，不愧昔日陆游一番结交也。

红珠惨死消息，顺手点出，恰到好处。作者一管笔竟如大将临阵，面面顾到，绝不紊乱与惊慌。

独孤策行刺秦桧之事，也在此回中补写明白，脉络分明，前后贯串。

静因与书玉设计阴谋蕙仙，读之令人怒发冲冠，然而怙恶不悛，终必及祸也。

独孤策潜易酒壶盖，红绿倒置，令人拍手大快，文笔亦写得矫捷无伦，如睹其人。

蕙仙不饮，是蕙仙精细处，前已中计，不得不防也。

蕙仙身濒危险，而得独孤策之援救，与以前卢英相助事，遥遥相对，可知作者以前写过卢英。复写一孤独策，非间文也，实大有用处耳。

第二十一回

心痛落花帕藏珠泪
魂销倩影词谱钗头

　　逸云公子和松月上人、宗士程三人，在园中饮酒，等候独孤策回来，谈了一番国事，又说起陆游才华绝世，此去春闱赴考必能中试，但是家庭中却偏逢着这个剧变，不知他回里时得到这种不快活的消息，心里又怎样忧闷呢。蕙仙蛾眉才子，巾帼佳人，身世却是这般可怜得很，飘零弱质，受尽风雨摧残，教伊如何忍受得起呢，造物多忌，于此可以益信了。宗士程慨叹不已，把酒狂饮。

　　皎洁的月光照入轩中，满庭花影，夜露如珠，不觉已过三更，忽闻庭中微风吹动，若有一叶坠地，独孤策已背负蕙仙，轻轻走进。（描写得妙。）三人大喜，连忙立起欢迎。独孤策把蕙仙放至地上，说道："这位便是蕙仙女公子，被我救来，幸不辱命。"遂又代蕙仙绍介，一一相见。蕙仙深深敛衽万分感谢。三人见蕙仙果然娟秀清艳，凤鬟雾鬓，如洛水神女，无怪陆游倾倒石榴裙下，恋慕而不忍相弃，不过因为连受悲伤的事情，玉容微觉消瘦。逸云遂引蕙仙走到内楼，去见他的妹妹丽云，好使伊有伴侣。丽云见了蕙仙，握手问好，蕙仙悽然欲泪，把庵中经过的事细细讲给伊听。逸云在旁听知幕中人果是罗书玉，静因淫尼和他勾通一气，竟想出种种阴谋诡计，一再使陆游家庭发生剧变，可以把蕙仙逼入尼庵，以遂他们的心愿，陆太太不过做他们的傀儡罢了，方恍然大悟，回身走到外边，把这事实的真相告诉三人。独孤策道："不错了，适才我在庵中听佛婆口里也说起什么罗公子的，我想就是那厮了。这种害人的蟊贼，若不把他除去，闾阎怎会安宁，而红珠姑娘也死不瞑目了。"遂又将自己如何到庵中去，把蕙仙救出的经过告诉一遍。宗士程听到调换酒壶盖的时候，不觉拍手称快道："足下真是快人，这样处置那个淫尼，真是再好也没有的事。好在庵里今夜有个罗书玉，他们大可以颠鸾倒凤血战一场了。"说罢哈哈大笑，众人都是忍俊不禁。独孤策按着宝剑说道："淫尼贼子，早晚我的宝剑必饮其血，让他们多活几天便了。"（其语甚壮。）遂披上长袍，喝了一杯酽茶。松月上人说道："现在蕙仙女公子且匿居此间，等候陆公子回来，把详情讲给他听，然后去把真相告诉陆太太，想法惩办淫尼和那贼子，好使蕙仙女公子冤情得白。而红珠的大仇可复，将来自然少不得仍要仰仗诸位大力了。贫僧便要告辞，明日再来奉访。"逸云道："此刻已是四鼓，上人难道还要回去么，不嫌简慢，便在这里下榻吧。"松月上人只得点头允诺。四人都觉有些倦意，遂命下人收拾残筵，到客室中去安眠。

蕙仙在丽云房中谈了一歇，丽云见蕙仙精神有些疲乏，便引伊到东边一间小楼去住宿。那地方正近园林，楼下庭中有一个月亮洞门，进去便是园了，楼旁有一株玉兰花树正在盛开花香四溢，室中床帐整洁，布置精雅，是以前丽云的表姊卧房，蕙仙见了，心中说不出的铭感。丽云又教一个小婢名纤纤的，在房中伺候蕙仙。又对蕙仙说诸事都不要客气，好似在自己家中一样，如有需要，随时呼唤。蕙仙称谢不迭，丽云遂告辞回房安寝。蕙仙也脱衣而睡，经过惊奇的事，思前想后反不成眠，直到天明时才睡去。

在这夜最可笑的便是静因，（一笔又回到静因。）要想暗算蕙仙，不料被独孤策暗里换了酒壶盖，这是伊料想不到的事。喝了三杯酒，药性发作，按捺不住，丢了蕙仙跑入自己房中。书玉正在盼望，见静因走来，急忙问道："这事怎样了，可曾喝下去么？"（书玉尚在梦中，殊不知玉人已为黄衫儿负去矣。）静因摇摇头，身子反似扭股糖儿似的，向着书玉身上坐去，将书玉紧紧一抱，央告道："我难过得很，你救救我吧。"书玉弄得莫名其妙，瞧静因两颊深红如火，眼睛水汪汪的，妖媚非常，呼吸紧促，身体颤动变了模样，心中有些奇异，却被伊怪声浪态地引起了欲念，遂徇了静因的请求和伊同入罗帐，云雨荒唐。

明天早晨，静因药性已过，一忽睡醒，想起昨宵的事，好不奇怪，忙把书玉推醒。书玉懒懒觉得周身无力，疲乏异常，便问静因昨夜何以如此光景，莫不是你喝错了酒，蕙仙究竟喝不喝。静因忽然说声不好，说道："我们快起来吧，恐怕有变故发生呢。"（静因此时醒矣，然已无及，害人者可以鉴之矣。）两人各自披衣下床，脸也等不及洗了，走到蕙仙房中，见室中阒然无人，蕙仙不知到哪里去了。又唤温老佛婆和悟妙等过来询问，她们也说不知。温老佛婆又道："昨夜我送上酒后，隔了好久不见动静，曾走来瞧看，见师太和蕙仙小姐都不在房中，我以为蕙仙小姐药性发作，师太带伊前去伺候罗公子了。不瞒师太说，我也曾悄悄走到师太云房的窗前窃听，正听得一种声音，以为千真万确，蕙仙小姐着了道儿呢，却不料不是蕙仙小姐，那么蕙仙小姐走到哪里去？师太又是怎么……"说到这里却瘪着嘴一笑，不说下去了。

静因不觉面上陡然一红，说声道："呸！你知道什么，都是你把药弄错了，害得人家不浅。"温老佛婆急辩道："阿弥陀佛，天在头上，我佛婆何尝弄错了，一共两把酒壶，一把是玛瑙滴子，一把是翡翠滴子，一红一绿，很是清楚分明，我将师太交给我的药倾在红的里面，安山小尼姑也在旁边目睹的，哪里会弄错呢。"静因见佛婆如此说法，知道伊没有弄错，然而自己明明喝的绿滴子一把酒壶，怎会喝着春药呢？况且蕙仙忽又失踪，门户未开，伊一个人竟走到哪里去呢？如何被伊逃走的，其中必有蹊跷。

书玉听了，大为疑讶，便问佛婆道："你们放了药后，可曾脱空？"温老佛婆想了一想，说道："只因我要去小解，回到房里，吩咐安山小尼姑看守的，伊忽然听得什么鬼叫，急急跑来唤我，我忙回至里面，立刻把酒送上，只有这一刻儿，但是静悄悄的哪有人来？"静因把脚一顿道："是了，毛病必然出在此时，昨夜稳有能人前来把蕙仙救出去的。我又想着了，当佛婆送酒进来时，我曾耳闻屋上微有声响，以为是猫，大约已有人在上面窥伺了。此人本领必然不小，但是何能知道我们的秘密而来营救，此人又和蕙仙又有什么关系，倒教人难以猜详。现在蕙仙已去，不知将到哪里，设或陆太太向我要起人来，如何对付呢？"

书玉白瞪着眼，只是默然不语，心中很是懊丧。众人都是惊奇得很，温老佛婆更觉不安。静因道："今天只好我到陆太太那里走一遭，胡乱哄骗伊一回，然后再说吧。此事十分奇怪，此人把蕙仙救去，意欲何为，莫不是有什么暴客也来觊觎蕙仙的姿色么，将来必有水落石出的一天。"书玉大为扫兴，蕙仙已去，更无希望，垂头丧气地回家去了。

且说独孤策等早上起来，松月上人把蕙仙托给逸云兄妹妥为照顾，告辞回寺，且再三邀请孤独策到寺中去盘桓一天，孤独策欣然允诺，随着松月上人而去。逸云又伴着宗士程去游览名胜，暂把这事搁下，唯有蕙仙虽幸脱身虎穴，心中终是不乐，想起红珠，要请丽云遣人去香溪邀接红珠前来一谈。（呜呼，蕙仙之离香溪，不过数日间事，安知红珠已珠沉玉碎，遽辞人世乎。）丽云便把红珠被罗书玉乱棒打死，以及红珠的母亲自缢消息告诉伊听。蕙仙惊闻噩耗，不觉掩面痛泣，万分伤心，对丽云说道：

"红珠虽是小家女，然而为人冰雪聪明，娇憨可爱。我虽和伊相处不久，而沆瀣一气，非常投合，伊待我十分好的，常常给我不少安慰，谁知伊竟死于强暴之手，岂不令人痛惜。（蕙仙尚未知红珠之死即因自己而起因也。）那个罗书玉真是人头畜鸣的贼子，在庵中要来觊觎我，又把红珠害死，此冤如何得申，将来我表兄归后，我必要请求他把这事弄个明白的。但我今生今世不能再见红珠妹妹的面了。"说罢，哭泣不已。丽云睹状也很为心酸。从此蕙仙虽然安居沈园，而心头的悲哀终不能消释，形容更见消瘦，好似有病的样子，差幸侍婢纤纤很能在旁劝慰。丽云因为吉期已近，忙着检点嫁时衣裳，蕙仙见了，更多怅触。

在二月底边，陆游还不归来，而宗士程和丽云的婚期到了。这天沈园中悬灯结彩，非常热闹，门前车马塞途，贺客满座。独孤策和松月上人也来吃杯喜酒。蕙仙略自妆饰，也随着道贺，勉强支持了一天，到晚上觉得额上火烧般地有了寒热，不得已自回房中睡了。耳畔听得箫管璈嘈，鼓乐悠扬，堂前正在大张喜筵，觥筹交错呢。那边厢热闹，这边厢凄清，睡在床上只是流泪。只有那独孤策在喜筵上大嚼狂饮，击节高唱大江东去，众人看得呆了。席散后，独孤策喜欢住在禹迹寺中，与松月上人闲谈，遂和上人一同告辞回去。逸云招接众宾客，非常忙碌。宗士程做了新郎，人人称赞，夜阑时已入洞房，到温柔乡里去了。（将众人一一叙过，笔如分犀。）

次日纤纤得间告诉丽云说，蕙仙小姐昨夜患病睡倒，今天没有起来。丽云很不放心，好在自己家中，抽个空来望蕙仙。蕙仙非常感激，只说不妨事的，我不过发寒热罢了。丽云知道伊的病总是关于心境，又用好言劝解一番，且嘱纤纤好好侍候，随时报告病状，如若加重，也要告知逸云，请医诊视。隔得一天，蕙仙稍觉好些，勉强起来，揽镜自视，觉得两颊瘦削，楚楚可怜，叹了一口气，（幽怨无伦。）坐在妆台前挽了一个凤髻。春光明媚，春日和暖，帘栊间时时有花香送来，推窗一望，春风骀荡，庭中那株玉兰树，却已大半萎谢，花瓣乱堕，下面地上堆积无许，剩着在树上的也如病美人一般，玉容惨淡，黯然无生气，花耶人耶，一样可怜。前几天开得珠玉烂漫，现在竟已花残香销了。（物犹如此，人何以堪。）不觉又触起了伊的悲感，便扶着侍婢纤纤走下楼去，行到中庭，玉兰树下，又叹道："花啊花啊，你为谁斗艳，曾几何时，你的艳姿又到哪里去了，只落得满地狼藉，无人收拾，花魂有知，可也悼惜么。"（古今多情女子未有不痴者也。）遂吩咐纤纤把畚锸来，将这地上的花朵一一扫起，带到园中葬去。纤纤笑着答应一声，忙去取了箕帚和畚锸，把残花尽行扫罢，随蕙仙走到园中。但见碧柳摇曳，红桃锦霞，一派春景，送入眼帘，想起去年初来山阴时候的光景，立在九曲桥上呆呆遐想，池土金鱼唼喋，往来游泳，似乎逍遥自由得很，天上淡淡的春云也多么恬静，但因自己心中抑郁不自得，所以大好春光反足以牵愁萦恨。慢慢走到小亭中，见亭后假山半边有一小块泥地，蕙仙指着，命纤纤掘开泥土，把残花葬在里头，又将土在上面盖好，葬罢，不觉洒了几点珠泪微吟道：

朝喜花艳春，暮悲花委尘。不悲花落早，悲妾似花身。

良久又吟道：

落花冉冉归何处，更向花前把一杯。尽日问花花不语，为谁零落为谁开。

这两首唐诗都是对花感怀，蕙仙随口吟出，纤纤在旁听了，一句也不懂，但听什么花不花，心里自思这位小姐可怜得很，对着花也要堕泪，和我家小姐相较，却是哀乐不同了，遂对蕙仙说道："蕙仙小姐，花已葬去，劝小姐不必悲伤，园中风大，还是楼上去吧。"（前有银菊，后有纤纤，皆侍儿中之麟角凤毛也。）蕙仙也觉身体仍有一些怕风，四肢无力，遂回到楼上，又觉喉中微痒，吐出一口血来，恐防纤纤看见，连忙掩去痕迹，心中却有些难过，遂仍去床上睡卧，饮食也减少，恹恹成病。

丽云知道了，便告知逸云请了一个大夫前来诊视。大夫说蕙仙的病乃忧郁所致，非旦夕能痊，须先使伊心头快活，然后可以希望病魔退避，开了药方而去。逸云教下人买了药，吩咐纤纤煎给蕙仙服下。一连数天，蕙仙的病势若重若轻，不见有效。逸云有些发急，前去告知独孤策和松月上人。大家都很诧异，因春闱已过多日，陆游何不归里，报捷佳音亦寂然无闻。独孤策想往临安走一遭，去访寻陆游，催他早归。松月上人道："他家中有事总想早转的，大约有事羁身，再待三天不来，然后壮士去找他吧。"独孤策道："很好。"

他们正在盼望陆游，谁知陆游此次赴试怀着一团热望而去，文章并非做得不好，却是名落孙山，受尽揶揄。（黄钟毁弃，瓦釜雷鸣，读至此当为一哭。）原来陆游在十二岁时诗文已是闻名，荫补登仕郎锁厅荐送第一，秦桧的孙儿秦埙恰居其次。秦桧大怒，黜责主司，怀恨在心。而陆游才气甚盛，秦桧对他很是妒忌，所以此次授意主考摈斥勿取。陆游遭此打击非常灰心，觉得无颜归见乡里，况且他的及第与否，关系自己和蕙仙的婚事。我母亲好容易答应我考中后可以重迎蕙仙回家，鸳牒复联，现在我偏不能争气，落第而归，这件事再也休提了，想至此，徒呼负负，书空咄咄。

凑巧有一个朋友姓方的，是个风雅之士。见他不乐，留他在临安多住几天，终朝和他出去游山玩水，赏尽九十韶光。但是陆游心头闷闷，有不可告人之感。青山绿水，不能解去他的愁怀，明月清风，不能消释他的恨事。留连多日，终是常常想起蕙仙，

214

不知伊在红珠家中安好么，一定盼望我归去了，谁知我命运偃蹇，文章无灵，竟致落第不中，有何面目去见伊呢。继而一想，蕙仙终能原谅我的，我之不中为贼所忌，非战之罪也，我若不归去，也非佳事，不如归家再说。（陆游所以迟迟不返之故，在此处补出。）归心一动，遏止不住，遂别了友人，束装而归。

陆太太适有小恙，睡息房中。伊自从听了静因之计，把蕙仙诓骗出来，送到妙严庵中出家，心里也觉得对于蕙仙残酷无情，究竟不是快活的事情，心里很不怡悦。又被红珠上门数说一场，受了一些气，身子微有些不适。虽经静因前来报告说蕙仙小姐在庵中很是安好，出家也有些愿意，不久可以成功，（此静因诓骗陆太太之言也。）自己究竟不好意思去探望，思想陆游回来，怎样对付方法。（何不请教静因耶。）忽闻陆游已归，见了伊儿子，心中也很歉疚。陆游拜见他的母亲，并告此次赴考不中的缘由，陆太太听了，一则以忧，一则以喜。（喜从何来？）忧的是自己儿子有了如此美好的才学，反为奸臣所忌，不能及第，博得一官，荣宗耀祖；喜的是本来已面许陆游的请求，如能及第，仍把蕙仙许婚与他，自己忽乘他走后，竟把蕙仙送入庵中，未免言而无信，陆游责问起来时，很难回答。现在他既然不中，这却不成问题了。（原来所喜者如此。）遂用话安慰陆游，教他耐心再候机会，问问临安情形，绝不提起蕙仙。（可恶。）陆游见他母亲不说蕙仙，也不好开口，坐谈一刻，便退出来，想就到红珠家中去探望一遭。小婢银菊忽然匆匆地从里面走出，见了陆游，似乎要想上前报告什么信息的样子，却听陆太太在房中呼唤的声音，银菊只得走进去了。（可恶。）

陆游心里有些疑惑，遂整整衣冠，赶到红珠家里去。谁知到了红珠家门，但见双扉紧闭，加上一把大锁，不由大吃一惊，怎么好端端的有铁将军封了门呢，红珠母女和蕙仙表妹都到哪里去了？见邻家有一个老翁，正拄着拐杖，走出门来。陆游过去询问,那老翁对陆游上下打量一遍,说道:"你就是陆公子么?一向到哪里去的?看来还不知道红珠母女都已化为异物么?"

陆游闻言心里突地一跳,急问道:"老翁,这、这、这话怎讲?红珠姑娘已……死……了么?"老翁便把红珠母女惨死的情形告诉他听。陆游又气又急,又悲又恨,不觉仰天长叹,双眼滴下泪来,又问老翁:"你可知道在红珠家中有一位小姐同居的,红珠母女死后,这位小姐到哪里去了呢?"老翁道:"不错,以前也见过一次的,但在红珠姑娘死时,我等都没看见。"

陆游听了,更是骇异,眼望着篱中花木依然繁盛,然已是春色满园无人管了,怅触百端,痴立良久,遂想到禹迹寺去一问松月上人,他近在这里,也许有些知道的,此次回来,本要去奉访他呢。想定主意,便折转身望禹迹寺走去。途中忽然遇见松月上人正偕着一个魁梧英奇的壮士同行,细细一瞧,那壮士不是别人,乃是阔别多时的独孤策。遂上前相见,松月上人和独孤策见了陆游,一齐大喜,彼此握手寒暄。松月上人便对陆游说道:"我们正在思念你,为何迟迟不归,文场可已奏凯么?"陆游摇头叹道:"名落孙山,愧见江东父老。"便把秦桧摈斥的事略为告知。二人听了,都很代陆游可惜,说道:"伯乐不逢,反遇权奸,无怪文章虽好而不售了。"陆游又问独孤策是否一人来此,别后何往。独孤策也将他和彩鸾的事约略禀告。陆游要紧探问蕙仙影踪,又问松月上人说起红珠惨死的事,并蕙仙失踪的消息。松月上人道:"公子放心,蕙仙女公子已在沈园安居,但此事说来话长,我们今天本到逸云公子府上去的,请公子和我们一起去,到了那边再细细讲吧。"陆游听蕙仙有了着落,心中稍慰,答道很好。三人遂走到沈家。

逸云和宗士程齐出相见,逸云代宗士程介绍与陆游相识。陆游闻得宗士程是宗泽从子,逸云的妹婿,又见他相貌英俊,非常器重,宗士程久佩陆游才华,今日相见也很快慰。松月上人遂把蕙仙如何被陆太太计诱送入妙严庵，静因如何串通罗书玉觊觎蕙仙，红珠如何报信，宗士程如何游庵，以及独孤策如何救援等事详细告知。陆游恍然大悟。静因背后果有人主动，而自己的母亲闹得骨肉参商，为他人做傀儡罢了，幸亏有宗士程、独孤策想法救助，而红珠一番热忱更是可敬，可惜伊已离开这个世界，无从报谢了，遂向独孤策等重重道谢。

　　逸云又告诉他，蕙仙已有了病，医药无效，他们正在忧虑，幸得陆游回来了，或者蕙仙见了陆游，病势可望减轻，此后也须商个办法，怎样把这事弄个明白。陆游听蕙仙患恙，愁上加愁，很愿一见。逸云道："务观兄要和令表妹相见，可在后园沉香亭上吧，那边距离令表妹现在的卧榻很近，较为便当。"陆游点点头。逸云便请家人稍坐，自己引着陆游走到园中，在沉香亭上请陆游坐定，便往内室先唤过纤纤，教伊报告蕙仙小姐，陆公子已归来，今在园中沉香亭上候见。自己因为他们在此讲话，不便参与其间，走回书房去奉陪独孤策等三人了。

　　这天蕙仙略觉好些，早晨听得帘外雀声噪个不停，暗想表兄在今天莫非要回来了。勉强披衣下床，坐在妆台畔，菱花镜里照见自己形貌，较前更瘦，梳了一个髻，在房中椅子上坐着，看了一回书，觉得有些头眩，便抛书不看，午时吃了一些薄粥，在榻上倚坐片刻。忽见纤纤上来报告道："蕙仙小姐，少爷进来说的，陆公子已归来了，现在园中沉香亭上，恭候小姐出见。小姐快去吧，婢子看今天小姐病势似觉好些，从此小姐可以不要再忧愁了。"蕙仙听得表兄回来，心中略觉宽慰，忙整理云鬓，扶着纤纤缓步下楼，走到园中沉香亭上。果见陆游立在那里，两人相见后，心中说不出的是酸是甜，是苦是辣。（甜酸苦辣皆有。）陆游说一声蕙妹你苦了，蕙仙也唤得一声表兄，泪珠已倾泻而出，宛如泉涌。陆游也频频以手拭泪。亭中本有一张圆桌，两人对面坐下，纤纤远远儿悄立一旁。陆游对蕙仙说道："蕙妹前后所受的苦难，他们都告诉我了，我不但尊敬蕙妹的贞烈，且怜惜你所遇的困厄，唉！都是淫尼贼子不怀好意施用毒计，利用我母亲做他们的傀儡。我们本来和乐的家庭，就此发生惨变，害得你受了不少苦处，好不愤恨，推究其源，也是我母亲佞佛的来头，（佞佛求福者读此，当所知警戒矣。）可惜我母亲至今还不醒悟呢。"

蕙仙道："姑母本来待我是很好的，全是受了静因的唆使，说我什么命运不好，现在看来那个算命先生也是静因一边的人，故意如此说法，来哄骗姑母的，完全谎语罢了。我本疑静因和我无仇无怨，为什么要设计害我，原来在伊的背后还有那个姓罗的贼子指使呢，不过姑母诓骗我归家，即送到庵里去，未免对我太无情了，连信誓也不顾了。可怜我在庵中，身落陷阱之内，罗贼朝晚窥伺，幸我带着利剪，宁为玉碎，毋为瓦全，他们因此稍为顾忌，一再施用阴谋。幸有独孤策把我救出，送到此间。我本欲一死，以全清白，只因表兄在外未归，我也未见表兄一面，虽死也不甘心，所以强忍苟活。现在见了表兄，我心稍安，但我病体尫瘵，自觉厥疾不瘳，将辞人世了。"

陆游听了十分心酸，说道："蕙妹切莫抱着悲观，这都是我母亲的不是，伊太相信静因了，我必将前后详情向伊细说，使伊可以醒悟。蕙妹，你千万要保重玉体，我必回护你，怜惜你，决不忍使你久远如此受苦的。"（由衷之言，说来至诚动人。）蕙仙又道："可怜的红珠，伊竟也被罗贼害死，好不伤心，伊待我十分诚恳的，不料伊先我而逝，无可图报。"陆游也想起红珠以前和自己一番的感情，万万想不到红颜薄命，罹此惨祸，明眸皓齿今何在，只落得往事成尘不堪回首，即如我与蕙仙常在惊风骇涛之中，不知将来如何结局呢，心中无限凄凉，瞥见桌上置有笔砚，遂磨墨濡笔，在亭中粉墙上题着一首词，调寄《钗头凤》乃是：

红酥手，黄縢酒，满城春色宫墙柳。东风恶，欢情薄，一怀愁绪，几年离索，错！错！错！春如旧，人空瘦，泪痕红浥鲛绡透。桃花落，闲池阁，山盟虽在，锦书难托，莫！莫！莫！

　　蕙仙走近一看，珠泪簌簌下堕，说道："表兄心苦，我心也苦，表兄填得这阕凄凉哀怨之词，言为心声，此语不虚，我也有许多悲哀，愿借兔毫一抒胸怀。"遂握管答词道：

　　世情薄，人情恶，雨送黄昏花易落。晓风干，泪痕残，欲笺心事，独语斜栏，难！难！难！人成各，今非昨，病魂尝似秋千索。角声寒，夜阑珊，怕人寻问咽泪妆欢。瞒！瞒！瞒！

　　蕙仙写罢，陆游看了，也觉得他表妹新愁旧恨，情见乎辞。（二人回忆昔日绿窗填词之时，能无有今昔之感耶。）两人泪眼相对，默然无语。欲知后事如何，请看下回。

评：

　　畹兰曰，孤独策救蕙仙出庵，只写归时数笔，精神奕奕，如见古押衙夺得美人归来也。

　　写静因误饮后情状可笑，又借佛婆口中以窘之，且如此则蕙仙之去，庵中未有觉察，可以有交代矣。

　　蕙仙与红珠感情融洽，自无怪一闻噩耗，涕泗滂沱也，嗟乎！蕙仙安知红珠之死，即因伊而起耶。

　　写宗士程与丽云吉期，热闹中处处不忘蕙仙，反借以衬出蕙仙之凄凉，妙笔也。

　　纤纤亦侍儿中之佼佼者。

　　写蕙仙葬花一段，令人读之百感交集，惜花之凋谢耶，抑自悲其身世耶。

蕙仙迭受困厄，悲哀无已，如何不病。

写陆游下第，不觉拍案痛惜。

陆太太食言不信，一旦见其爱子，自难免中心歉疚矣。

红珠之死，陆游固未知之，陡闻珠沉噩耗，肝肠摧裂，而况蕙仙又杳无影踪，此时悲哀与惊急交集，中心大苦矣。

途中遇松月上人与孤独策，此是文中省笔之处。

沉香亭上劫后重见，万语千言从何说起，作者写此，殊不容易也。

《钗头凤》词与《孔雀东南飞》，同为千古哀怨之曲调，古时家庭中黑暗情形，与夫婚姻之桎梏，均可于此见之，词意悽怨绝伦。而蕙仙一词尤不胜哀泪，诚令一唱一堕感也。

第二十二回

黄衫仗义宝剑光寒
紫玉成烟哀鹣翼折

良久，陆游又对蕙仙说道："我们共患难同生死，有我在此，必要把这事弄个明白，不使蕙妹长此负屈。松月上人等都在外边聚集，我们总须商议个良好办法，挽回我母亲迷溺的心，惩警那淫尼贼子，为红珠复仇，请蕙妹暂宽愁怀，听候佳音。虽我此次落第而归，自觉惭愧，然救得蕙妹，也使我心中稍慰。他日若能得遂素志，与蕙妹鹿门隐居，怡情风月，徜徉山水，以诗酒自娱，未始非人间清福。"

蕙仙含泪点头道："表兄待我的恩情，心中藏之，何日忘之，真使我终身感激了。"说罢，樱唇微启，忽又吐出一口血来。陆游见了大惊道："怎么蕙妹有此咯红之病，几时起的？"蕙仙不肯实说，答道："我也不知怎么吐起血来，想不妨事的，请表兄不必为我忧虑，多蒙沈氏兄妹代我请医诊治，沈太太也待我很好，服药已有数天，今日稍觉好些，且与表兄别后重逢，更使我心头得到不少安慰。（此亦实情之言，心病还须心药医，窃恐蕙仙病根已深，回天乏术也。）不妨事的，请表兄不要为我忧虑。"说时一阵东风吹来，衣袂皆动，亭外落英缤纷。陆游看蕙仙弱不禁风，似乎已支持不住，便请蕙仙归房养息，隔日再来问候。蕙仙自己也觉得身子疲倦得很，心中跳荡得很厉害，风吹上来，凄寒入骨，遂立起身躯和陆游告辞，扶着纤纤走下亭子，回归卧楼。

陆游叹了一口气，走出园林，又和众人相见。大家讨论如何使陆游和蕙仙的婚事可以散而复合，挽回陆太太迷惑的心，然后可以重迎蕙仙归家。宗士程慨然说道："蕙仙女公子父母早丧，没有什么人能出来代伊说话，这是可怜得很的。不揣冒昧，我欲认蕙仙女公子为我义妹，好在我并无亲姊妹的，亲戚很少，多一重亲是很好的事。由我代表蕙仙女公子，前去务观兄府上，见了老伯母大人，将此事详细的情形及错误的要点和伊说个明白，要求伊允许你们二人的婚姻不使破裂，重迎蕙仙女公子回府，和好如初，也不枉独孤兄一番救援的热诚。若得成功，我们都欢喜了。"（写宗士程义气如见。）独孤策道："士程公子担任前去公子府上说项，这是正面的事，很好。但我想那淫尼贼子，一定要把他们除掉，然后人心大快，不特为蕙仙女公子出气，也代已死的红珠姑娘复仇，且那淫尼去掉以后，想陆太太身边再没有人在那里掉弄心计，撺掇是非，伊才能真的觉悟了。否则留着祸根，终不平安的。"

众人听独孤策说话，觉得这件事情很大，罗书玉又是很有权势的人，万一不臧，祸且立至，不比淫尼还易对付。（是写众人处。）独孤策又道："我也知若去下手，闹出的案必大，但我毫无畏惧，设有失败，我愿一身担承，决不连累诸位。而且我要把这事做得一无痕迹，使他们不能破案，我也无志久居此间，事成之后，即当与诸位告别，天涯邀游去了。"（写独孤策处。）松月上人道："对付淫尼贼子，也只有如此办法，比较的直截痛快。好在壮士本领高深，一定能使奸徒授首，神不知鬼不觉，只要我们都不泄露，外边人也难以明白真相。"众人听了，一齐赞成。宗士程便让独孤策先去行事，然后自己再往陆家说情。众人谈至天晚，各个告辞而归。

陆游回到家中，见了陆太太，仍不提起蕙仙的事情，只装作不知道，又走到蕙仙房前，见房门锁闭，蛛网挂罥，窗外两盆断肠红却已含苞欲放，不过因为无人浇灌，花叶也不如以前盛了。（嗟乎！断肠红诚不祥之物也，重提一笔，毫不疏漏。）陆游触景伤怀，想起断肠红的主人和爱护的人，现在一死一病，无人再来顾问了，暗暗洒了几点痛泪。银菊悄悄掩过来，把陆太太送蕙仙入庵的事告诉。陆游早已知道，长叹无语，回到书房中，把行李检点一过，书也懒得披读，晚餐过后上床睡了，专等明天独孤策的好音。

独孤策在禹迹寺，松月上人伴他吃罢晚膳，静坐一刻，等到二鼓时分，带上宝剑，穿了短衣，将玄布裹首，取出一个假面具戴上，青面红须，狰狞可畏。松月上人看着笑道："何处来了江洋大盗，贫僧也觉得毛发悚然呢。"独孤策笑道："有了这个东西，不露本来面目，较为稳妥。"遂又取下，别了松月上人，跃登屋面而去，迤逦行来，已至妙严庵。这是熟路了，仰视星斗满天，远远有狗吠的声音。独孤策戴上面具，一跃上屋，疾如狸奴，声息全无，到了以前的老地方，见灯光依然亮着，屋中正在煮菜。侧着耳朵细听，只听得佛婆的声音，在那里咕着道："时候已是不早，还要饮酒作乐，累得我疲乏异常，却是一个赏钱也拿不到手。（温老佛婆只是贪财。）前次许了我重酬，不料一场白辛苦，人也不知哪里去了，真是我佛婆该倒灶，今年运气不好，总要财神面前去烧烧香呢。"（佛婆还要烧香，绝倒。）独孤策听了，暗暗好笑。忽见廊下有一个尼姑走来，喊道："佛婆，当家的教你烧的醋熘鱼片可好么？正在等吃呢。"佛婆答应道："好了好了，他们开心，我却手忙脚乱，不胜其忙，请你拿去吧。酒喝完了，可再来添，我已烫在炉上咧。"

独孤策一想，佛婆如此说法，大约那罗贼也在庵中，我今一起结果了他们的性命，倒也省事。遂随着屋下的尼姑走到静因云房前，跃过屋檐，不防土面铺着丝网，网上系有铜铃，铃声响，独孤策险些栽一个筋斗，连忙奋身跃开，伏着不动。看下面的尼姑已放下手中的菜，回身入内去了，疾忙跃到地上，从窗棂里戳了一个小孔，张进去，见房里灯光明亮，正中方桌上一面坐着一个男子，身躯很胖，年纪也有三十多岁，把着酒杯，笑吟吟地喝酒。独孤策自思我闻罗贼年少貌美，很是风流。这人相貌不对，大约又是一人了。（故作惝恍之笔。）又看静因正走向床头去，那人说道："师太，菜已上来，你欢喜吃鱼的，怎么走开去啊，快来快来。"独孤策拔出宝剑，推开房门大踏步走进去。静因回转身来，手里也势着一剑。（用笔甚奇。）

原来静因自从那夜不见了蕙仙，闹出一场笑话，书玉回去以后，一直没有前来。伊不惯孤衾独宿，本有一个相好，姓韦名大兴的，时常来往，只因书玉来后恐怕书玉见了要生妒心，遂教他暂时不要过来。此时书玉既然绝迹，旧欢复合，便请他来一同快乐。韦大兴是蜡烛店里的老板，家中本有妻子，好色心重，喜欢在外作狎邪之游。静因和他勾搭上已有一年了。静因又知道前次出了岔儿，必有能人在暗中和伊反对，心中常常惴惧，即在床头预备着一剑，又特地在自己云房的屋面上铺着网铃，以防万一。方才正和韦大兴对饮，听得网铃响，料得有人来了，忙走向床头摘取宝剑，回身见独孤策刚跨进房。

韦大兴陡见一个青面红须的汉子闯入，唬得浑身发抖，只苦没躲避处。静因前从修贞老尼习得一些武术，所以虽然吃惊，尚能勉强镇定。独孤策见静因已有防备，遂大喝一声："淫尼玷污佛地，诬蔑好人，罪在不赦，今天你的末日已临，还敢倔强么？"腾身而前，一剑向静因胸口刺去。静因忙将手中剑迎住，跳过一步，回手向独孤策头上一剑劈来。独孤策将身一伏，疾飞一足起，正踢中静因手腕，当啷啷宝剑落地。静因心慌，回身要逃，独孤策跟着叱咤一声，挥剑扫去，但见一颗光头已削去半个。血雨四溅，静因的尸身直跌下去。（读至此心中一快。）这时那个韦大兴已唬得缩作一团，独孤策走到他身边喝道："你是谁，快快实说，否则也把你一剑两段。"韦大兴见独孤策手中宝剑青光闪闪，连忙跪倒道："求好汉饶命，我姓韦名大兴，是开蜡烛店的，今夜静因教我前来，我也不知道有什么事体，（其语亦何可笑。）求好汉饶我一条狗命吧。"

正说时外面那个尼姑又托着一碗热腾腾的虾仁腰片汤，走进房来，见了这个情形，不由喊得一声"啊哟"，手里的碗扑地跌在地上，打得粉碎，水浆四流。独孤策防伊喊叫，一个箭步蹿过去，顺手一剑，将那尼姑剁倒在地，跟着在伊的胸前补了一剑，眼见得不活了。韦大兴把双手掩着眼睛，魂灵儿早唬得不在身上。独孤策回身过去也不说什么，伸手把韦大兴的上下衣裳一齐脱下，赤条条地一丝不挂，然后从旁取过一条带子，将他牢牢地缚在床柱子上，撕下一块衣襟塞在他的口里，提着宝剑，走出房门，把门带上，跳到屋面，想就此赶到罗家去找书玉。才翻过一重屋脊，忽然想起一件事，忙回身向里走去，（文笔生动。）依旧到了那个老地方，跳将下去。温老佛婆正在等候那个尼姑回来，忽见独孤策从后屋上跳下，大惊道："哎哟，真的有鬼了。"咕咚一声，仰后倒在地上。（佛婆亦经不起吓。）独孤策骂一声老虔婆，嚼嘴嚼舌，也饶你不得，将剑一挥，把佛婆的头割下，（读至此，又令人心中一快。）又从伊身上割下一大块布，将头包了，左手提着，（写左手者，因右手有宝剑也。）跳上屋去，出了妙严庵。听此时庵中人声寂静，除了这四个，其余的想都已入了睡乡，非到明天早晨不会知道了。

一口气又寻到罗家后门，预先他已问明路径，所以毫不踌躇地一跃入内，见罗家的房屋很多，不知罗贼睡在哪里，如何寻找，飞身行到后楼，见里面都已睡得很静，东厢房里有一些灯光射出，遂飘身而下，蹑足走到那边，恰巧一扇窗上有个黄豆大的小孔，一眼向里张去，见里面一个小婢正在脱衣安寝。独孤策把剑撬开窗，疾跃而入。那小婢看见了，刚要惊呼，明晃晃的宝剑已到了她的面上，在颊旁磨了一下，喝道："不许声张，我问你快快直说，你家公子住在何处？"小婢唬得说不出话来，挣扎着说道："在在后面楼……楼上……左边……第二间房里。"独孤策便放下手中东西，把小婢拖倒，缚住手脚，口里塞了一块布，抛在床上，取过东西和宝剑，灭了灯，回身跃出，将窗掩上，照着伊的说话走去。果然寻到罗书玉的房前，听得里面咻咻的笑声，正在干那活儿。原来书玉自从看想不到蕙仙，连连讨得没趣，大杀风景，心里很是气愤，妙严庵也不想去了，新娶了一个小家碧玉做第四如夫人，日来新婚燕尔，夜夜欢娱，万不料死神已到顶上，乐极生悲了。

独孤策仍用剑撬开窗户，跳进房中。书玉听得窗响，掀开销金帐一看，只见一个青面红须的大汉左手向他一扬，有个溜溜一件东西打在他的面上，腥秽触鼻，滚在床上，外面包的布已散开了，乃是一颗人头。（绝妙礼物。）唬得他大惊失色，把全身钻入被窝中去，口喊救命。他的小妾也已瞧见，吓得昏了，却把他推出被外。（妙妙。）独孤策伸手将书玉拖下床来，说道："淫贼害死良家妇女，今夜恶贯满盈了。"一剑把他的头割下，悬在帐钩上，（读至此又令人心中一快。）又将他的小妾连被裹住，照样口中也塞着一块布，缚了丢在床上，返身从窗中跃出，把窗闭上，然后离了罗家，回转禹迹寺。

松月上人已入黑甜乡了。也不去惊动他，放下宝剑拂拭一过，取去面具，自顾脱衣安睡。明天起身，见了松月上人，把夜间连走二处，杀却淫尼贼子的情形详述一遍。松月上人道："壮士诚英雄也，钦佩得很，从此吾邑除去二害了。（足与周处媲美。）遂和他到沈家来见逸云和宗士程，告诉这事。此时陆游还没有来，外面已纷纷传说城中昨夜出了奇案，妙严庵中当家师太静因被人杀死，还有蜡烛店的老板韦大兴赤条条地被缚在静因云

226

房中，（大兴竟成不兴了，一笑。）想是和静因通奸，所以为人这样处置的。更有奇怪的，庵中温老佛婆亦已杀死，一颗头不翼而飞，却发见在罗家罗书玉公子床上，而罗公子也被人割下头颅，挂在银帐钩上。据罗公子的小妾和韦大兴的口供，都说昨夜三更时分，有个青面红须的江洋大盗前来行凶的。但既是强盗，为什么只杀人而不劫财物的呢。地方官分头前来相验，闹出这种无头奇案，惶急异常。等到罗御史回来，恐怕本地的官吏都要撤职了。现在虽然四处缉捕，但这个强盗来无影去无踪，既有这种本领，又到哪里去捉拿呢，众人听了暗暗称快。

少停，陆游回来，也已闻悉，暗向独孤策致其谢忱。独孤策对众人说道："我已将事做毕，在此不妙，便要去了，以后再有机会当来拜访，我们相知以心，不必拘拘于形迹的。"众人知道留他不住，遂设宴送行，问他要到哪里去，独孤策道："或者将到湘潭去探望舍妹彩鸾，行踪不定，后会有期，愿公子等各自珍重，幸福无涯。"席散后告辞而去。众人却都有些恋恋不舍呢。

逸云又告诉陆游说蕙仙昨夜病势骤然加重，今天已请大夫到来诊治了。陆游闻言忧形于色，甚是放心不下，又不便径入内室去探望。正说着话，大夫来了。逸云引到里面去，不多时回到书房里开方，且说病情棘手，须格外小心，试服一剂再看。逸云便吩咐下人去赎药，陆游听了，坐立不安。宗士程道："蕙仙女公子的病一面急须医治，一面待我前去陈说，若得老伯母大人应允，迎接回府，使伊心中快活，那么伊的病自会减轻了。"陆游向宗士程拱拱手道："有劳士程兄明天光临舍间一说吧，多蒙诸位尽力爱护我的表妹，我真感谢不忘的。"松月上人道："今天闹出这个新闻，谅老太太也已知道。静因的丑行昭彰，无可隐蔽，宗公子再说上去，必然能够醒悟了。"陆游点点头，傍晚时和松月上人各告辞回去。心中却非常悬念蕙仙，恨不能腹生双翼，飞到妆阁去伺候玉人，但愿明天宗士程能够把我母亲说得醒悟，迎回蕙妹才好了。

原来蕙仙在那天和陆游园中一见，填得《钗头凤》一阕，心里的悲伤一发而不可遏，回到房中后又吐了几口鲜血，身子便觉得异常不适，待到晚上，晚餐也吃不下，寒热重又发作，睡在床上，只是呻吟。（苦哉蕙仙，病与灾接踵而至，零丁弱质，何能忍受耶。）纤纤在旁侍奉着，明晨报与丽云知道。丽云亲来问候，且加劝慰，便告知逸云又请大夫前来诊视，但到晚上服药后，依然不见减轻。宗士程听丽云说起蕙仙病状，也很是担忧。次日早上起身，把自己的意思告知丽云，丽云听了也很赞成，教宗士程好好说话，不要误事。

宗士程在早餐后，别了逸云，跨着马跑到陆游门前，把马拴在照墙里，走到门上，取出名刺，交与看门的。看门的进去报知陆游，陆游连忙出来迎接。先到书房里坐了一歇，然后引导入内。陆太太这天身子觉得大好，坐在客堂中念罢佛，正要进房，却见他儿子引着一位客人进来。陆游便介绍宗士程和陆太太相见，宗士程上前行礼，分宾主坐定。陆太太听陆游说宗士程是宗简公的从子，名臣后裔，又是沈家赘婿，十分敬重。宗士程先和陆太太谈起妙严庵的案子，陆太太恰才知晓，很是奇异，不知凶手是谁。宗士程道："一个人为善为恶迟早有报，即如静因淫尼，伊受了他人的指使设计哄骗伯母，使伯母家庭不睦，蕙仙女公子吃了许多苦头，却无人明白伊的恶念。现在也有无名侠客出来诛恶除暴，把伊杀死，妙严庵的污秽一旦披露，听说本地官吏已把庵封闭了。（随手收束妙严庵。）可见得天理昭彰，伊也有一天得到恶报的。还有罗书玉横行乡里，鱼肉良民，觊觎人家妇女，做下许多罪恶，现在也已被诛了。"陆太太听了，点头说道："静因如此不守清规，以前我却没有知道，还有蕙仙侄女听说不在庵中，我也不知，心中正在奇怪，公子怎么知道其中的内幕呢？"

宗士程见伊询问，遂将罗书玉看想蕙仙，串通静因，故意把命相之说来哄骗陆太太，使和蕙仙不睦，逼伊出家到妙严庵中去，可以如他们的私愿，不料陆游却将蕙仙送到红珠家里居住，依然不能成功，遂乘陆游出外，又来怂恿陆太太，设计将蕙仙送入庵中，然后一再侵逼，蕙仙如何宁死不辱，红珠前来报信，自己如何去游庵探访，独孤策如何前去发见阴谋救援出来，送到沈园暂住，红珠如何被书玉打死等经过情形一一告知，但将独孤策诛灭静因和书玉的事隐去不提。

陆太太听了方才恍然大悟，（难得难得，然而晚矣。）跌足叹道："我都受了静因的愚弄了，我本来也有些疑惑，（此欺人之语耳。）静因怎么如此关心我家庭中的事情，现在我完全明白，深悔误信人言，以致家中闹得不欢，更使蕙仙受尽冤屈，很觉对不起伊了。"（既有今日，何必当初。）陆游也说道："我们本来好好的家庭，却被静因一言弄得七颠八倒，想起来真是可恨，现在静因虽死，其罪难恕。"宗士程道："古人所谓一言而丧邦，本来言语不可妄听的，小人簧鼓之舌，最易被欺。"陆太太听了不觉面上一红，又问道："原来蕙仙现居沈园么，多谢他们如此照顾，想伊也可怜得很了。"宗士程道："我有一个请求，要向伯母说明，我因没有姊妹，想把蕙仙女公子认为义妹，彼此多一重亲戚，务观兄才华无双，人品敦厚，蕙仙女公子和他匹配，真是良缘。听说伯母以前也已当面允许了他们的婚事，后因被静因蛊惑，中途悔变，以致好事多磨，既成复毁。现在伯母既已觉悟一切，明白蕙仙女公子身受冤枉，可否重迎伊回府，和好如初么？"

陆太太道："我既已明白其中的错误，自然情愿接伊回家，本来我自伊去后，觉得冷清清的，膝下缺乏一个着意人呢，蕙仙这小妮子人是很好的，我也并非真心厌恶伊，只因他们都说伊的命如此不好，恐怕妨碍我儿，所以要伊出去。现在不知伊可要恨我，能不能回来。"陆游道："蕙仙表妹也明白母亲受人之愚，伊只恨静因，不恨母亲，背后并无怨言，母亲若要迎伊回家，伊没

229

有不愿的。"宗士程也道："蕙仙女公子孝思不匮，断不会怨恨老伯母，我今和伊如同一家人了，明天务观兄可来迎接，由我送到府上，岂不是好。"陆游母子听宗士程说话都很合意。三人又谈起红珠，陆游不胜悲哀，陆太太也很为惋惜，说红珠虽是卖花女，而聪明伶俐十分可爱，不料横被惨祸死于非命，可怜得很。

宗士程又坐谈一刻，告辞回去，把这好消息告知逸云兄妹二人，莫不欢喜，所忧蕙仙病势依然不见减轻，实在受病很深了。丽云又走至蕙仙房中，见蕙仙睡在床上，两颊绛红如中酒，伸手一摸伊的额上，微有寒热，问伊今天可曾吐血，蕙仙点点头。纤纤在旁代答道："天明时吐过几口的，都是痰中带血。"丽云遂坐在蕙仙床边，先把独孤策刺死静因和罗书玉的事告诉一遍。蕙仙听了觉得心中畅快，对丽云说道："以前我在蜀中时也曾受人逼迫，幸有卢将军忠肝义胆，拔刀相助，护送我到此，不图命宫魔蝎，又遇忧患，在危机当前间不容发之际，幸来独孤义士将我救出，仁心侠肠令我感激不忘的，只可惜我无可报答了。"丽云道："他们黄衫之流喜欢管不平事，岂望姊姊报答，所恨天下不平的事正多，侠士尚少咧。"（不少感慨。）遂又将宗士程愿认蕙仙为妹，亲往陆家说项，陆太太业已觉悟一切，深悔以前的不是，愿意重迎蕙仙回家，准定明日来接，这里由宗士程送去的消息，报告蕙仙知道。蕙仙听了，不觉流泪道："我不知几生修到，多蒙贤伉俪和逸云公子等如此照顾，现在我姑母已醒悟了，我尚有回家的一日，自然心里欢喜。但我病体憔悴，缠绵床褥，恐怕一去之后，再不能和姊姊等见面了，我究竟是命苦福薄天意如此，可怨谁来？身受诸位的恩德，今生不能图报，来世当结草衔环，以谢盛情了。"说罢泪流不已。（悲酸动人。）丽云听了也觉十分伤心，偷弹珠泪，纤纤在床后掩面而泣，丽云道："姊姊不要过于悲伤，姊姊的病不久便会痊愈，只要回府后好好静养便了，姊姊清才绝艳，难得其人，姊姊也要自己怜惜啊。（丽云之言可谓知己。）我以后也要常到府上来探望的，我和姊姊也好似亲姊妹了。"蕙仙闻言勉强一笑，丽云又坐了一刻，才回归自己的闺房。

次日上午，陆游打发一肩轿子，亲自骑马引导着，来到沈园，迎接蕙仙回家。蕙仙早已预备好，强起梳妆，换了一身衣裳，只觉得头晕目眩，支持不住。等到陆游前来，逸云命下人入内通报，蕙仙遂向沈太太和丽云告别，又取五两银子酬谢纤纤，深感纤纤服侍之功。纤纤见蕙仙归去，也很依依不舍，扶着伊走到前厅，看蕙仙坐上轿子，轿夫抬着出门，眼泪滴到衣襟上，掩面而入。（此婢亦是难得。）逸云送至门外，宗士程和陆游各骑上马，随着轿子一同来到陆家。

银菊闻得蕙仙归家的消息，不胜雀跃，早已候在门外。等到轿子一到，忙来扶蕙仙出轿，行到后堂，拜见陆太太。陆太太见蕙仙形貌瘦削，病体憔悴，很觉可怜，遂握着伊的手絮絮问伊病情，前事却绝不提起。（心中歉疚，难以启齿也。）蕙仙也问姑母别来身体可好，两人言笑晏晏，胸中芥蒂各自消去。蕙仙坐了一刻，陆太太因伊有病，遂教伊快到房里安睡。伊的房间在昨天早已打扫干净了，蕙仙也觉得支持不住，只得仍旧睡下。由银菊在旁服侍，陆太太也进房来，坐着安慰几句方才退出。

陆游在前面书房中端整酒菜，款接宗士程。下午宗士程别去，陆游走进蕙仙房中，和蕙仙相见，不胜黯然，又用温言安慰伊。蕙仙心中非常感激，只恨自己病剧，没有精神多说话。同时陆游见蕙仙病势缠绵，十分发急，遂又请大夫前来诊治服药。可是一连十数天蕙仙的病有增无减，吃下药去如水沃石，毫无效验。陆太太心里也很是忧愁。

一天蕙仙忽然呕血盈升，晕去复醒，病势更剧，（读至此令人徒唤奈何。）夜间呓语喃喃，不是喊红珠，便是说静因。大夫来了，也束手无策，勉强开了药方而去。陆游急得如热石头上的蚂蚁一般，陆太太只是虔诚祷告，菩萨前来保佑，出来求签，求仙水。丽云听得消息，也来探问，觉得蕙仙病入膏肓，恐怕无救了，非常悲伤，回去告知宗士程和逸云。二人深为叹息，都说："造物多忌，这真是命也，不可勉强了。"陆游也在蕙仙房中伺候，通夜不眠。

次日清晨，蕙仙有些清醒，见陆游立在床前，双目红肿如胡桃，便对陆游呜咽着说道："我自到表兄家中，身受不少恩德，表兄待我的情意，至死难忘。这几月中被人暗算，受尽磨难挫折，身子益发软弱，忧患攻心，悲伤入骨，遂致恹恹成疾。自入沈园，以为今生不能再见表兄的面了。现在天幸表兄归来，仇人已死，我的冤屈也得姑母心中明白，此后理当快乐，和表兄得遂白头之愿，终身侍奉巾栉，但命蹇福薄如我，自知去死不远，行将和表兄永诀了，我心里的悲伤自不必说，只恨表兄一番深情，无可报答，这是虽死也不瞑目的。但望表兄在我死后，千万不要为我过分悲伤。表兄前途幸福正多，薄命人不祥之身自不足长侍表兄。愿表兄别缔鸳盟，得个有福气多才德的女子，偕老百年，这是我希望的，表兄、表兄，我辜负你了。"说罢，泪如雨下，哭泣不已。

陆游将手帕去拭蕙仙的眼泪，自己的眼泪却滴到蕙仙颊上，握着蕙仙瘦不盈握的臂腕说道："蕙妹，你是我心爱的人，你若一旦有什么不幸，我还到哪里去寻找第二个人呢，我也无意人世了。但愿蕙妹今天服了药后，可以挽救，蕙妹快不要悲泣，保重身体要紧。"陆太太也走来安慰许多话。（呜呼，蕙仙之死虽曰病魔，果孰使之然耶。）

不料便在这夜三更时候，鸱枭鸣于庭前，凄怆如鬼声，玉洁冰清才高貌美的蕙仙，魂归蕊珠宫里去了。（读至此，令人废书三叹。）临终时还握着陆游的手连呼负负，要想再说话时已不能开口了。死后面色如生，陆游抱着遗尸放声大哭，陆太太也痛哭不已，银菊哭得更是凄惨。宗士程、逸云兄妹、松月上人等闻耗

232

都来吊唁。陆游自去买了上好的衣衾棺椁，代为盛殓，又请僧道等来做佛事，超荐幽魂，灵柩即寄在禹迹寺里。惆怅风凄，音容已渺，陆游心中无限悲痛，陆太太也非常悲戚。蕙仙身前的一切，都成追忆的资料了。

在蕙仙死后不到半个月，却有一个姓周的差官，从蜀中赶来，是奉吴武顺王之命，带上五百纹银，恤赠唐闳后裔的，问讯之下，始知吴武顺王追念旧日僚属，对于唐闳感情更好，遂分赠五百两银子，抚恤他的子女。不料唐闳的后妻苏氏在蜀中已另嫁了人。伊的兄弟小山也患急病而死。（借此收束苏氏姊弟，一笔不懈。）探得唐闳有一亲生女，闺名蕙仙，寄居在山阴陆家。凑巧吴武顺王有公事至临安，遂命差官带至山阴，问到此间的。陆游听了，更是悲哀，告诉差官说蕙仙方才逝世，不敢拜受。差官道："吴武顺王吩咐在下必要送到的，那么你们不妨移作蕙仙小姐丧葬的费用吧。"便将五百纹银交给陆游。陆游只得受了，取出十两银子，送给差官作旌仪。差官告辞而去。陆游遂将这钱买一块牛眠吉地，代蕙仙筑一个精美的新茔，择吉告窆。从此一抔黄土，深深埋香，陆游时来墓旁凭吊，心头的悲伤终不能消灭。

回肠荡气，哀思无穷，直到后来物换星移，沈氏衰败，园已易主，重过旧地，怅触前尘，复题小诗，以抒悲感。真是不堪回首话当年了。我就借他诗的作为《哀鹣记》结束，以博多情人同声一哭。若说我以文字赚人眼泪，那就罪过不小了。诗曰：

枫叶初丹槲叶黄，河阳愁鬓怯新霜。林亭旧感空回首，泉路凭谁说断肠。

坏壁醉题尘漠漠，断云幽梦事茫茫。年来妄念消除尽，回向禅龛一炷香。

又至开禧乙丑岁春夜，梦游沈氏园，又作两绝句云：

233

路近城南已怕行，沈家园里更伤情。香穿客袖梅花在，绿蘸寺桥春水生。

城南小陌又逢春，只见梅花不见人。玉骨久尘泉下土，墨痕犹锁壁间尘。

评：

畹兰曰，作长篇小说，结局最易犯一急字，一懈字，此回逐渐收束，毫不疏漏，不愧名著。

宗士程与独孤策一义一侠，令人景慕。

静因与书玉一齐授首，令人称快，作者于此一段文字，写得精神饱满，绝不肯偷懒，正与《水浒传》武松血溅鸳鸯楼颉颃同传。

宗士程亲往陆家说合，时机好，语言爽快而明晰，此陆太太所以能醒悟也。然而已嫌晚矣。

写纤纤与银菊，皆所以反映陆太太之无情也。

红颜薄命，古今同然，此语殆成谶耶。蕙仙劫难已过，而一病缠绵，卒致香消玉殒，不亦哀哉。

临死前一段言语，何等悽恻，读《哀鹃记》而不堕泪者木石人也。蕙仙逝世后，忽来吴武顺王之差官，借此收束苏氏姊弟，文笔甚敏捷。

以放翁诗起，即如放翁诗终。章法井然，结构谨严。

图书在版编目（CIP）数据

哀鹣记／顾明道著. — 北京：中国文史

出版社，2018.5

（民国通俗小说典藏文库·顾明道卷）

ISBN 978-7-5034-9962-3

Ⅰ . ①哀… Ⅱ . ①顾… Ⅲ . ①长篇小说-中国-现代

Ⅳ . ①I246.5

中国版本图书馆 CIP 数据核字（2018）第 009883 号

点　　校：澎　湃

责任编辑：薛媛媛

出版发行：**中国文史出版社**

网　　址：http://www.chinawenshi.net

社　　址：北京市西城区太平桥大街 23 号　邮编：100811

电　　话：010-66173572　66168268　66192736（发行部）

传　　真：010-66192703

印　　装：廊坊市海涛印刷有限公司

经　　销：全国新华书店

开　　本：720×1020　1/16

印　　张：15.75　　　字数：191 千字

版　　次：2018 年 5 月第 1 版

印　　次：2018 年 5 月第 1 次印刷

定　　价：46.80 元